L'évangile de la colère

GHISLAIN GILBERTI

L'évangile de la colère

J'AI LU

À la mémoire d'Odette Géhant,
de Manou Marion et de Philippe Clément.

Toute ma plus profonde gratitude
à Rémy Bueno pour ses conseils avisés.

Faire peau neuve

Introduction de l'auteur

En commençant ce texte, mon idée principale était d'écrire un thriller policier sans personnage récurrent. J'ai donc pris un personnage secondaire que je n'avais encore jamais vraiment développé et me suis lancé avec l'intrigue en tête, tout en gardant une marge de manœuvre confortable.

Au départ, j'ai pu sans difficultés créer une équipe soudée, avec des liens bien particuliers et des identités creusées. Tout était en marche pour arriver à un *one shot*, ce qui était le cas de mes autres polars, mais sans utiliser mon personnage principal.

Au cours du travail sur le texte, j'étais persuadé d'y parvenir sans problème. Mais sans que je ne l'invoque, la commissaire Cécile Sanchez est revenue malgré moi. Elle est remontée à la surface pour s'imposer à une place bien particulière. Il ne s'agit que de quelques chapitres, et les lecteurs qui me découvrent avec cet *Évangile* ne seront en aucun cas obligés de se plonger dans mes précédents travaux. Comme c'est le cas de tous mes polars, sauf pour les deux tomes de clôture de la *Trilogie des ombres*, chaque roman se suffit à lui-même.

Au final, cette résurgence sera anecdotique pour ceux qui me découvrent et, je l'espère, une surprise pour ceux qui me connaissent déjà. Il n'y a que pour l'épilogue que ce sera différent : coupé en deux, il laissera le loisir de s'arrêter sur la première partie qui est une fin classique. La seconde ajoute le présage d'un autre roman à venir, chronologiquement placé entre le final de la *Trilogie des ombres* et le début de cet ouvrage.

Mais même quand ce titre encore à naître sera disponible, de nouveaux lecteurs pourront s'y plonger sans n'avoir jamais lu une ligne de mes autres romans policiers. Je me suis toujours refusé de prendre en otages ceux qui voudraient me découvrir.

Il est temps de laisser place à cette nouvelle histoire, un livre avec lequel j'ai tenté de faire peau neuve. Mais certains personnages sont comme des tatouages très sombres, piqués bien trop profondément pour disparaître entièrement.

Avec toute ma plus profonde gratitude.

Ghislain GILBERTI

« C'est que nous sommes tous des hommes, porteurs du mal qui est une des caractéristiques absolues de l'homme. Le mal peut étendre, hors de proportion, son emprise sur la vie intérieure chez certains individus prédisposés ; ceux-ci, s'ils lui résistent, sont la proie d'un conflit ; s'ils s'y abandonnent, ils tournent au crime. »

Carl Gustav JUNG
L'Homme à la découverte de son âme

« Il n'y a que deux sortes d'êtres agissant sur la Terre : les monstres et les saints… Les autres ne font qu'exister. »

Charlotte SAVARY
Isabelle de Frêneuse

Prologue

L'Ange déchu

En arrivant à Aulnay-sous-Bois, dans une rue relativement éloignée des principales zones inflammables de cette commune de Seine-Saint-Denis, le brigadier-chef Jean-Marc Lanquetin et l'agent Guillaume Renoux soufflent de soulagement. Ce binôme vient à peine de naître et de se faire transférer ; pour eux, c'est le deuxième service dans la section nord. Ils savent que pas mal de leurs collègues n'ont pas tenu dix jours à une affectation de ce genre.

Aujourd'hui, ils viennent pour trouver et appréhender un suspect. Cet individu aurait été vu plusieurs fois dans un squat local dont on leur a fourni l'adresse.

Envoyés par un OPJ de la Brigade de traitement judiciaire du commissariat, ils n'ont aucune information sur l'enquête. On leur a donné une photo de l'individu, un résumé de son casier judiciaire qui se limite à quelques petites infractions, ainsi qu'un mandat d'amener émis par le juge d'instruction Jean-Philippe Marinier, du Tribunal de grande instance.

« J'aurais bien aimé qu'on nous mette au courant, quand même ! se plaint le plus jeune. Si ça se trouve, c'est une grosse affaire et on n'est même pas informés de tous les risques qu'on va prendre.

— Moi, j'aurais bien aimé que Madonna vienne me tailler une pipe, répond le brigadier d'une voix neutre. Mais comme je sais que ça n'arrivera pas, je fais mon taf. Tu devrais faire la même chose, tu gambergerais moins.

— Non mais sérieusement ! Si ça se trouve, c'est un fou dangereux ce type !

— T'as lu son casier ?

— Oui, je l'ai parcouru. Pourquoi tu me demandes ça ?

— T'as vu des mots comme violence en réunion, détention d'arme, vol avec violence, acte de torture et de barbarie ou grand banditisme ?

— Non, il n'y a que des détentions liées aux produits stupéfiants et des vols à l'étalage, répond le jeune. Mais ça ne veut pas dire qu'il n'a pas fait pire sans avoir été pris.

— Ouais, c'est vrai, accorde le brigadier-chef en luttant pour ne pas éclater de rire. Si ça se trouve, tu vas nous débusquer un tueur en série. »

Sur quoi il part dans un fou rire qui n'amuse pas son jeune collègue. Ça ne fait pas quatre mois qu'il a commencé le métier, et à peine sorti de l'école de police, il déboule sur le terrain comme un chien fou, plein de fougue et d'une rigueur appliquée. Il prend tout très au sérieux. Mais le temps va l'assouplir, comme c'est toujours le cas.

En sortant de la voiture de patrouille que Lanquetin a garée le long du trottoir d'en face, ils observent cet immeuble vétuste et insalubre qui ne devrait plus tarder à devenir un tas de gravats. Sur un panneau en bois, un plan du projet de construction laisse à penser que les entrepreneurs s'apprêtent à brûler cette verrue urbaine inhumaine et immonde.

Devant la façade, des déchets de toutes sortes se sont accumulés. Il est déjà neuf heures mais les SDF sont encore nombreux à dormir sous des abris de fortune. La chaleur de cet été caniculaire les fait préférer la fraîcheur à la moiteur étouffante de l'intérieur.

En approchant des quelques marches qui mènent à la porte du hall, l'agent Guillaume Renoux voit un homme sortir d'un amoncellement de cartons à sa gauche. Le jeune flic le dévisage, main sur la crosse de son flingue, examinant ce type étrange avec un certain mépris. Des cheveux longs et emmêlés, une barbe épaisse, une musculature longiligne font que le petit nouveau passe à côté de ses yeux bleus. Immédiatement, ce sont eux qui viennent s'accrocher aux siens, remplis d'une lucidité qui ne colle pas du tout au personnage.

Il porte un jean trop large pour lui, un T-shirt sans manches qui a dû être blanc par le passé, ainsi qu'une vieille paire de Vans aux pieds. Les bras sont entièrement tatoués de motifs sombres que le flic ne parvient pas à voir nettement, contrairement aux croûtes de sang et aux veines ulcérées sur ses deux bras. Les stigmates de la consommation intraveineuse directe de drogues diverses sont difficiles à cacher.

Alors que l'agent monte la première marche, une photo dans la main, ce regard devient tout à coup très différent. Lorsque les paupières s'écarquillent, c'est pour lui donner un avertissement. Son supérieur s'occupe de sécuriser l'autre côté et ne peut donc pas voir le message non verbal pourtant très clair.

N'entre pas dans ces ruines ! semble hurler tout son visage. *Éloignez-vous au plus vite de cette porte et appelez des renforts.*

Une chose est sûre, c'est que si les rôles avaient été inversés, le vétéran aurait pris le temps d'aller parler avec cet homme étrange. Il aurait deviné le sérieux de l'avertissement.

Mais le nouveau n'y voit qu'une forme de défi, le torse bombé et le menton haut, les sourcils plissés.

Comme son supérieur, il allume sa lampe torche et la braque vers l'intérieur du hall, cherchant à percer l'obscurité tenace qui stagne dans ces décombres. Une seconde plus tard, on entend une courte rafale tirée depuis l'intérieur. Les sons lourds des détonations rapprochées font l'effet de coups de tonnerre. L'agent, touché en pleine poitrine, est projeté au milieu de la rue.

Alors que le brigadier se colle au mur, réflexe acquis pendant toute une carrière, l'inconnu court vers le gardien de la paix et l'attrape par le col avant de le tirer à l'abri derrière leur voiture.

« C'est bon, petit ! lui dit-il en palpant son torse. C'est le gilet qui a morflé. Je vais te le dégrafer pour que tu puisses respirer plus facilement. »

La voix est calme et posée, rassurante. Les gestes sont vifs et précis. Ça ne cadre pas avec son physique de SDF toxicomane. Quelques secondes plus tard, Guillaume Renoux respire un grand coup, comme s'il venait d'être tiré de l'eau, sauvé *in extremis* d'une noyade.

« Toi tu restes là, à l'abri, poursuit l'inconnu avec un aplomb paradoxal. Je vais devoir prendre ton arme pour venir en aide à ton supérieur. Ça te va ? »

Alors que les balles sifflent et viennent éclater les vitres latérales et s'enfoncer dans la tôle, l'agent sursaute mais acquiesce. Cet homme arrivé de nulle part sort le flingue de la gaine et se couche au sol. Son bras se tend entre le bitume et le bas de caisse. Sa main est sûre et il ne frémit pas un instant. Guillaume Renoux, allongé juste à côté, ne distingue que des pieds, voire des jambes pour ceux qui sont plus loin.

Pourtant, le premier tir sur l'un des deux assaillants qui approche dangereusement touche le plus avancé un peu au-dessus de la cheville, brisant net le tibia et le péroné. La deuxième balle vient trouer la peau du second avant de ressortir trente centimètres au-dessus du pied. Le blessé tombe à genoux, permettant alors un autre tir, à l'abdomen cette fois. Le tatoué décale son canon et aligne la mire avec le genou de l'assaillant suivant qui avance mais se trouve un peu plus loin pour l'instant, arrosant le véhicule d'une rafale de balles. Pourtant l'étranger enchaîne trois tirs : le premier fait éclater la rotule, le deuxième est pour le plexus, et le dernier lui explose le dessus du crâne quand il s'écroule au sol.

« Bouge pas, petit ! Je vais revenir au plus vite, lui dit calmement l'homme. Reprends ton flingue et vise les marches pour faire diversion. Je dois récupérer le fusil d'assaut de celui qui est le plus proche de nous. Ensuite, tu vas devoir changer de chargeur et rester prêt à tirer si quelqu'un d'autre que ton collègue ou moi arrive vers toi. »

Un signe de tête et le gosse commence à tirer. Le tatoué contourne le véhicule quand les armes des autres sont vides et qu'ils changent de chargeurs presque en même temps. L'erreur est grossière, ce qui arrange bien cet homme qui semble entraîné et agit avec vitesse et sang-froid.

Ce type a reçu une formation militaire, se dit le jeune flic. *Il agit avec méthode et semble tirer profit des moindres erreurs des hommes en face.*

Le fusil d'assaut M16 est arraché des mains de son propriétaire, qui tente vainement de résister et profère d'inutiles menaces, persuadé que ce type arrivé de nulle part n'osera jamais faire feu.

« Fils de pute ! Tu vas crever : les autres vont te fumer avant que… »

Ce sont ses derniers mots. Une balle à bout portant au sommet du crâne le cloue au sol et l'envoie valser avec le néant.

L'arme épaulée, au lieu de tirer en rafale, le tatoué vise les hommes un par un. Pour le brigadier-chef, à couvert sur le côté du bâtiment, c'est un spectacle aussi impressionnant que glaçant. Totalement à découvert, ce renfort inespéré aligne toutes les cibles en pleine tête, au coup par coup. Pour chaque balle, un mort. Il s'occupe en priorité de ceux qui ont déjà rechargé et ne laisse aucune chance aux agresseurs. Ses tirs à la précision chirurgicale sont froids et méthodiques. Après chaque mise à mort, il pivote d'une cible à l'autre avec une minutie et une capacité d'anticipation incroyables. Les crânes sont transpercés par les tirs et les trafiquants tombent à terre un à un. Certains sont soulevés du sol et retombent dans des positions désarticulées.

L'un des rares agresseurs encore en vie est un jeune black aux cheveux tressés, collés à son crâne en lignes parallèles vers l'arrière. Il prend conscience d'être face à un danger qu'il est incapable de gérer et jette son flingue loin devant lui avant de s'agenouiller et de poser ses mains sur sa tête en signe de reddition. Mais quand tous les autres sont à terre, morts sur le coup, le tatoué le met en joue et presse la détente sans ciller. C'est le regard rempli de peur et de surprise que l'homme de main trépasse, une balle entre les deux yeux.

En une poignée de secondes, huit criminels sont au sol. Chacun d'eux est mort, la boîte crânienne traversée par une balle perforante.

L'homme, après avoir bien vérifié qu'il ne reste plus aucune présence hostile dans la rue, court contre le mur et se dirige vers l'entrée alors que le flic en uniforme vient lui aussi de quitter sa planque.

Le danger passé, le brigadier-chef pénètre dans le hall en premier, flingue en avant. Une dizaine de secondes et trois coups de feu plus tard, il en ressort, livide et probablement sérieusement touché au bras ; du sang dégouline de sa manche, laissant une flaque sur l'asphalte. Derrière lui, l'un des lascars, Tarek Hurayth, un caïd de la cité des 3000. Canon sur la tempe, il se sert du policier comme d'un bouclier humain.

« Vas-y, me regarde pas comme ça, clodo ! attaque le Maghrébin. Je le fume, ce flic de merde, si tu veux jouer au chaud avec moi. Je le crève ! Alors tu vas poser ton *gun* et te tirer, sale bâtard ! »

Pendant que le trafiquant éructe, le SDF ne l'écoute plus. Ce n'est plus qu'une voix qui s'éloigne, remplacée par une sorte de bourdonnement intérieur. À mesure qu'il calque sa respiration sur celle de sa cible, ce son se stabilise progressivement pour descendre à un niveau très grave. Toujours en position de tir, les deux yeux ouverts, il cherche à se focaliser sur un point précis, juste au-dessus de l'épaule droite.

« Putain ! T'es sourd ? Je vais le fumer, ce flic de merde ! Et après j'irai me faire l'autre, celui que t'as caché derrière la caisse. Mais juste avant, c'est toi que je vais fumer si tu lâches pas cette arme, la putain de ta race ! »

Les sifflements de ce serpent vibrent d'une tension croissante. Le silence de celui qui vient d'abattre tout le monde effraie le malfaiteur qui tente de sauver les apparences en jouant le rôle du vrai dur. En mauvaise posture, il tremble et ses jambes peinent à conserver un équilibre. De plus en plus souvent, sa tête apparaît à la droite de son otage, juste au-dessus du trapèze.

« Tu crois quoi, la putain de ta mère ? Que je plaisante ? Tu te prends pour Rambo ? Tu percutes toujours pas que si tu ne jettes pas ton arme, je vais lui trouer la tête à lui ! Aucune pitié, aucune négociation, espèce de sale bâtard ! »

C'est alors que le temps semble ralentir sa course et se compresser, offrant une unique opportunité au tatoué. Celui-ci inspire un grand coup, attend qu'une nouvelle salve d'insultes et de menaces sorte de la bouche de son adversaire. À chaque fois que celui-ci simule la prise de confiance, sa tête dépasse de plus en plus nettement de l'épaule du policier, avec des mouvements des lèvres dont il n'entend même plus une syllabe.

Il respire lentement, se focalise sur cette cible et attend le moment parfait. Lorsqu'il l'entrevoit, il écrase la queue de détente.

Quand la balle sort du canon et traverse la tête du caïd de part en part, le toxicomane inspire et le temps revient égrainer ses secondes de façon habituelle. La tête de la cible est projetée en arrière à l'instar de son corps. Deux secondes plus tard, il s'effondre en lâchant son otage et son arme. Fin de la partie pour lui. Après avoir passé la sangle de son arme à l'épaule, le sauveur des deux policiers attrape le blessé sous l'aisselle pour limiter les dégâts : la balle a touché l'artère sous-clavière et son geste limite la perte de sang. Il va rapidement le mettre à l'abri et lui faire un point de compression, sans quoi le blessé sera bientôt mort.

Pourtant, il marche à reculons, et ce qu'il voit ne lui dit rien qui vaille. Il n'y a que neuf corps tout autour de lui, sur l'asphalte. Or il sait que les deux bandes rivales sont arrivées à effectifs égaux : cinq hommes dans chaque camp. Le dixième individu ne se trouve pas parmi les cadavres.

Le SDF observe le bâtiment et voit une silhouette apparaître à une fenêtre du troisième étage. Sans doute armé d'un MAC-10, ce dernier ennemi se prépare à arroser vers le bas, ce qui lui offre un énorme avantage tactique. Le toxico le met en joue en épaulant d'une seule main. Il doit tirer sur la sangle avec son majeur, son annulaire et son auriculaire droits. Il vise et appuie sur la détente avec l'index. Il envoie une volée de trois balles à la suite en compensant le léger recul en visant un peu en dessous et à gauche du point qu'il cherche à atteindre. Deux des ogives atteignent la poitrine, et au moins une touche le cœur. La dernière est pour la gorge. Le trafiquant est projeté en arrière et disparaît du cadre de la fenêtre.

Assuré que cette dernière cible est morte, ou en train d'agoniser, le renfort providentiel se débarrasse du M16 et traîne le policier derrière la voiture. Il entame alors un point de compression net, utilisant les deux mains pour affermir le geste de premiers soins.

« J'ai passé un appel radio pour les renforts et les secours, prévient le jeune agent qui a repris des couleurs. Ça ne devrait plus tarder. »

L'homme acquiesce et se focalise sur le blessé qui tremble de peur. Il tente de trouver les bons mots pour le rassurer :

« Tout ira bien. On a limité les dégâts. Votre situation est stable.

— Je ne veux pas mourir comme ça, avoue le brigadier en pleurant. Putain de merde, j'ai peur !

— Il faut tenir bon. Les pompiers arrivent déjà. Écoutez ! C'est leur sirène qu'on entend. Et tant que je serai là, personne ne mourra, je vous en fais la promesse.

— Vous êtes qui ? demande le jeune agent. Un genre d'ancien militaire ?

— Alors ça, c'est une très vaste question qui pourrait déboucher sur des dizaines de réponses. »

C'est à ce moment-là que les renforts policiers arrivent, sirènes hurlantes. Les voitures s'arrêtent en freinant brusquement. Les portières claquent et des hommes en uniforme approchent de celui qui vient de sauver deux vies. Pourtant, victime des apparences, tous les canons sont braqués sur son crâne.

« Toi, debout ! Et lève les mains ! exige l'un d'entre eux. Tu vas croiser les doigts derrière ta tête.

— Je ne peux pas faire ça, répond posément le toxicomane. Si j'arrête de comprimer sa plaie, il va se vider de son sang dans la minute. Mais restez relax : je suis de la maison.

— Mais oui, c'est ça ! Et moi je suis Louis XIV ! ironise un des autres types, qui forment maintenant un demi-cercle. Et je vous présente mes coéquipiers, Napoléon Bonaparte, Jules César et Alexandre le Grand.

— Vous ne me croyez pas ? demande l'inconnu. Vous savez quoi ? Je n'en ai rien à foutre !

— Où est ta carte ? demande le plus grand. Si tu es de la maison, tu dois l'avoir sur toi.

— Si je l'avais sur moi, je serais mort depuis un bon moment.

— Comme c'est pratique ! ricane un autre. Tu vas me dire que tu es sur une mission spéciale, c'est ça ?

— Si vous avez un doute, appelez le quai des Orfèvres, répond-il avec un flegme déroutant. Demandez les Stups et dites que vous avez retrouvé le Zombie. Vous allez voir que les battements d'ailes d'un putain de papillon peuvent faire frémir toute une institution. »

I – Au Nom du Père

Si quelqu'un maudit son père ou sa mère, il sera puni de mort ; il a maudit son père ou sa mère, son sang retombera sur lui.

Lévitique, XX, 9

Il y a deux types d'hommes : ceux qui cherchent leur père, et ceux qui cherchent à tuer leur père.

Éliette ABÉCASSIS
Mon Père

1

Lundi 25 juillet 2016
10 h 05 – Paris 1er
Un an plus tard

Au 36, quai des Orfèvres, le commissariat central de la préfecture de Paris, le commissaire divisionnaire Maxime Levant est dans son bureau. Adossé à son fauteuil, il se masse les tempes comme s'il souffrait d'une migraine carabinée. Il a d'ailleurs rempli un verre d'eau dans lequel il a plongé un comprimé effervescent d'aspirine. Jean-Marc Tarascon, le responsable de la Brigade des stupéfiants, lui fait face en silence.

Il a suffi à celui-ci d'un regard et d'un geste discrets pour demander au *big boss* de lui accorder une entrevue d'urgence. Aucun mot n'a été échangé. Il est primordial que la pyramide hiérarchique conserve l'air imposant d'un bloc infranchissable et sacré. Il serait trop risqué de révéler à quel point elle est percée de quelques raccourcis, dont certains tout à fait improbables. Absolument tout ce qui lie les deux hommes doit rester dans l'ombre. D'ailleurs, personne ne pourrait imaginer le moindre rapport direct entre le directeur aux tempes grisonnantes, vêtu d'un costume très sobre, et ce gaillard au style vestimentaire transculturel, la tête couverte de dreadlocks.

Le cas du commandant Seth Kohl, alias le Zombie, a été l'unique sujet de cette rencontre improvisée : son retour théâtral, la réussite de sa désintoxication et, pour finir, la question plus sensible du poste à lui attribuer.

À présent que Tarascon a terminé, les deux hommes se font face, les yeux dans les yeux. La situation est clairement un nid à emmerdes, chacun le sait. Mais la décision de Kohl ne prête à aucune négociation. Même si une indemnité de départ importante et une préretraite plus que confortable lui ont été proposées, l'intéressé a tout refusé en bloc.

Kohl est le stéréotype du flic qui n'envisage pas de quitter la boutique ou de se retrouver coincé derrière un écran d'ordinateur. La police de terrain est au centre de toute sa vie. C'est tout ce qu'il sait faire. C'est dans son sang. Lui retirer ça reviendrait à lui coller un canon dans la bouche et à presser la détente. Les deux hommes en sont conscients. Le silence qui se prolonge est le signe que tout est devenu dangereusement épineux.

« C'est bien beau tout ça, finit par grogner le commissaire divisionnaire, mais on est censé en faire quoi ? Lui trouver une place derrière un bureau pour le planquer ?

— Le Zombie derrière un bureau ? *No way* ! répond Tarascon avec sa manie de coller de l'anglais partout. Pourquoi pas Mesrine derrière un guichet de banque ? Sa décision est ferme et définitive : il exige de rester sur le terrain.

— Non mais ça va pas bien dans ta tête ! s'insurge le directeur. Autant lâcher tous les animaux du zoo de Vincennes en plein Paris, ce serait sûrement bien moins dangereux.

— Il se porte comme un charme, maintenant. Il est parfaitement stabilisé. Je t'assure que quand je l'ai vu, il m'a surpris. Il s'est vraiment métamorphosé.

— Après presque un an enchristé à Sainte-Anne, et avant ça cinq ans passés je ne sais où à faire je ne sais quoi, je ne me sens absolument pas rassuré. Tu oublies par quoi il est passé ou tu es carrément devenu amnésique ? Tu ne peux pas te fier aux apparences avec lui. C'est tout bonnement impossible !

— *Keep cool* ! Je peux te garantir qu'il est plus solide que jamais, et déterminé à ne plus rechuter. La cure de désintoxication a eu un effet miraculeux sur lui. Il tient à tirer une croix sur ces années en roue libre. Il veut réellement passer à autre chose. Je pense qu'on peut lui faire confiance. En plus, c'est la solution idéale pour ce que tu sais.

— Oui, je ne sais pas pourquoi je me fais du souci ! ironise le divisionnaire. Il doit être aussi stable que des bocaux de nitroglycérine dans une cagette, et à peu près aussi subtil qu'une grenade à fragmentation.

— N'exagérons rien, *boss* ! Il a fait son deuil, il va mieux. On pourrait le mettre dans un groupe d'investigation, tant qu'il peut travailler sur le terrain ça ira.

— C'est impossible ! Tu ne me feras pas changer d'avis. C'est de la pure folie. Le sujet est clos, c'est un refus définitif.

— On n'a pas le choix, lâche le commandant Tarascon. On doit tout faire pour qu'il soit occupé. Sinon, il va cogiter. Et je préfère qu'il ne se pose jamais les mauvaises questions. »

Cette dernière remarque fige le directeur pendant quelques secondes. Les yeux dans le vide, il se passe nerveusement la main sur la nuque.

« Tu oublies que s'il repart en toupie, c'est sur moi que ça va retomber, finit par reprendre Maxime Levant. À trois ans de ma retraite, je ne veux pas avoir l'impression d'être assis sur un siège éjectable. Ce n'est tout simplement pas envisageable.

— Le problème, ou tout du moins une partie, c'est son passé militaire, tempère le responsable des Stups.

Ce type est un héros. Il a été décoré de la Croix de guerre des Théâtres d'opérations extérieures et surtout de l'Ordre national du Mérite.

— Je m'en branle de ses médailles !

— Il y a aussi ces deux policiers qu'il a sauvés d'une mort certaine, permettant au passage une prise de deux kilos de cocaïne pure et de quatre-vingt mille euros en cash. Qu'est-ce qu'on va penser si on le rejette ? Imagine un peu de quoi ça aura l'air. *Shit !* C'est un coup à se faire incendier !

— Tu omets de préciser qu'il a abattu tous les individus qui effectuaient cette transaction, jusqu'au dernier, réplique le directeur. Alors tu imagines s'il nous grille un fusible, avec sa saloperie de syndrome de stress post-traumatique et une rechute dans la came ? Il serait bien du genre à rentrer ici avec un fusil d'assaut en tuant tout le monde sur son passage.

— Ne confonds pas tout ! tempère Tarascon. Là, il était réellement sous un feu ennemi. Et il se trouve qu'il a été entraîné pour tuer, avec tout ce que ça implique : mémoire musculaire, réflexes, compétences, et tout ce qui s'ensuit. Alors si on cumule l'héroïsme de guerre, après avoir servi au Kosovo et en Afghanistan, le point de vue des familles du binôme qu'il a sauvé, tous ceux qui lui doivent la vie et les autres qui l'admirent pour son courage, ça fait du monde qui se rangera de son côté. Si on ajoute les gradés de l'infanterie de combat qui vont le soutenir, comment tu comptes expliquer qu'il soit poussé vers la sortie ?

— C'est très bien que Kohl ait sauvé ces policiers, c'est un bon citoyen. Mais ça ne fait pas de lui un bon flic. Il doit juste accepter tous les privilèges que je me suis fait chier à lui obtenir, dont une retraite à un âge où on peut encore profiter pleinement de son temps libre. Tu ne me feras jamais changer d'avis.

— Et s'il raconte son histoire, les années passées à travailler en sous-marin, sous nos commandements, le tout hors procédure et sans aucune sécurité, c'est pour nous deux que ça va chier !

— Tu dramatises, là !

— Mais t'as l'air d'oublier que c'est moi qu'il est venu voir, et c'est donc moi qui vais devoir lui balancer à la tronche une réponse négative. On sait bien qu'on est mouillés tous les deux. Ça ferait désordre s'il commençait à demander des comptes. Sinon, je peux aussi te l'envoyer pour que ce soit à toi de lui claquer la porte au nez. Après tout, c'est grâce à son travail qu'on a pris du galon. Et je ne te parle pas du reste. »

Les derniers mots jettent un nouveau silence entre les deux hommes et un froid glacial semble soudain envahir la pièce. En se massant une fois de plus les tempes et en grognant, Levant apparaît résigné.

« Putain ! Tu m'emmerdes, abdique-t-il finalement. C'est d'accord, je te donne carte blanche. Mais je ne veux pas de lui chez nous. Trouve un service en banlieue ou, encore mieux, en province. Il va aussi falloir passer son dossier en confidentiel, sinon personne n'en voudra.

— *Don't worry* ! Tu prends la bonne décision, dit Tarascon en se levant de son siège. Tu n'auras pas à le regretter. On respirera beaucoup mieux tous les deux.

— C'est à toi qu'il doit cette seconde chance. Mais il a intérêt à ne pas faire de vague. Au premier problème, je le débarque *illico presto*.

— Tu connais Seth aussi bien que moi, il va assurer. Peu importe l'affectation qu'on lui donnera, il sera à la hauteur. »

Se tournant de trois quarts sur son fauteuil le temps que son subordonné quitte la pièce, le commissaire divisionnaire Maxime Levant semble scruter le vide. Une fois seul dans son bureau, il saisit son téléphone et presse une touche. Au bout de quelques secondes, la voix de Martine, sa secrétaire, vient remplacer la tonalité :

« Que puis-je faire pour vous, monsieur le directeur ?

— Ne prenez plus aucun appel pour moi, idem pour les entrevues. Repoussez toute demande de rendez-vous et d'entretien jusqu'à cet après-midi.

— Entendu, monsieur le directeur. »

Il sort son second mobile prépayé et compose un numéro gravé dans sa mémoire. Il tape nerveusement du pied et attend qu'on lui réponde. Au bout de quatre sonneries, la voix de son correspondant ressemble à un grognement.

« *Ouais ! C'est pour quoi ?*

— Désolé de te déranger pendant les heures de service, mais on a une urgence. Je pense qu'on pourrait avoir un souci à régler avec le Zombie.

— *Tu penses ou tu es sûr ?*

— Je ne peux rien affirmer. Mais ce dont je suis certain, c'est que les risques sont élevés. Bien assez pour que ça menace de nous péter à la gueule à tout moment.

— *Je vais déjà voir ce que je peux faire de mon côté. Toi, tu vas informer notre ami commun pour ne pas qu'il l'apprenne autrement.*

— Tu devrais t'en charger, tente le directeur. Je ne crois pas que…

— *Tu fais ce que je te dis sans discuter !* le coupe froidement son interlocuteur. *On se voit pour déjeuner le six août. À l'endroit habituel, à midi. Et sois ponctuel, je déteste attendre.* »

L'homme raccroche sans un mot de plus, trop brusquement au goût du commissaire divisionnaire

Maxime Levant. Il ouvre un tiroir et sort une bouteille de whisky et un verre. Une mauvaise intuition s'installe dans son esprit. Il va devoir prendre tout ça en main très vite.

2

Jeudi 28 juillet 2016
18 h 34 – La Défense

Dans son cabinet au design minimaliste et intimiste, le Dr Henri Galline se trouve dans une impasse. Il tente de percer l'armure que son patient porte afin de rester imperméable à toute forme d'analyse.

Lorsqu'il est entré, le praticien a tenté de l'installer au centre de la pièce, là où deux fauteuils se font face à deux mètres l'un de l'autre sur un tapis ovale gris, mais l'homme a refusé en secouant la tête avant de s'installer à la place qu'il occupe encore à présent.

Silencieux et immobile, assis face au psychiatre de l'autre côté du bureau, le patient a un physique passe-partout. Habillé d'un jean classique et d'un T-shirt Levis noir près du corps, il ne cligne pas des yeux ; le bleu clair de ses iris est parcouru d'éclats qui font penser à ceux d'une lame en acier. Le visage, tout en longueur et anguleux, ne laisse transparaître aucune émotion.

« Bonsoir, monsieur Kohl. Je suis le docteur Galline, expert psychiatre désigné par la Direction centrale de la police judiciaire pour remplacer mon confrère, le Dr Claude Lehmann, actuellement en arrêt de travail. »

Les yeux toujours harponnés dans les siens, le policier reste silencieux et immobile.

« Le Dr Lehmann ne m'a transmis que quelques notes assez succinctes, continue Galline. Il était censé remettre ses conclusions à votre hiérarchie quand il a eu un accident. Vous aviez déjà passé plusieurs séances à parler de ce que j'ai pu lire dans votre dossier. Vous étiez donc en poste au sein de la Brigade des stupéfiants de la préfecture de Paris quand un drame familial vous a poussé à une fuite suivie d'un décrochage total de votre vie sociale et professionnelle. »

Face à la prolongation de l'attitude glaciale de son patient, le psychiatre cherche une faille dans laquelle s'engouffrer pour forcer cet homme à réagir.

« Mon rôle en tant qu'expert est d'établir si, oui ou non, vous êtes apte à reprendre votre activité professionnelle, avec tout ce que cela implique. Il s'agit notamment de déterminer le type de poste qui vous conviendra le mieux. »

Le médecin toussote et réajuste le col de sa chemisette avant de passer à l'offensive. Il joue la carte sensible pour obtenir une réaction du commandant.

« Comme je n'ai pour ainsi dire aucune donnée de mon collègue sur votre suivi, je n'ai d'autre choix que de reprendre le travail depuis le début. Ça ne pourra pas faire de mal et j'aurai ainsi des éléments probants pour rédiger mon rapport. »

Au moment où la phrase se termine, Seth Kohl réajuste son assise pour se trouver bien en face d'Henri Galline. Celui-ci semble soudain pris d'une panique qu'il peine à dissimuler.

Le flic se lève, attrape le dictaphone pour le couper et pose les deux poings sur le bureau, le front bas comme un taureau qui se prépare à charger. L'expert est médusé.

« Je vais t'épargner des heures de travail, ainsi que le même genre d'accident que ton collègue, dit Kohl d'un ton glacial. J'ai été là où les flics les plus téméraires n'auraient jamais mis un pied. Je viens de terminer une cure de désintoxication très positive, de l'avis même du directeur et du personnel soignant.

— Mais je ne veux absolument pas vous…

— Ne me coupe pas la parole, imbécile ! crache Seth. Tu vas écouter et ne plus ouvrir la bouche du tout. Compris ? »

Le psychiatre hoche la tête, les yeux ronds, raide comme une saillie, le teint livide et le front en sueur.

« Je suis flic, je ne sais faire que ça, poursuit Kohl. La perspective de reprendre le service est ce qui me permet de tenir le coup. C'est ça, ou l'explosion de tout ce qui fait de moi un individu à peu près civilisé. »

Il ménage une courte pause, le temps de vérifier que le psychiatre est bien à l'écoute. Ses yeux écarquillés, celui-ci fixe le flic avec terreur. En se gardant bien de commettre l'erreur d'intervenir à nouveau.

« Mon frère et ma femme ont été abattus parce que la personne envoyée pour m'éliminer a cru que c'était moi, reprend-il. Juste après, le tueur a noyé ma petite fille dans la piscine, comme si c'était un chat. Après ça, je suis parti et me suis installé en enfer, où j'ai passé cinq ans. Qu'est-ce que tu en déduis, doc ?

— Je l'ignore, monsieur, bredouille Galline. Je ne sais pas ce que vous…

— Ça veut dire que je n'ai plus rien à perdre, contrairement à toi, le coupe Seth. La suite des événements dépend uniquement de ce que tu vas décider maintenant. Mais tu as le choix : je tiens toujours à laisser à chacun son libre arbitre. »

Les mains tremblantes, le praticien cherche à reprendre un rythme respiratoire normal avant de répondre à ce patient qui vient de le menacer directement, sans même chercher à cacher que c'est lui qui a provoqué les blessures ayant entraîné l'arrêt de travail de son confrère.

« Alors, doc ! insiste Kohl. Tu vas la cracher, ta pastille ?

— Je crois comprendre que je dois donner une réponse positive à votre hiérarchie... bégaie le psychiatre. Vous pourrez reprendre le travail dès la validation de mon rapport. »

Les poings du flic se serrent, son regard illuminé et rivé sur le médecin est à présent très inquiétant. Il ne faut pas longtemps à ce dernier pour comprendre ce qu'on attend de lui.

« Je vais d'ailleurs le rédiger tout de suite et vous en remettre un exemplaire que vous pourrez approuver avant que je l'envoie par courriel à la direction centrale. »

Seth se rassoit enfin. Son visage redevient humain et il sourit en allumant une cigarette. Le psychiatre se reprend à temps pour éviter de lui dire qu'il est interdit de fumer.

« Tu vois, doc, je dois avouer que je suis arrivé avec des a priori, lâche le flic avec un sourire en coin. Je n'aimais pas ta gueule, encore moins ton petit air supérieur. Donc je tiens à rectifier le tir et à te remercier : t'es vraiment un chic type, finalement. »

3

Jeudi 4 août 2016
17 h 05 – Versailles

La grande salle de conférence du commissariat de Versailles a été aménagée en salle de réception en cette fin de journée. Le ton se veut à la fois festif et sobre pour une ambiance élégante mais tempérée.

Henri Beline, le directeur actuel du Service national de la police judiciaire locale, vient d'annoncer officiellement son départ pour une retraite bien méritée. Tout le petit monde rassemblé ici est au parfum depuis déjà plus de deux semaines, mais quand un événement de ce type survient, il est de coutume d'y mettre les formes.

Sur le côté, des tables ont été installées et couvertes de nappes blanches. Un traiteur réputé est occupé à mettre en place des verrines élaborées, des gourmandises sur cuillères et des plateaux garnis de mignardises salées et sucrées. Des verres ont été sortis et certains sont déjà remplis de diverses boissons. Presque tous les gradés sont présents, des seconds de groupes aux responsables de brigades. Il y a aussi des lieutenants de tous les services, venus saluer leur ancien patron et accueillir le nouveau.

Durant son discours, le commissaire divisionnaire a nommé son remplaçant au poste de directeur du SRPJ : Cédric Gravel, le chef actuel de la Brigade criminelle. Celui-ci s'est approché de l'estrade pour prendre place au côté du directeur sortant. Il a habilement introduit son allocution avec un émouvant portrait de son prédécesseur, non sans souligner quel excellent meneur il a été. Il a poursuivi en énonçant des chiffres et des statistiques, fixant à chaque fois les objectifs ou les buts à atteindre dans les domaines listés. Pour conclure, Gravel a annoncé qui serait son successeur à la tête de la Brigade criminelle.

Quand il a nommé Paul Baptista, l'assemblée a été parcourue par un flottement de surprise mal contenue. Sans qu'un mot ne soit échangé, la décision a vraisemblablement été perçue comme un choix étonnant de la part du commissaire Gravel, connu pour son homophobie non avouée mais évidente et avérée. Pour sa part, Paul Baptista n'a jamais caché ses préférences sexuelles.

Tous les membres des sections de la police criminelle régionale présents ont néanmoins dissipé le trouble naissant en relançant une vague d'applaudissements, heureux d'avoir un chef de brigade aussi humain.

Un dernier point a été annoncé par le divisionnaire officiellement retraité : l'arrivée d'un nouvel élément qui endossera la responsabilité de chef de groupe. Cette mutation viendra combler le vide que Paul laisse en grimpant un échelon.

« Le groupe Baptista va changer de nom, a-t-il expliqué. Il passera sous les ordres et l'autorité du commandant Seth Kohl qui nous arrive de la préfecture de police de Paris. Il deviendra, j'en suis sûr, un élément important et un atout majeur pour ce service. À présent que tout est dit, il est grand temps d'aller profiter du buffet. »

Après une dernière vague d'applaudissements, les convives se mettent progressivement en mouvement et les discussions s'élèvent en montant graduellement en volume.

Pour la capitaine Céline Fauvel, la perte de Paul comme chef de groupe est un vrai choc. Elle et lui constituaient un binôme parfait, équilibré et compatible. L'arrivée de ce nouveau responsable dont elle n'a jamais entendu parler sonne comme un drame à son échelle.

En principe, elle apprécie ce genre de rassemblement qui permet de parler d'autre chose que des enquêtes en cours. Elle a bien échangé quelques mots avec Asia Baptista, la commissaire responsable des équipes de la police technique et scientifique du commissariat. Elles ont discuté de la promotion de Paul, son frère aîné d'à peine un an. Ensuite, les deux jeunes femmes ont parlé de ce flic inconnu qui prend la tête du groupe.

Mais ça n'a pas été beaucoup plus loin.

Aujourd'hui, Céline n'est pas vraiment là.

Ses pensées bourdonnent et tournoient dans sa tête comme si elle abritait un nid de frelons. C'en est au point qu'elle n'entend presque plus ce qui se dit autour d'elle.

Gênée, elle cherche le bon moment pour s'éclipser, sans dire au revoir ni être vue par un autre qui chercherait ce qui ne va pas. La réponse est aussi simple que composite, mais mettre des mots dessus ne ferait que renforcer son malaise. Et elle ne supporterait pas.

Depuis trois jours, elle vit un véritable cauchemar.

C'est en début de semaine, lundi soir, que son esprit et sa conscience ont été mis à sac.

Alors qu'elle venait de finir son service et de se changer dans les vestiaires réservés aux femmes, deux hommes en costume sont entrés et se sont approchés d'elle. Avant que le moindre mot ne soit prononcé, ils ont sorti leurs cartes. Le premier, le capitaine Denis Rollier, un grand sec à l'air flegmatique, le genre d'homme à suivre les ordres sans discuter ni réfléchir. L'autre, plus petit mais avec un gabarit de boxeur, le commandant Stéphane Marle, qui a mis la jeune femme mal à l'aise presque instantanément. C'est lui qui a ouvert les hostilités, avec un éclair de satisfaction malsain dans les yeux. Cette façon hautaine et supérieure de la fixer a permis à Céline de le classer immédiatement parmi les emmerdeurs, ceux qui ont de la hargne à revendre.

« Bonsoir capitaine, a attaqué le petit arrogant en la toisant. Inspection générale de la police nationale. Nous sommes là pour un travail préventif. »

Ne sachant quoi répondre, et n'ayant jamais eu affaire à la police des polices durant sa carrière, Céline s'est tout à coup trouvée mal à l'aise. Elle a laissé tomber un silence dans lequel le commandant s'est introduit comme une anguille.

« Nous ne sommes pas là pour vous. Votre dossier est sans tache. Vous êtes quelqu'un d'intègre, et vous ne vous êtes jamais éloignée du code de procédure pénale ou de la déontologie.

— Ravie de le savoir, est-elle parvenue à répliquer. Mais vous êtes dans le vestiaire des femmes, ici. J'aimerais donc que vous en sortiez. »

L'homme a ignoré sa remarque. Invasif et sans gêne, il a avancé de deux pas et s'est appuyé contre un casier en poursuivant sur le même ton insupportable mais au demeurant très sérieux.

« Si vous faites l'effort de vous concentrer sur votre environnement immédiat, il vous sera très vite possible de percevoir des sensations étranges autour de vous. Il s'agit des vibrations annonciatrices d'un changement imminent, et pour tout dire capital. Inutile de vous préciser que pour pouvoir reconstruire sur des ruines, il est très fréquent qu'il y ait une démolition préalable.

— Désolée, mais je viens de terminer ma journée de travail. Je suis fatiguée et, de manière générale, j'ai vraiment du mal avec les phrases bizarres, ainsi qu'avec les propos qui tirent un peu trop vers l'ésotérisme. Qui plus est, ça n'explique toujours pas ce que vous venez foutre dans le vestiaire des femmes.

— Vous ne le sentez peut-être pas encore, mais votre vie professionnelle va être modifiée, a-t-il continué en ignorant toutes les remarques. Vous pensez que ça ne vous touchera pas, mais ce sera tout le contraire : vous serez potentiellement en danger.

— Bon, vous allez la cracher votre pastille ? a-t-elle exigé avec une irritation réelle. Parce que j'ai une vie personnelle, messieurs. Je continue à exister même quand j'ai rangé mon arme et ma carte. Alors, peu importe que ça vous déplaise, si c'est pour continuer à tourner autour du pot, je m'en vais dans les dix secondes !

— Comme vous le savez, le directeur va prendre sa retraite et nommer un remplaçant qui n'est autre que le chef actuel de la Criminelle, lui a répondu le grand mou. Ce que vous ne savez sans doute pas, c'est que pour le remplacer, Paul Baptista va être promu. Un nouveau chef de groupe va vous être envoyé. C'est le commandant Seth Kohl, un ancien membre de la Brigade des stups du 36. Cet homme est gênant. Pour tout vous dire, il ne devrait même pas être déclaré apte à reprendre du service.

— Et qu'est-ce que je viens foutre là-dedans, moi ?

— C'est très simple, a repris le petit. Il risque de mettre en danger tous les membres de votre groupe.

— Rien que ça !

— J'ai besoin d'avoir des yeux et des oreilles dans votre groupe pour nous prévenir s'il déconne, s'il va trop loin, ou s'il commence à tous vous faire dériver au-delà de la ligne jaune. Je suis certain que vous saurez. Vous le sentirez quand le danger arrivera. Et j'ose espérer que vous aurez le bon sens et la présence d'esprit de nous prévenir avant que cet irresponsable ne vous emmène trop loin. »

Il a terminé en lui tendant sa carte de visite qu'elle a empochée en soupirant. Elle avait déjà passé la lanière de son sac sur son épaule et se dirigeait vers la sortie quand le commandant Marle lui a lancé un dernier avertissement.

« Soyez très méfiante avec Seth Kohl. Ce n'est pas pour rien qu'on le surnomme le Zombie. Je suis votre assurance-vie, capitaine Fauvel. Mais il serait judicieux de me prévenir assez tôt pour que je sois encore en mesure de vous repêcher. »

Sans un mot de plus et d'un pas vif, Céline a regagné son véhicule.

Une fois dans l'habitacle, elle a senti une violente crise d'angoisse envahir sa poitrine et lui couper les jambes. Les mots de ces deux hommes se sont mis à tournoyer en boucle dans son esprit, générant des échos qui rendaient toute analyse impossible. Il lui a fallu au moins dix minutes d'exercices respiratoires avant de se sentir prête à prendre la route pour rentrer chez elle, à Pontoise.

Le changement n'est pas ce qui gêne le plus Céline. En revanche, perdre Paul Baptista est un vrai coup dur. Même si elle le savait depuis trois jours, l'annonce officielle qui vient d'être faite rend l'information plus concrète.

De même, et rétrospectivement, ce contact avec les fouines de l'IGPN ne la rassure pas du tout quant à celui qui sera présent à partir du lendemain. Elle se sent coupable d'avoir pris cette rencontre forcée beaucoup trop au sérieux, surtout après coup. Une partie d'elle-même a été influencée par ce roquet et ses aboiements malfaisants. Elle voudrait sincèrement oublier tout ça pour ne pas biaiser d'emblée sa relation avec cet homme en arrivant avec des préjugés.

Cette inquiétude et la culpabilité qui l'accompagne lui trottent dans la tête avec insistance. Des parasites et de mauvaises ondes interfèrent avec son habituelle cordialité ; elle ne parvient donc pas à profiter correctement de cette soirée.

Trop à bout de nerfs pour faire semblant d'apprécier la compagnie de ses collègues, elle est sur le point de quitter les lieux pour de bon quand Paul Baptista l'aperçoit et lui fait signe en s'approchant.

Ce soir, il porte un jean noir et une chemise assortie qui épouse à merveille son buste long et svelte. Ses yeux noir charbon et ses traits fins mais masculins ne sont pas cachés derrière ses longs cheveux bruns qu'il a attachés en catogan pour mieux supporter la chaleur. Son beau visage est ainsi mis en valeur et son regard sombre et magnétique éclipse tous les autres.

« Alors mon Petshop, on va être séparés ? lui dit-il avec un large sourire. Je ne vais pas trop te manquer ?

— J'ai encore du mal à y croire, et encore plus à m'y faire, concède-t-elle en baissant la tête. Ce ne sera plus pareil sans toi. Et puis je ne connais pas ton remplaçant. »

Son surnom – le Petshop –, qu'elle traîne depuis le début de sa carrière, fait référence à une gamme de jouets du même nom. Des concepteurs inventifs créent et renouvellent depuis des années une vaste collection de figurines d'animaux en plastique de toutes sortes. Ils sont fabriqués avec de nombreuses déclinaisons, avec d'innombrables détails et variations de coloris qui les différencient. Le tout suit une charte graphique très simple : les figurines sont en position assise ou couchée, conçues pour tenir dans une main d'enfant. L'autre invariant est la proportion invraisemblable des yeux sur chaque modèle de la collection ; des regards immenses qui donnent un côté mignon et renforcent l'air tendre et délicat de tous ces sujets animaux.

« Pour moi non plus ce ne sera pas facile, lui avoue Paul. Mais tu te fais du souci pour rien quant à mon remplaçant. S'il vient du 36, c'est presque improbable que ce soit un boulet. Même si je comprends ton angoisse, tu dois relativiser et lui laisser une chance.

— Oui, je vais bien devoir m'y faire, de toute façon.

— Toi qui as des yeux et des oreilles partout, tu en sais un peu plus sur ce commandant ? lui demande-t-il. Parce que moi, je n'ai même jamais entendu parler de lui.

— Déjà, je n'ai pas des yeux et des oreilles partout ! fait-elle mine de se vexer. C'est simplement que, comme je suis petite, il arrive très souvent qu'on ne me remarque pas.

— Oui, en effet ! convient Paul en riant. Alors, tu as pu capter des infos ?

— Assez étrangement, pas de rumeurs. Du coup, je me suis connectée à la base de données, mais le gros de son dossier est classé confidentiel, répond-elle en sortant son téléphone portable. On sait juste que sa dernière affectation était aux Stups.

— Bon, c'est déjà un début, relativise le commandant. Tu peux deviner que c'est un enquêteur solide, un habitué de la traque et des affaires sensibles.

— Ouais ! Mais c'est quand même super vague. Ça m'angoisse un peu de ne pas pouvoir m'informer sur celui que je vais devoir seconder à la tête du groupe. »

Elle passe son portable à Paul pour lui montrer une capture d'écran du résultat d'une recherche sur le nom de Seth Kohl. La nature confidentielle de l'essentiel des données lui fait froncer les yeux. Il essaie avec son code d'accès, mais sans trop d'illusions :

de capitaine à commandant, il n'y a qu'un pas. En tombant lui aussi sur un écran bloqué, il émet un claquement de langue, referme son mobile et tranquillise son ancienne seconde de groupe tout en lui prenant les épaules entre les mains, regard collé au sien :

« De toute façon, je vais rester avec vous demain, la rassure-t-il. Je voudrais que ce nouveau chef de groupe puisse prendre ses marques en douceur.

— Merci, Paul, répond-elle dans un souffle. C'est réconfortant de savoir que tu ne vas pas nous lâcher comme ça.

— Tu pensais que je pourrais tous vous abandonner du jour au lendemain ? Quand même, tu me connais mieux que ça.

— Oui, c'est vrai, convient-elle en baissant les yeux. Mais c'est beaucoup de stress. J'ai du mal à gérer.

— Je le sais, et je vais tout faire pour limiter les contrecoups de ce changement, promet-il. Lundi, comme je prendrai officiellement mes fonctions, je devrai recevoir chaque membre des trois groupes, il va donc lui aussi passer par mon bureau. J'aurai vite fait de le sonder et de lui poser quelques questions plus poussées.

— Mais après ça, une fois qu'il sera bien en place ? insiste-t-elle. C'est là que ça m'inquiète le plus, dans la durée. Je n'aime pas travailler avec quelqu'un dont je ne sais rien.

— Je comprends ton inquiétude. Mais la confidentialité de son dossier ne fait pas de lui une mauvaise personne. La plupart du temps, c'est lié à des affectations sensibles, à des postes particuliers ou à des faits de guerre. Certains relèvent du ministère de l'Intérieur et d'autres de la Défense. Ce sont presque toujours des soldats de régiments d'élite qui ont participé à des opérations relevant du secret d'État. Il peut même s'agir d'un policier qui a vécu et accompli des choses qui ne doivent surtout pas s'ébruiter.

— J'espère que tu as raison, Paul. Je ne me sens déjà pas prête pour ton départ, alors que tu sois remplacé par un chef potentiellement dangereux, je n'arriverai pas à gérer.

— Quoi qu'il en soit, en le regardant droit dans les yeux et en drainant un peu d'informations parmi les collègues qui auraient pu travailler avec lui, on pourra dresser un aperçu assez net en peu de temps », assure Paul.

Céline acquiesce, la gorge serrée et le ventre noué. Elle doit lutter contre les larmes et l'envie de parler à Paul de sa rencontre avec le duo de l'IGPN. Elle parvient difficilement à tout contenir. Elle se force à sourire quand le commandant va chercher deux coupes de champagne afin de trinquer avec celle qui aura été une seconde parfaite ces dernières années. Mais il le fait d'égal à égale, comme toujours.

« À l'avenir ! dit-il. Et à la promesse que je garderai toujours un œil sur vous, et tout particulièrement sur toi, mon Petshop. Pas seulement par favoritisme et par attachement, même si c'est en grande partie vrai. Je veux simplement que le meilleur des trois groupes de la Brigade criminelle de Versailles puisse travailler dans de bonnes conditions. Parce que vous êtes ceux qui assurez le plus, principalement sur des affaires sensibles.

— Merci, souffle-t-elle. C'est rassurant. »

L'un des points qui risque de lui manquer cruellement, c'est la confiance aveugle qui poussait chacun à donner le meilleur de lui-même. Et il en ira de même pour tous les autres membres du groupe. Tout sera bien différent demain, et plus encore lundi, quand ce sera devenu officiel.

« Comment pourrais-je vous laisser tomber, vous et votre façon de vous investir, de bosser sur vos congés pour être l'équipe qui a le plus haut taux de résolution d'affaires au sein de la Crime ? Et je peux vous promettre de ne jamais faire jouer mes fonctions et mes galons autrement que pour vous obtenir des moyens qui vous permettent de faire correctement votre travail. »

Comme il voit les yeux de Céline devenir plus troubles, il la prend dans ses bras et, avec une délicatesse que lui seul sait distiller, il passe une main très douce sur ses cheveux. Il la serre un peu plus fort quand il sent que les sanglots l'envahissent. Il la protège des autres regards, pour que personne ne puisse se servir de ses émotions contre elle.

Même si elle n'en a jamais rien laissé paraître, et parce qu'il est perdu pour les femmes, Céline a toujours vu en cet homme le stéréotype de son idéal masculin. L'inaccessible a ceci de commun avec l'interdit : tous deux donnent naissance aux plus agréables fantasmes.

4

Jeudi 4 août 2016
22 h 27 – Meudon

C'est avec l'esprit dévoré par l'angoisse que le commissaire divisionnaire Maxime Levant grimpe les étages d'une ancienne maison de maître actuellement en travaux, sans doute achetée via l'une des sociétés civiles immobilières de celui qu'il vient voir et sur le point d'être divisée en de nombreux appartements.

Goran et Malik, les lieutenants de Licco, l'attendent au quatrième étage, un flingue au bout de leurs bras. Le flic anticipe leurs instructions en terminant de monter les mains posées sur la tête. Une fois sur le palier, il est palpé et précise qu'il a laissé son arme avec sa carte, dans sa voiture. Le Serbe lui passe un détecteur de signal radio tout autour du corps, tandis que le Marocain lui confisque son téléphone le temps de l'entrevue avec leur patron.

Levant lutte contre une montée de bile dans la gorge en voyant ce qui se passe derrière les deux porte-flingues. Niko, le bras droit du caïd, se tient debout sur une bâche qui couvre le sol. Attaché par les pieds au-dessus d'un seau rempli de sang, un homme d'une trentaine d'années, vraisemblablement égorgé peu de temps avant, est en train de se faire débiter en morceaux. Habile comme un boucher, l'homme de main s'accroupit pour s'attaquer à l'épaule.

« Ah ! Que je sois damné si ce n'est pas mon Maxou ! lâche Licco qui est assis sur un canapé posé au beau milieu de ce chantier. Qu'est-ce que je peux te servir ? Whisky ? Vodka ? Je peux même te préparer un Bloody Mary, si tu veux.

— Non merci, Alexandre, répond Levant avec un sourire forcé. Je passe juste pour te donner des nouvelles.

— Ah bon ! Des nouvelles ! Ça tombe bien, j'adore ça. Mais uniquement si elles sont bonnes. Sinon, je suis contrarié et ça me fait faire des conneries. »

D'un coup de menton, il indique l'endroit où Niko est affairé avec le corps nu et un couteau à désosser. Maxime devient blême et vacille un peu.

Après quelques secondes, Licco se tape sur la cuisse et part dans un rire lourd.

« C'est bon, je te taquine ! se moque-t-il. Lui, c'était une salope de balance, il savait ce qu'il risquait et a mérité sa punition. Tu peux te détendre, je vais pas te faire de mal. T'es un peu con, c'est vrai, mais je t'aime bien ! »

Il lui tend alors une main énorme, dont chaque doigt est orné d'une chevalière en or massif et que Levant s'empresse de serrer.

Tandis que Goran leur sert deux verres de whisky tourbé, le truand propose un fauteuil au commissaire divisionnaire ; celui-ci prend place sans discuter, raide comme un piquet en constatant qu'il se trouve face au cadavre. Après avoir trinqué et bu une gorgée, Licco entreprend le façonnage de quelques lignes de coke.

« Cette bolivienne est un vrai miracle ! dit-il en travaillant la poudre avec sa carte Vitale et une carte de visite. Tu vas encore refuser, mais bon, je te le dis : c'est presque meilleur qu'une bonne petite chatte ! Enfin, disons plutôt que ça se vaut. »

Maxime le regarde s'envoyer deux rails de cocaïne. Comme c'est toujours le cas depuis qu'il a franchi la ligne jaune, il a du mal à réaliser la situation dans laquelle il se trouve. Il dirige le 36, quai des Orfèvres, il a une famille aimante, des amis, un entourage sain et respectable. Pourtant, il est ici, entouré de malfrats et d'un cadavre en train de se faire désosser, tremblant comme une feuille devant Alexandre Licco, un caïd fiché au grand banditisme.

Cet homme massif d'une cinquantaine d'années est l'un des rares survivants de l'âge d'or de la pègre française. Plus jeune, il était l'homme de main de Salvatore Pieneda, une légende vivante de la criminalité au sein de la capitale et de sa couronne, qui avait pris le jeune Alexandre sous son aile lorsque celui-ci, âgé d'une dizaine d'années, avait tragiquement perdu ses parents, abattus lors d'un règlement de comptes avec une famille de gitans. Le vieux caïd italien, qui travaillait avec le père d'Alexandre, s'est fait un devoir de lui apprendre le métier de gangster. Le gros Licco, comme il est surnommé quand il est absent, a grandi avec la famille Pieneda, Salvatore, son épouse et leurs deux fils.

Quand le *pater familias* est mort d'un cancer de l'intestin, il y a douze ans, le reste de la famille s'est déplacé à Menton, laissant les rênes à Alexandre qui s'en est plutôt bien tiré. Malgré cinq comparutions aux assises, il a toujours échappé à la prison ferme. Corruption policière, pression sur les magistrats, intimidations ou élimination de témoins : ses lieutenants agissaient avec maestria alors que leur *boss* était dans l'attente d'un procès ou en détention provisoire. Véritable anguille, le truand est toujours passé à travers les filets de la justice.

Quarante ans après ses débuts, Licco est de la vieille école, héritier d'une époque révolue où les mots « honneur » et « parole » avaient encore un sens.

« Bon, je pense qu'on en a terminé avec les préliminaires. Il est temps de me lâcher le morceau. »

La voix du truand vient tirer brusquement Maxime de ses pensées. Il sursaute avant de répondre.

« Il s'agit de Seth Kohl. Maintenant qu'il est revenu dans le monde des vivants, je n'ai pas eu d'autre choix que de le laisser reprendre du service. Il est chef de groupe à la Crime du SRPJ de Versailles.

— Et alors ? Qu'est-ce que tu veux que ça me foute ? Du moment que je reste en dehors de ça, tout va bien.

— C'est notre ancien associé qui m'a demandé de venir te prévenir. C'est pour ça que je suis là.

— Bon, alors maintenant que c'est fait, tu vas dire à ce connard qu'il se démerde. Moi, je n'en ai plus rien à foutre. »

Pour le commissaire divisionnaire, pas besoin de plus. C'est le signal qu'il attendait pour partir d'ici. Il avale son verre d'un trait et se lève en concluant :

« Je vois ça rapidement avec notre ancien associé. On va gérer ce problème tous les deux.

— Et n'oublie pas que je vous connais bien à présent, répond le caïd en tendant le bras. Alors mieux vaut pour vous que tout se déroule correctement. »

Après avoir scellé ce face-à-face d'une poignée de main, Maxime Levant récupère ses affaires auprès de Goran et Malik et quitte les lieux aussi vite que possible.

5

Vendredi 5 août 2016
18 h 43 – Villeneuve-le-Roi

Au fil d'une journée plutôt tranquille, passée à trier des procès-verbaux et à revoir tous les dossiers en souffrance, l'arrivée du commandant Kohl s'est faite en douceur. Mais pour tout le monde, cet homme au visage inexpressif reste une énigme, un peu comme une équation à résoudre, une sorte de casse-tête à réussir.

Par le plus grand des hasards, un événement très sérieux et potentiellement dramatique est venu briser la quiétude toute relative de cette bulle humaine en plein changement.

Tout le monde allait devoir plonger sans attendre dans le grand bain. Afin de maintenir la cohésion nécessaire, les membres ont tout fait pour banaliser l'arrivée du commandant Kohl. Ils vont avoir besoin de toute leur énergie s'ils veulent se montrer aussi performants qu'ils le sont habituellement.

Le dispositif Alerte-Enlèvement a été mis en place il y a deux heures à peine par le service en charge de la coordination, à la direction centrale. Gabin Schwartz, six ans, a été enlevé dans le parc proche de l'étang des Mousseaux, à Vigneux-sur-Seine. De nombreux services de police et de gendarmerie sont immédiatement entrés en ébullition et sont à présent actifs, déployés en un temps record.

Nouveau commandant et chef de groupe, Seth Kohl a dû attribuer aux éléments de cette escouade d'enquêteurs, composée de ceux qui sont devenus les siens, des tâches qui conviennent à chacun. Ils n'auront pas grand-chose à faire de plus que de mettre leurs compétences à profit.

Comme prévu, Paul a convoqué ce nouvel élément dans son bureau une heure à peine après son arrivée. Il tenait à lui poser quelques questions et lui transmettre des informations essentielles. Mais juste après qu'ils se sont serré la main, Paul Baptista a clairement orienté le débat sur ce qui lui tenait le plus à cœur : les autres membres du groupe. C'est ainsi que leur face-à-face a commencé. Derrière la moindre information donnée, comme en toile de fond, Paul mettait en avant le lien très solide qui l'unit à ses collègues. Il a poursuivi en révélant à son remplaçant les atouts de chacun.

En voyant le calme de Seth, ainsi que ses capacités d'écoute et de synthèse, Paul a vite compris que ce ne serait pas le genre d'homme à rencontrer des difficultés pour trouver ses marques, dans son groupe comme au sein du service régional. Son intuition a été confortée quand Kohl, avec les informations qui lui ont été données et celles qu'il a glanées, a su distribuer les tâches.

Il a eu suffisamment de flair pour affecter les lieutenants Marine Cardamone et Abdel Rahmane en renfort du déploiement en périphérie de la zone d'enlèvement. La première est d'une patience inébranlable, observatrice et capable de s'astreindre à un travail de fourmi des heures durant sans que son attention ne s'éloigne de son objectif. Le deuxième, quant à lui, a un tempérament de leader. Sa capacité à prendre des initiatives et son éloquence font de lui un homme solide sur lequel on peut compter. D'après les informations qu'il a reçues, Seth sait que, sur place, dans le parc, la commissaire Asia Baptista fait déjà le maximum, assistée par les deux groupes de terrain de la police technique et scientifique placés sous ses ordres. Karine Perrin et ses subordonnés travaillent d'arrache-pied sur les traces au sol pendant que David Colin et les siens prennent des photos et identifient certains points avec des repères numérotés.

Tous sont de vrais limiers, des pointures dans leurs domaines de compétences.

Les lieutenants Cardamone et Rahmane ne seront néanmoins pas de trop sur place, principalement pour prendre des dépositions et interroger le voisinage, voire même assister les sections techniques afin que tout soit bouclé au plus vite et que le laboratoire puisse commencer l'analyse des pièces à mesure qu'elles arrivent.

Danilo Battaglia, le vétéran du groupe, viendra en renfort pour la recherche des images de caméras appartenant à des sociétés privées ou des particuliers. Ici aussi, le choix de Kohl est réfléchi et judicieux : ce lieutenant quinquagénaire à la couenne épaisse sait se faire respecter. Il aura nettement plus de facilité à faire baisser les bras aux récalcitrants.

De son côté, Seth Kohl a épaté Paul quand il a annoncé vouloir se rendre au domicile de la famille Schwartz, accompagné de la capitaine Céline Fauvel, sa nouvelle seconde, afin de reprendre une déposition sous un angle différent. Pour le nouveau chef de brigade, il est clair que c'est le master en psychologie de la jeune capitaine qui l'a poussé à prendre cette décision, peu orthodoxe mais très judicieuse.

S'il poursuit dans cette voie, en sachant utiliser le meilleur de chacun, il va vite devenir un bon chef pour le groupe, se dit Paul en les regardant partir. *Je vais pouvoir compter sur eux rapidement pour les affaires les plus délicates comme les plus stressantes.*

*
* *

Sur la route pour le domicile de la mère du disparu, Seth Kohl reste un moment silencieux. Il cherche comment formuler des directives simples afin de préparer sa seconde à ce qui va suivre. Mais au préalable, il décide de faire en sorte que leurs rapports soient plus fluides.

« Est-ce que ce serait un problème si on utilisait le tutoiement ? lui demande-t-il. Je serais plus à l'aise.

— Ah non, aucun problème, bien au contraire, répond-elle avec un sourire. J'étais habituée comme ça quand je faisais équipe avec Paul. Ça sera même beaucoup plus facile pour moi, je veux dire pour la transition.

— Alors c'est parfait. L'étiquette, ce n'est pas mon truc, loin de là. La simplicité facilite le contact. »

Avec un petit sourire en coin et un léger rougissement, elle se décide à commencer immédiatement, en posant une question qui lui trotte dans la tête.

« J'imagine que tu as un plan pour interroger la mère du petit ? Je suis sûre que tu ne veux pas simplement aller lui infliger une fois de plus les questions classiques.

— J'aimerais que tu puisses te servir de ta spécialisation en psychologie durant cette rencontre avec Laurence Schwartz, lui dit-il. Je n'ai pas tes connaissances mais je voudrais, dans la mesure du possible, que tu parviennes à effacer tous les précédents entretiens formels avec les autres policiers.

— Oui, je peux faire ça, assure la jeune capitaine. Mais dans quel but ?

— Une nouvelle approche nous donnera peut-être des résultats différents. Avec un peu de chance, on pourrait même faire remonter de nouveaux éléments. »

Céline acquiesce en fixant à nouveau la langue de bitume qui se déroule sous les pneus de la voiture. Elle doute de pouvoir trouver autre chose que ses collègues. Mais si elle peut aider, même un tout petit peu, cette femme rongée par l'attente interminable et angoissante qu'elle est en train de vivre, ce sera toujours ça de gagné.

Lorsque le commandant Kohl stationne la voiture sur le trottoir, abaissant le pare-soleil pour faire apparaître le mot *Police*, il commence par allumer une cigarette et attend que sa seconde fasse le tour pour lui faire signe d'approcher.

« Tu connais des méthodes qui permettent de stimuler l'inconscient ? lui demande-t-il d'une voix monocorde. Des techniques pour aller à la pêche aux souvenirs presque effacés, ou quelque chose dans le genre ?

— Oui, je peux tenter une approche potentiellement très efficace qui ne nécessite pas grand-chose. Avec un métronome et une lumière stroboscopique, j'ai déjà quelques idées. J'ai tout ce qu'il me faut dans le sac à dos que je laisse toujours dans cette voiture.

— C'est parfait, lâche Kohl en tirant bruyamment sur sa cigarette. Alors je vais te demander de me surprendre.

— Je vais essayer, réplique-t-elle avec un sourire. Je ne pourrai pas faire de miracles, mais je connais tout de même quelques techniques qui peuvent laisser espérer des résultats probants.

— Je ne t'ai pas demandé d'essayer, mais de le faire. Oublie l'humilité. Il est essentiel de croire en toi pour que ton potentiel se déploie entièrement.

— Je vais faire de mon mieux », promet-elle en détournant le regard.

*
* *

L'intérieur du petit pavillon semble gris et fade, les volets à demi-fermés n'arrangent rien. Mais c'est surtout ce que dégage Laurence, la mère de Gabin, qui donne cette impression. La jeune femme se sent coupable. Elle pleure toutes les larmes de son corps et vide sa peur et son inquiétude dans un paquet de mouchoirs :

« Je n'ai pas été assez vigilante, s'inflige-t-elle entre deux sanglots. Il jouait tranquillement avec ses voitures. Je ne l'ai pas vu s'éloigner. Je n'ai entendu aucun cri. Il a tout simplement disparu. Ça s'est passé sous mon nez, pourtant je n'ai rien vu venir.

— Vous ne devez pas vous en tenir responsable, tente de tempérer Céline. Nous ne savons pas encore ce qui s'est passé. Personne ne peut rien affirmer pour le moment. Nos hommes quadrillent tout le parc du Port aux Cerises et les environs du lac pour voir s'il ne s'est pas perdu.

— Mais ce témoignage, cette dame qui a vu un homme et sa voiture ? demande Laurence. Quand les premiers policiers sont arrivés, je les ai entendus parler d'une femme qui avait vu un individu allonger un petit garçon presque inconscient sur le siège arrière d'une grosse voiture. C'était une Citroën grise, et elle était garée avenue Sully. Tout près de là où nous étions ! »

Jamais la mère n'aurait dû entendre ce genre de témoignage. Les policiers qui sont intervenus ont négligé la prudence en parlant de tels détails devant des civils. Ils ont cruellement manqué de tact. Mais maintenant, le mal est fait, et Seth doit essayer à tout prix de dédramatiser ce qui, pourtant, est un véritable drame.

Il pose une main apaisante sur l'épaule de cette femme dévastée avant de commencer à lui parler.

« Nos meilleurs éléments sillonnent toutes les pistes possibles. Rien ne sera laissé au hasard. Je vous demande de ne pas douter de cela. Tout est mis en œuvre pour retrouver votre fils. »

En effet, tout a été mis en œuvre, comme d'habitude lorsqu'il s'agit de ce type d'urgence. En ce moment même, sur toutes les chaînes publiques et la plupart de celles du secteur privé, un message se déroule en bas d'écran et des flashs spéciaux viennent ponctuer les programmes habituels. Tous les policiers de la banlieue parisienne et de la capitale ont une copie de la photo de l'enfant et un signalement du véhicule. Des barrages de gendarmerie bloquent les grands axes et les contrôles sont systématiques.

Dommage que le témoin n'ait pas eu la présence d'esprit de relever l'immatriculation, ou au moins le modèle exact de la Citroën, se dit le commandant Kohl. Mais il sait que, dans ces cas-là, l'affolement prend le pas sur la logique et le bon sens.

La femme témoin de la scène n'a pas non plus été capable d'indiquer le type de gris de l'automobile, même face à un nuancier très précis des couleurs utilisées par le constructeur. Elle hésite entre gris clair et gris métallisé.

Et les heures filent, nous laissant de moins en moins de chances de retrouver le petit en vie, pense Seth avec une lucidité cruelle mais réaliste.

Céline ne tient pas à rentrer les mains vides, et encore moins sans avoir tenté une approche psychologique de cet interrogatoire. Aussi se décide-t-elle à tenter une expérience qu'elle introduit par une question qu'on a pourtant déjà posée des dizaines de fois à la mère.

« Vous êtes certaine de n'avoir vu personne de louche dans le parc ? Ou quelqu'un que vous connaissez ? Son père, peut-être ?

— Je ne me souviens de rien de spécial, ni de personne en particulier, répond-elle. Seulement des mamans et leurs enfants qui sont restés après l'arrivée de la police.

— Et son père ? insiste Céline. Vous entretenez des relations normales avec lui ?

— Son père n'existe plus pour nous. Il n'a d'ailleurs jamais vraiment existé. Il m'a laissée en apprenant ma grossesse et mon intention de garder l'enfant. Il vit à Nouméa, à présent. Il n'a même jamais vu une photo de son fils. Il s'en fiche complètement.

— Accepteriez-vous de vous livrer à un exercice de mémoire avec moi ? »

Laurence semble hésiter une seconde puis lève les épaules en se mettant à pleurer :

« Si ça peut aider... alors oui, bien sûr.

— Très bien, poursuit Céline en abaissant déjà le ton de sa voix. Adossez-vous au canapé et fermez les yeux en essayant de rester la plus calme possible. Tâchez de respirer profondément, en inspirant avec le nez et en expirant par la bouche. »

Elle s'exécute, parcourue de frissons. Céline sort le métronome qu'elle règle à quatre-vingts battements par minute. Le spot est prêt à être mis en marche, mais la capitaine attend le moment idéal. Elle pose son index et son majeur sur le plexus solaire de la mère inconsolable mais réussit à stopper les spasmes qui l'agitent avant de poursuivre :

« Il n'y a plus que ma voix et ce bruit régulier qui provient du métronome. Les autres sons disparaissent. Concentrez-vous sur ma voix comme si c'était le centre d'une image. Le métronome, quant à lui, est le fond, le paysage immuable derrière l'image. Je vais compter en vous donnant des instructions que vous devrez suivre aussi précisément que possible. Avez-vous bien compris, madame ?

— Oui.

— Bien ! Je compte un et vos épaules se relâchent. »

Seth Kohl se prépare à assister à l'application des études en psychologie de Céline. Pour l'instant, il reste perplexe. Mais il serait fasciné si elle parvenait à ses fins avec pour seuls outils la suggestion et un état hypnotique partiel. La mère, anéantie par le remords et l'inquiétude, se décrispe et s'écrase un peu plus contre le dossier.

« Je compte deux, poursuit la capitaine, et votre mâchoire se desserre. »

C'est ce moment que choisit Céline pour ralentir le rythme du métronome, avant de faire signe au commandant Kohl de lancer le stroboscope. Une lumière intense pulse par flashs réguliers. Même les paupières closes, ils sont perceptibles et parfaitement alignés avec les stimuli sonores qui sont descendus à soixante battements par minute. D'une voix neutre, la jeune capitaine continue la distribution des consignes qui tombent lentement, laissant à la mère le temps de se relâcher.

« Je compte trois et vos hanches s'assouplissent. Je compte quatre et vos bras deviennent mous. »

À mesure qu'elle avance, sa voix se creuse, devient plus grave et moins forte. Le décompte ralentit aussi.

Lorsque Céline termine, ce n'est plus qu'un souffle qui sort de sa bouche. Laurence, elle, est en état de transe.

« Je compte dix et vous êtes dans le parc. Il est presque dix-sept heures. Votre fils joue près de vous. Dites-moi ce que vous voyez.

— Je suis assise sur le banc. Le temps est agréable. Il fait chaud mais un vent léger vient rafraîchir l'air. »

La voix de l'hypnotisée est basse, elle aussi, presque flottante. Laurence Schwartz est étrangement calme et parle des autres enfants, des jeux, du goûter que Gabin vient de terminer et dont elle jette les restes à la poubelle. Céline a sorti son carnet et un stylo. Le commandant Kohl observe la démarche avec attention.

« Est-ce que vous pouvez voir quelqu'un qui ne colle pas au décor ? Une personne qui n'aurait rien à faire là ?

— Je ne sais pas.

— Concentrez-vous et restez calme, madame Schwartz. Regardez bien autour de vous.

— Il y a un homme qui arrive d'en face. Je le vois quand je me penche pour mettre mes déchets à la poubelle.

— Comment est cet homme ? Essayez de me le décrire avec précision, en me transmettant chaque détail qu'il vous est possible de voir.

— Il est grand. Très grand et très musclé. Il a les cheveux courts, un peu comme les militaires. Il porte un bouc.

— Et ses vêtements ? Pouvez-vous me dire comment il est habillé ?

— Il porte un jean et un T-shirt blanc. Il se comporte étrangement. On dirait qu'il parle mais pourtant il est seul.

— Apercevez-vous des signes distinctifs ? demande Céline. A-t-il une cicatrice, un tatouage, des problèmes cutanés, ou n'importe quelle autre caractéristique apparente ?

— Il a un pansement sur le bras. Sur l'avant-bras gauche. Ses cheveux sont bruns.

— Et ses yeux ?

— Ils sont souvent fermés, mais clairs, je crois. Il fait de drôles de gestes avec son bras, comme s'il cherchait à chasser un insecte qui lui tournerait autour.

— Quoi d'autre ?

— C'est tout, souffle Laurence. Il sort de mon champ de vision.

— C'est tout ? Vous ne voyez rien de plus ? Personne d'autre sur cette place n'attire votre attention ?

— Non. C'était le seul. Il disparaît derrière les arbres en contournant le parc vers ma droite. À présent, je ne le vois plus du tout. »

Seth est franchement bluffé par ce que vient de réussir la capitaine Fauvel. Après avoir pris ses dernières notes, celle-ci entame un décompte à l'envers. Le stroboscope et les battements du métronome ralentissent quand elle arrive à cinq. Céline tend le paquet de mouchoirs à la mère qui se remet à pleurer de plus belle. Elle revient à la réalité et l'absence intolérable s'abat à nouveau sur elle.

« Vous nous avez beaucoup aidés, madame Schwartz, assure Kohl. Votre courage est remarquable. Ce que vous venez de nous apporter nous permettra d'avancer bien plus vite.

— Mais vous pensez que ça pourrait être le coupable ? Et comment est-ce que j'ai pu me rappeler tout ça ?

— C'est le résultat d'un travail sur la mémoire et de techniques de suggestion, explique Céline. C'est étudié pour que vous puissiez récupérer des souvenirs enfouis. Vous avez été parfaite.

— Alors, ça va vous aider un peu ?

— Bien entendu, mais à ce stade, on ne peut être sûrs de rien. L'homme que vous avez retrouvé dans votre mémoire n'est pas forcément le coupable. En revanche, nous ne devons laisser passer aucune piste, surtout pas celle-ci. Nous allons de ce pas sur le terrain voir si on trouve des éléments.

— Et mon fils ?

— Nous allons tout faire pour vous le ramener, je vous le promets », ponctue le commandant.

Les deux policiers quittent la maison sous le regard plein d'espoir de Laurence dont les yeux ne cessent de verser de lourdes larmes.

L'espoir de la mère se dissout aussi vite que les chances de retrouver son fils vivant. La conclusion sera douloureuse.

Ce genre de défi met Céline dans un état qui oscille entre les décharges d'adrénaline et les flux de pensées qu'elle empile et analyse à la façon d'un casse-tête.

Comme le commandant reste silencieux, elle fait de même. Elle note qu'il ne prend que rarement la parole mais ne se formalise pas de cette attitude froide qu'il affiche. C'est son premier jour dans le service, il lui faudra un peu de temps pour s'y sentir à l'aise.

Une mutation, c'est beaucoup de stress, se dit-elle. *Alors cet enlèvement d'enfant le jour de son arrivée, il y a de quoi le refroidir un peu. C'est tout simplement humain.*

Même s'il ne dévoile rien, Seth Kohl est déterminé à sauver cet enfant. S'il est déjà mort, il trouvera sa dépouille pour que sa mère puisse faire son deuil. Ce qui est certain, en dépit du pessimisme qui s'empare de son esprit, c'est qu'il donnera toute son âme, son énergie et sa volonté pour retrouver le petit Gabin.

6

Vendredi 5 août 2016
20 h 38 – Vigneux-sur-Seine

Après s'être garé au plus près des limites du balisage effectué autour du parc, le commandant Seth Kohl s'extirpe de l'habitacle.

Tout en sondant les lieux de son regard incisif, il passe ses mains sur sa chemise à manches courtes blanche et le haut de son jean pour défroisser ses vêtements. Son visage anguleux et rasé de près affiche une certaine froideur. Ses cheveux noirs qui commencent à grisonner près des tempes sont coiffés vers l'avant sur le dessus de sa tête et plus courts sur les côtés. Il se tient toujours très droit, ce qui laisse apparaître une musculature nerveuse et longiligne.

Il est difficile de lui donner un âge, mais les plis au coin de ses yeux soulignés de cernes font remonter chez lui un charme évident. Le genre d'homme un peu usé mais auquel la maturité va comme un gant.

Au soir de cette première journée passée avec lui, Céline n'est pas parvenue à cerner le personnage. Son côté énigmatique et son calme que rien ne semble capable d'abattre nourrissent l'appréhension de la jeune femme. De surcroît, il n'est visiblement pas du genre à discuter pour ne rien dire. Il ne parle que lorsque c'est nécessaire et n'engage pour ainsi dire jamais la conversation. Il répond le plus simplement et clairement possible à toute question.

Céline le sait, ce type de tempérament est fréquent chez les psychopathes et certains autres types de personnalités déviantes. Mais elle sait aussi que l'idée qu'elle se fait de lui a pu être faussée par la visite invasive de l'Inspection générale de la police nationale. Le portrait dressé par ces hommes, sans aucune preuve ni explication claire, n'a rien de reluisant. Même floues, leurs informations ont pu altérer son jugement.

Pour l'instant, tout va plutôt bien, se dit Céline. *D'autant plus qu'il vient tout juste de prendre ses fonctions ce matin et a vu ses capacités mises à rude épreuve par des événements on ne peut plus stressants.*

Alors qu'ils approchent du camion d'intervention de la police technique et scientifique, Céline ne peut s'empêcher de regarder les tatouages de son supérieur. Le style peut faire penser aux travaux de Giger, le créateur du monstre des films de la franchise cinématographique *Alien*. Il y a un côté biomécanique, des crânes, des démons et d'autres monstruosités du genre, sur ses deux bras. On peut raisonnablement imaginer que cette fresque s'étend sur une bonne partie du corps.

Devant eux, la commissaire Asia Baptista s'active à donner des ordres et à collecter des éléments potentiellement utiles à l'enquête. Elle est assistée d'un homme âgé d'une quarantaine d'années, qui consigne les scellés au fur et à mesure de leur arrivée.

Les troupes en blanc se déploient sur la zone. Comme des cosmonautes, leurs mouvements sont lents. Ils retournent la moindre pierre, fouillent méthodiquement le sable et les plus petites touffes d'herbe.

Céline Fauvel s'approche de la coordinatrice générale des différents groupes de PTS de Versailles,

Asia Baptista, la sœur de Paul. Yeux bleus, cheveux châtains clairs, du charisme et de l'éloquence à revendre, la responsable de terrain est une femme de caractère. Céline sait qu'il y a deux ans de cela, son nom était encore Olmetti. Mais son mari a osé lever la main sur elle. Avec seulement une fracture de l'humérus, le nez cassé et cinq côtes fêlées, tout le monde s'est accordé à dire qu'il s'en est plutôt bien tiré. Le divorce a suivi très vite et elle a repris son nom de jeune fille.

« Capitaine Fauvel ! dit-elle avec un sourire. On ne se quitte plus. Ça va faire jaser.

— Dire qu'hier on fêtait le départ à la retraite du directeur. Cet enlèvement est vraiment une tragédie.

— Mais c'est bien que vous soyez sur l'affaire, souligne Asia. Nos chances de retrouver Gabin Schwartz ne pourront qu'en être augmentées. »

Sur ces mots, la femme retire son gant droit. Échange de poignée de main énergique, franc et sincère. Asia Baptista est clairement ravie que Céline soit ici.

Comme Seth en a terminé avec son observation de l'ensemble des lieux, il s'approche des deux femmes.

Céline fait les présentations.

« Voici Asia Baptista, la sœur de Paul. Elle dirige les groupes techniques et scientifiques du service. Asia, je te présente le commandant Kohl, qui va prendre les rênes de notre groupe maintenant que ton frangin est passé à la tête de la brigade.

— Alors là, pour le coup, tu commences avec du lourd, lâche la commissaire. J'espère qu'on va retrouver ce petit bonhomme vivant et en bonne santé.

— Je sens énormément d'énergie négative qui s'accumule, répond Seth avec son visage neutre et indéchiffrable. C'est un peu plus sombre à chaque seconde qui passe. Même si on le retrouve, j'ai bien peur qu'on n'ait que le corps à restituer à sa mère. »

Un ange passe.

Les mots du commandant, qui vient de s'allumer une cigarette, jettent un froid que Céline tente de briser comme elle peut.

« Nous sortons de chez la mère de Gabin, et j'ai réussi à lui faire remonter des images en mémoire. Il se peut que j'aie une piste supplémentaire à vous donner.

— En voilà une bonne nouvelle, avoue Asia. Parce que pour l'instant, on ramasse plus les poubelles que les indices. Explique-moi, ça m'intéresse vraiment. »

Sans entrer dans les détails, la capitaine de la Crime décrit à la responsable des deux groupes de la police technique et scientifique les informations collectées avant de se déplacer vers un banc. Asia fronce les sourcils quand Céline Fauvel s'y assoit, se relève et se penche en faisant semblant de mettre un déchet à la poubelle. Elle se redresse ensuite et pose une question en pointant une zone de son index tendu :

« Comment est le sol sous ces arbres ?

— Légèrement herbeux par endroits mais assez argileux, et donc parfait pour prendre d'éventuelles empreintes de pas, si c'est bien à ça que tu penses. Surtout après les jours de pluie de la fin de semaine dernière. Je vais appeler Karine et tu l'accompagneras pour l'orienter au mieux. Avec un peu de chance, vous nous permettrez de rentrer avec des éléments plus solides. J'ai deux groupes qui s'activent dans le vent pour l'instant, alors il me faut des résultats.

— C'est pour ça que nous sommes là.

— Parfait. Je te laisse te mettre en tenue. »

Seth fait signe à Céline qu'il va voir une de ses connaissances qui est justement en train de retirer le même type de combinaison que Céline s'apprête à enfiler. Cinq minutes plus tard, Karine Perrin arrive :

« Bonsoir, capitaine ! Je suis heureuse de vous voir.

— Bonsoir, Karine. Moi aussi. Avec vous sur la scène de l'enlèvement, on peut être certain que rien ne sera laissé au hasard.

— Pourtant, on n'a pas grand-chose. À moins d'un miracle, on va faire chou blanc. »

La responsable de groupe est un élément capable de faire tourner le vent dans une enquête et de la faire passer à la vitesse supérieure. Une femme méticuleuse et ordonnée, la collaboratrice rêvée pour tout bon flic.

Les deux femmes se glissent sous les cordons et se dirigent vers l'endroit indiqué par Céline. Celle-ci a beau avoir pris une combinaison taille S, elle semble flotter dans un sac dans lequel on pourrait embarquer encore deux autres femmes de son gabarit. En chemin, elle raconte à Karine la séance d'hypnose et le souvenir relativement précis de l'homme au pansement.

Karine et Céline se mettent alors d'accord sur la méthode à suivre pour chercher, en commençant par l'avant et en reculant lentement, en diagonale, vers le nord-est.

« Les zones herbeuses sont inexploitables, explique la commandante Perrin en observant le sol. Et comme vous pouvez le constater, elles sont nombreuses. Il faudra donc de la vigilance sur les zones de terre nue.

— Je comprends, oui », répond Fauvel en se mettant au travail.

Karine balise les zones exploitables à mesure qu'elles ont été vérifiées. Elle a donné une série de repères à Céline pour qu'elle puisse faire de même. Les lampes surpuissantes éclairent le sol comme un long flash continu, presque éblouissant, qui compense le soleil déclinant et la pénombre des arbres.

Il leur faut presque une demi-heure pour trouver une trace de pas d'adulte, nette et très récente d'après Karine.

« On a de la chance : une belle marque, complète et en trois dimensions. Longueur, largeur et profondeur : on a la totale !

— C'est une bonne nouvelle, alors ?

— Oui, surtout qu'il n'y a presque pas de poussière dessus. Regardez les petites traces de chaussures des enfants : on pourrait les classer chronologiquement en observant leur netteté.

— C'est vrai, convient Céline. Et ce grand pied est très propre. Si on regarde bien, c'est même le plus net.

— Je confirme : c'est bien votre homme. Même si je n'aime pas être trop optimiste, j'en suis pour ainsi dire déjà certaine. »

Elle place une balise jaune numérotée, se redresse, tend le bras et montre la direction à suivre.

Les recherches continuent, leur permettant de trouver d'autres traces identiques. Sept en tout, en presque trois heures de fouilles minutieuses. Les conclusions de la commandante tombent.

« Il doit chausser du quarante-cinq. Il portait des rangers de type paramilitaire dans un état presque neuf.

— Y a-t-il un moyen d'estimer son gabarit ? Même si ce n'est pas très précis ? Ça nous sera utile pour compléter la description qu'on a réussi à obtenir.

— Il doit être grand et peser relativement lourd. Mais mon rapport après analyse de la prise d'empreinte sera plus précis sur la morphologie de cet individu.

— Ce qui me saute aux yeux, note Céline, c'est qu'il est arrivé par le parc, de la droite, et qu'il a tourné en faisant une boucle pour y revenir par la gauche.

— En effet.

— C'est un itinéraire court et un peu trop suspect pour une simple balade.

— C'est ce que je pense aussi, convient Karine. Mais pour ça, je ne me fait pas de souci : votre intuition vous révélera ce qu'il en est. Mon rapport ne servira qu'à étayer vos travaux et ceux du groupe d'Alerte-Enlèvement. »

Après avoir été chercher sa mallette dans le fourgon, elle revient sur l'empreinte numéro quatre, la plus nette, pour effectuer le moulage.

Elle commence par bien nettoyer, au pinceau, la marque en trois dimensions, puis prépare son mélange à base de plâtre de Paris. Avec beaucoup de soin, elle laisse couler le mélange gris clair dans le trou laissé par la chaussure. Elle arme et renforce son résultat avec des baguettes de bois entre les différentes couches, de plus en plus épaisses afin que la sortie puisse être faite sans risque de brisure.

Elle n'utilise pas de pâte élastomère à base de silicone, remarque Céline. *Elle travaille à l'ancienne, une méthode bien moins pratique, plus contraignante, mais qui donne des résultats beaucoup plus précis*.

« Il va falloir un moment pour que ça sèche, dit Karine. En plus, il faudra aussi que je fasse un pied droit. Vous pouvez y aller. Mon rapport sera sur votre bureau demain matin. Je veux faire aussi vite que possible.

— Bien ! Je m'arrangerai pour y être à sept heures.

— Alors à très vite, capitaine. Merci pour cette aide inespérée. C'est à vous qu'on doit ça.

— Le fruit d'un travail d'équipe, dit Céline. Il n'y a que ça de vraiment efficace. »

En retournant vers la camionnette principale, elle voit un homme sortir de sa poche un petit flacon en verre foncé et le donner à Seth qui l'empoche sans tarder. Après avoir échangé quelques mots, le commandant donne une tape amicale sur l'épaule de cet individu, vraisemblablement un policier en civil de l'un des innombrables services que comptent Paris et sa banlieue.

Faisant mine de n'avoir rien vu, elle tourne le dos le temps que Kohl arrive au véhicule et consulte ses derniers courriels depuis son téléphone portable.

« Alors, qu'est-ce que ça dit ? lui demande le commandant après s'être allumé une Marlboro. On a des pistes exploitables ?

— Oui, on a surtout pu trouver de belles traces de semelles, bien nettes. Le moulage qu'on a pu en faire va être rentré dans une banque de données pour permettre, au minimum, de pouvoir les enregistrer sous X ou de les relier à une autre affaire.

— Alors tout n'est peut-être pas perdu, finalement », conclut Kohl d'un ton froid avant d'écraser sa cigarette.

7

Samedi 6 août 2016
02 h 12 – Clamart

Une fois sa voiture garée dans la rue, Seth Kohl entre par le portail ouvert et traverse l'allée qui mène à la porte d'entrée en écartant les branchages de la végétation sauvage qui s'est installée progressivement, faute d'entretien.

Il n'y a pas si longtemps, même si tout ça lui semble loin, il a été heureux ici. Mais la vie, loin d'être un long fleuve tranquille, est plutôt un long cauchemar un peu trop réaliste.

Au moment où il arrive à la cuisine pour se servir un verre d'eau, il a l'impression soudaine que sa tête est comprimée, prête à éclater, traversée par des pics de douleur aiguë qui frappent par à-coups d'une tempe à l'autre. Toute la partie frontale est en feu. Un brasier de plus en plus intense à mesure qu'il descend jusque derrière ses yeux. Voilà un peu plus de quinze ans qu'il a développé ces migraines ophtalmiques, alors qu'il servait dans l'armée en opération extérieure sur le sol afghan, à Kandahar. Elles sont violentes et surviennent tout à coup, sans aucun signe avant-coureur. La durée du calvaire est irrégulière, de quelques minutes à plusieurs heures.

Le problème dans son cas, en tant qu'ancien toxicomane, c'est qu'il n'a droit à aucun opiacé, naturel ou de synthèse, qui pourrait revenir titiller les créatures voraces nichées dans son esprit dédaléen. Tant qu'il ne les stimule pas, elles restent dans la cage où elles sont enfermées. Mais en cas de consommation de morphine, de fentanyl ou même simplement de codéine, il entrouvre la porte et les démons se mettent à s'agiter dans les profondeurs. Tant que l'ivresse et les effets du produit durent, il ne les sent pas s'énerver et saccager l'intérieur de son crâne et ne peut donc pas les rassembler d'urgence pour les remettre dans leur prison.

Quand les effets cessent, de façon progressive, il n'est pas pour autant en état de manque, mais le mal est fait. Le cerveau et chaque centimètre cube du corps réclament de nouveau des produits similaires ; et il a un mal de chien à tout remettre en ordre. Le flacon de Rivotril que lui a passé Valentin, son ancien collègue, ne lui sera d'aucune aide. La molécule active, le clonazépam, fait partie de la famille des benzodiazépines. C'est d'ailleurs le plus fort et le plus efficace de tous. Mais il n'a aucune action antalgique ni analgésique. Ça lui permet simplement de limiter ses insomnies et, si tout va bien, de dormir trois heures d'un sommeil ininterrompu.

Ses yeux, quand il parviendra à les ouvrir, vont compter le temps qui passe en consultant l'écran de son mobile. Visiblement, comme tout est à fleur de peau à trois heures passées, il sait qu'il aura affaire à une crise de longue durée.

Alors il met en route le plan d'urgence tout en maudissant le sort. Il arrache une petite trousse en cuir scotchée sous l'évier, dans le meuble où sont rangés les produits d'entretien, et va la vider sur la table basse du salon en titubant sous les pics de douleurs. À l'intérieur, le contenu d'une Stéribox :

deux seringues stériles, du sérum physiologique, deux préservatifs, des lingettes alcoolisées pour se nettoyer la peau et deux petites coupelles en aluminium avec un coton pour filtrer le mélange ; mais aussi un large élastique de boucher pour faire garrot et un petit sachet zippé transparent contenant une poudre beige.

Il lance le lecteur CD et l'ironie du sort veut que ce soit l'album du Velvet Underground qui démarre ; il n'a alors plus qu'à sélectionner la piste et lancer *Heroin*. La voix de Lou Reed vient mettre des mots justes sur ce qu'il se prépare à faire. Il n'est même pas conscient que sa migraine a cessé au moment où il a pris la décision de se faire un *fix*.

Les voies des effets psychosomatiques sont impénétrables.

I don't know just where I'm going
But I'm gonna try for the kingdom, if I can
Cause it makes me feel like I'm a man
When I put a spike into my vein
And I'll tell ya, things aren't quite the same
When I'm rushing on my run
And I feel just like Jesus' son
And I guess that I just don't know
And I guess that I just don't know

Il fait tomber un peu de cette poudre surpuissante au fond d'un des récipients, fait couler cinq millilitres de sérum physiologique par-dessus et allume son briquet pour faire chauffer le contenu qui se transforme presque immédiatement en un liquide ambré à l'odeur proche de celle du caramel. Une fois porté à ébullition, il pose le récipient sur la table, ôte le capuchon de la seringue avec ses dents et plante le petit filtre en coton blanc au bout de l'aiguille avant de le plonger dans le produit et l'aspirer pour en filtrer toutes les impuretés.

L'élastique est noué autour de son biceps gauche et, malgré les tatouages, il connaît parfaitement les zones de son système circulatoire. En piquant au bout du dard du frelon qui orne son bras, il sait qu'une belle veine passe par là.

Quand il tire sur le piston et voit un peu de sang remonter dans le réservoir, il pousse sans tarder pour injecter ce poison lent dans son organisme.

Le flash est d'autant plus violent qu'il n'a pas touché aux drogues depuis un an. Il desserre l'élastique et se laisse tomber en arrière avec un râle de plaisir continu qui s'échappe d'entre ses lèvres comme les mots qui sont diffusés par les enceintes.

Heroin, be the death of me
Heroin, it's my wife and it's my life
Because a mainline to my vein
Leads to a center in my head
And then I'm better off than dead

Allongé sur le divan, Seth observe le crucifix qui orne le mur. De son point de vue, c'est une croix renversée, ce qui lui rappelle certains démons tenaces de son passé. Une série d'événements qui a précipité sa chute, exactement comme Satan dans les Saintes Écritures, les apocryphes et certaines œuvres laïques majeures, en tête desquelles on peut citer *Le Paradis Perdu* de Milton.

Les flics qui font partie des brigades les plus dangereuses doivent faire face au Diable pendant toutes les heures passées sur le terrain. C'est un fait, et un poids terrible que rien ne semble pouvoir alléger. Quand il travaillait en infiltré, sans filet, pour faire tomber tous les pires trafiquants de Paris et de sa couronne, Kohl dansait avec Satan jour et nuit, sans aucune trêve, avec la conscience que le moindre faux pas serait aussi le dernier.

Il se souvient alors de ce jour où deux policiers se sont retrouvés piégés en pleine transaction de drogue par des gangs des cités chaudes de Seine-Saint-Denis, dont un clan qui régnait sur la cité des 3000 et que Kohl surveillait depuis un bon moment. Mais il avait basculé de l'autre côté, et ce n'était en aucun cas en tant que flic qu'il était là. Il avait déjà sombré depuis cinq ans et ne bossait plus que pour son compte.

Quand il avait intercepté l'information sur le lieu et l'horaire du deal, il s'était déguisé en SDF pour pouvoir approcher le squat et s'y installer dès la veille.

Lorsque le jeune agent a pris une rafale de calibre .9mm Parabellum dans la poitrine, heureusement stoppée par son gilet pare-balle, il n'a pu faire autrement que de lui venir en aide en le mettant à l'abri, puis de refroidir tout le monde afin d'éviter que sa couverture ne soit compromise. Il a tué les dix hommes présents ce jour-là, y compris celui qui avait lâché son arme et s'était mis à genoux, les mains sur la tête, prêt à se rendre.

Kohl avait tout à perdre sur ce coup. Mais il n'avait pas anticipé que l'agent allait retrouver les forces et le courage nécessaires pour appeler renforts et secours.

Tout s'est déroulé trop vite, alors même que le brigadier-chef était devenu le bouclier humain du dernier membre du gang des acheteurs et qu'il perdait beaucoup trop de sang. Pour le sauver, il n'a pas eu d'autre choix que d'appliquer les gestes de premiers secours.

Il a fait un point de compression qu'il ne pouvait plus lâcher au risque de perdre le sous-officier. Mais lorsque les renforts sont arrivés, il a bien fallu qu'il se présente, ce qui lui a valu un placement d'urgence en désintoxication radicale.

Enchristé pour onze mois, dont le premier a été un véritable calvaire, il est pourtant parvenu à faire un énorme travail sur lui-même et, principalement grâce au Dr Flesch, s'est réellement extirpé de tout cela. Il ne lui manquait plus que de reprendre le travail, avec un groupe de terrain. Peu importait la brigade, exceptées toutes celles liées à la lutte contre le trafic de stupéfiants. Certes, il avait décroché pour de bon, mais il ne fallait pas tenter le Diable.

Quand on flirte avec l'héroïne, cette déesse du plaisir brut, on scelle un contrat à vie. Même désintoxiqué, cette substance est la première pensée qui vient à l'esprit d'un ancien junkie au réveil, et sa dernière avant de s'endormir. C'est un contrat signé *ad vitam aeternam*.

Il n'y a pas d'ancien toxicomane, c'est un mythe. Il n'y a que des toxicomanes tout court. Chacun d'entre eux vit des périodes de sursis plus ou moins longues, plus ou moins difficiles, mais toujours très fragiles.

Seth en est conscient, et c'est avec le fantôme de cette amante qu'il a vécu depuis qu'il a brutalement rompu avec elle. Et ce soir, il vient de retomber dans ses bras. Il se ment en prétendant que c'était simplement pour calmer sa migraine. À présent que les effets ont atteint leur hauteur de croisière, une pensée tourne en boucle dans sa tête.

Il ne faut pas que je replonge !

Mais au bout d'une demi-heure, cette décision raisonnable s'est déjà transformée.

Allez, encore un dernier. Juste un dernier fix et j'arrête ces conneries pour de bon.

8

Samedi 6 août 2016
08 h 21 – Versailles

Céline est là depuis presque deux heures quand Karine Perrin arrive à son bureau, une chemise cartonnée sous le bras. Les autres ne seront pas là avant encore une bonne demi-heure, peut-être un peu moins pour Marine et Paul, eux aussi volontiers matinaux.

La nuit de Céline a été mauvaise. C'est principalement le sort du petit Gabin qui l'a privée de cette quiétude qu'elle parvient en principe à retrouver rapidement en rentrant chez elle. Bien entendu, le changement au sein du groupe, et plus généralement de la brigade, a rajouté au stress. Elle s'est donc retrouvée complètement réveillée presque deux heures plus tôt et s'est rendue au travail encore plus en avance que d'habitude.

Quand elle voit sa collègue de la scientifique arriver à la porte de son bureau, elle souffle un grand coup et fait le vide dans sa tête afin de la recevoir correctement.

Les deux femmes se saluent cordialement et Céline propose le siège habituellement occupé par Paul à Karine qui s'y écroule ; ses traits sont rongés par la fatigue mais sa voix n'en reste pas moins tonique.

Le genre de personne que rien ne terrasse et qui peut aller au bout d'elle-même pour y trouver des réserves d'énergie supplémentaires.

Elle commence sans préambule :

« J'ai comparé les traces avec notre fichier des empreintes de chaussures présentes sur le marché. Il s'agit de Caterpillar coquées, pointure quarante-cinq. C'est un modèle assez récent qui s'est déjà bien vendu.

— C'est donc un modèle commun ?

— Oui, malheureusement. Certaines entreprises équipent même leurs ouvriers avec ces chaussures de sécurité de luxe.

— Je vois.

— Elles sont presque neuves, l'usure est légère, alors j'ai quand même passé les empreintes dans le fichier qui les a enregistrées sous X.

— Il y avait très peu de chances que ça donne quelque chose, souffle Céline. Et pour le reste ?

— Les empreintes consécutives numérotées 5 et 6 nous ont permis de déduire certaines informations, principalement grâce à la différence de profondeur à la pointe et au talon, ainsi qu'à l'écartement. »

Elle sort un compte-rendu et le pose devant la capitaine. Certains passages sont surlignés en jaune.

— Je vais passer les détails techniques, que vous trouverez de toute façon dans mon rapport. Pour faire court et clair, il s'agit d'un individu de sexe masculin, qui mesure entre un mètre quatre-vingt-six et un mètre quatre-vingt-douze et pèse entre quatre-vingt-cinq et quatre-vingt-onze kilos. Il marchait d'un pas large et dynamique, sans courir ni trottiner. Il a bien fait le parcours que vous pressentiez.

— Juste un tour ?

— Oui. Et j'ai continué mes recherches. J'ai retrouvé des traces partielles, dans le sable et les graviers, allant jusqu'au trottoir de l'avenue Sully, dans les deux sens.

— Ce qui corrobore le témoignage de la femme qui a vu la Citroën à cet endroit précis, ainsi que l'homme qui aurait poussé un enfant correspondant au signalement de Gabin sur la banquette arrière.

— Assurément. En revanche, aucune trace de pneumatique, étant donné qu'il est resté stationné sur le bitume et n'a roulé que sur la route goudronnée, se désole Karine. Mais j'imagine que vous le saviez : il n'y a que peu de chances d'en trouver sur ce type de terrain.

— Bien sûr, confirme la capitaine. Mais ce que vous m'apportez est déjà énorme. Vous y avez passé la nuit ?

— En effet, dit la commandante en bâillant. D'ailleurs, vous ne m'en voudrez pas si je vais me coucher sans plus tarder ? »

Céline rit de bon cœur en secouant la tête :

« Non, vraiment pas ! Je vous en prie, allez-y : vous en avez bien assez fait. »

Elles se saluent et Karine quitte le bureau, visiblement très fatiguée, ne tenant que grâce à son implication dans l'enquête et des nerfs d'acier.

Céline prend le rapport de Karine, ainsi que la déposition de Laurence Schwartz, la mère du disparu, et les apporte à Paul afin qu'il dispose au plus vite de toutes les données. Il gagnera du temps pour répartir les tâches.

Assis derrière son bureau, dont il a épuré le décor, minimaliste mais très chaleureux, le commandant replie le journal qu'il tenait ouvert devant lui, café à la main. Un T-shirt à manches longues d'un blanc uni avec l'inscription *Le Marais* sur la poitrine fait ressortir ses yeux noir charbon et met en valeur son teint hâlé.

« Mon arme fatale ! s'écrie-t-il avec une emphase jouée. Quel miracle tu es venue m'apporter ? »

Il remarque le dossier que Céline tient sous son bras. La capitaine le lui pose sur son sous-main en cuir noir. Il l'ouvre et analyse le contenu en parcourant les documents, un air satisfait sur le visage.

« C'est vraiment du bon travail, dit-il. Du très bon travail, même. J'ai eu vent de ta séance d'hypnose chez Mme Schwartz par ton nouveau chef de groupe, hier soir, ainsi que du coup de main que tu as donné pour les relevés sur le terrain, via ma sœur.

— Je constate que les nouvelles vont vite ! Nous sommes en effet parvenus à de très bons résultats. L'idée d'aller réinterroger la mère de Gabin est à mettre au crédit de Seth Kohl. Il a vu que j'avais suivi des études de psychologie, dont une spécialisation en victimologie. Il voulait tenter une approche complètement différente. Ça a porté ses fruits, donc l'initiative était bonne.

— Je ne peux que m'incliner, une fois de plus, devant ton talent, Sherlock !

— Oui, mais l'idée vient de Watson ! souligne Céline en souriant. On va plutôt dire que nous avons eu beaucoup de chance que Laurence Schwartz ait vu cet homme et que son inconscient ait bien voulu enregistrer et me restituer l'image.

— Arrête de minimiser tes résultats. C'est du très bon travail, pour toi comme pour Seth Kohl. Et je te le dis le plus sincèrement possible.

— Merci, Paul ! Aujourd'hui, je vais laisser mes hommes en renfort de l'alerte et en profiter pour prendre de l'avance sur mes rapports.

— Fais comme bon te semble, Céline. Mais ne tire pas trop sur la corde et pense à te reposer pour conserver tous tes moyens et un esprit clair.

— Je n'ai fait que mon travail, chef. D'ailleurs, si tu as besoin, je serai toujours là pour toi.

— Je le sais bien, assure-t-il. Je l'ai toujours senti, mon joli petit Petshop. Passe une belle journée.

— Je te souhaite une bonne journée à toi aussi, à faire... des trucs de chef, j'imagine. »

Après un clin d'œil entendu, elle quitte le bureau.

Paul sent bien que Céline ne va pas tenir compte de ses inquiétudes. Elle va rester sur l'affaire sans rien lâcher, en ignorant la fatigue et le pessimisme qui sont pourtant aussi réels qu'anxiogènes.

9

Samedi 6 août 2016
10 h 20 – Ozoir-la-Ferrière

Martin Loviton cherche son chien depuis près d'une heure dans la forêt domaniale de Notre-Dame. Un vent agréable vient rafraîchir l'air encore humide et fait bruisser les feuilles des arbres.

L'homme siffle régulièrement et appelle de toute voix :

« Hastur ! Viens là ! Hastur ! »

Rien n'y fait, le chien ne montre pas le bout de sa truffe. Il est pourtant habitué à obéir au doigt et à l'œil. Ce n'est pas dans ses habitudes de s'éloigner trop, et encore moins de faire la sourde oreille. Mais ce matin, il demeure introuvable. C'est la première fois qu'il lui fait ce coup, et ça inquiète d'autant plus son maître que le rottweiler n'est pas muselé, ce qui est normalement obligatoire.

Martin aime laisser son animal courir librement, se défouler un bon coup pour entretenir sa musculature et se purger en mangeant de l'herbe. Ces moments en pleine nature sont bons pour le chien. Il a la place et le temps de vivre, tout simplement.

Pourvu qu'il n'y ait pas eu de problème, souhaite intérieurement le maître. *Il n'a jamais mordu. Il n'a même jamais eu de prédisposition à la chasse comme certaines races. Mais il reste possible qu'il se soit mis aux trousses d'un animal sauvage. Il a également pu retourner à la maison, comme il l'a déjà fait par deux fois.*

Alors qu'il arrive sur un sentier plus large, il aperçoit enfin l'animal. Le molosse est en train de gratter frénétiquement derrière un arbre.

« Hastur ! lâche le maître rassuré. Qu'est-ce que tu fais ? Tu as trouvé quelque chose ? »

Martin commence à faire le tour de l'arbre et se fige en voyant une jambe et un pied. La taille indique clairement que ce sont ceux d'un enfant.

Pendant une fraction de seconde, il imagine le pire : son chien qui aurait attaqué et tué un gamin.

Le corps apparaît progressivement. En arrivant face à la petite silhouette, il découvre qu'il s'agit d'un garçon, assis et immobile. On pourrait croire qu'il observe quelque chose d'éloigné, là-bas, dans la forêt, sans pouvoir en détourner son regard. Sa peau est blafarde et il n'y a aucune trace de sang sur son T-shirt bleu clair, pas plus que sur son jean.

Les ombres et les pâles lumières du matin jouent avec les formes. Mais la clarté est suffisante pour ne plus laisser de doute sur ce que Martin aperçoit.

« Comment vas-tu, gamin ? appelle-t-il. Qu'est-ce que tu fais tout seul dans les bois ? »

Mais pas un geste, pas une réaction : cette immobilité totale fait penser à l'homme que le pire est arrivé à l'enfant. Immédiatement, il songe au petit Gabin Schwartz dont on parle aux actualités depuis la veille au soir. Ce matin encore, il a vu passer plusieurs fois l'annonce à la télévision, puis l'a entendue à la radio en venant jusqu'ici.

Il continue à tourner, sans s'approcher. Un rayon de soleil vient éclairer le visage de l'enfant et l'homme tombe sur sa peau exsangue, le cou légèrement penché sur le côté. La plaie s'étire d'un côté à l'autre de la gorge. C'est si profond que la tête n'est plus rattachée à la nuque que par le tiers arrière.

Pris d'une panique soudaine et violente, Martin recule en lâchant un petit cri instinctif. Paradoxalement, il ne parvient pas à détacher ses yeux de cette petite silhouette égorgée.

Pour autant, pas de sang.

Le chien surexcité gratte contre une cuisse du petit garçon, comme pour essayer de le réveiller. Il couine et pleure, s'affole sur le corps fluet de Gabin. Immobile et silencieux, son maître n'a même pas le réflexe de le rappeler à lui.

Martin finit par reconnaître les traits fins de Gabin Schwartz. Il n'arrive pas à y croire et reste un moment médusé devant le cadavre, incapable d'accomplir quoi que ce soit. Même les gestes les plus simples sont impossibles tant il est paralysé d'effroi.

Il faut à l'homme plusieurs minutes encore pour encaisser le choc. Et une de plus pour avoir la présence d'esprit de sortir son téléphone portable et d'appeler les secours.

* * *

Les cordons de sécurité ont été tirés, des balises posées, et Asia Baptista s'active à donner des consignes strictes à ses effectifs déjà en tenue blanche. Tout le monde l'écoute en silence.

« Je ne veux pas prendre le risque de manquer le moindre indice exploitable, alors vous allez avancer lentement, centimètre par centimètre, ramasser tout élément ne provenant pas de cette forêt. Je veux également que vous collectiez les poils du chien du témoin pour voir si tous ceux qui sont sur le corps proviennent bien de la même bête. Prenez aussi les empreintes de M. Loviton et celles de ses chaussures afin de les éliminer. »

Elle fait une pause et désigne le corps du doigt avant de reprendre :

« La victime n'a pas été tuée ici : il n'y a pas une goutte de sang. Ce qui veut dire qu'elle a été transportée à cet endroit depuis le lieu de son exécution. C'est pour ça que nous sommes arrivés par les petits sentiers, en roulant le plus à gauche possible. Le but de la manœuvre était de pouvoir prendre les empreintes des roues du véhicule utilisé par le tueur. Il était donc indispensable de tout faire pour essayer de trouver des traces de pneumatiques sans les recouvrir ni les effacer avec les nôtres. »

Elle jette un dernier regard affûté comme un rasoir à l'assemblée avant de donner le signal du départ :

« Tout le monde sait ce qu'il doit faire, alors en avant ! »

Les silhouettes immaculées des sections techniques et scientifiques se mettent au travail, alignées et minutieuses, passant toute la zone au crible, comme cela leur a été ordonné. Asia Baptista vient rejoindre Seth et Céline dans le camion d'intervention où la déposition à chaud de Martin Loviton est sur le point de commencer.

C'est le commandant Kohl qui se prépare à mener la danse. Céline rejoint la coordonnatrice de terrain de la PTS devant le véhicule :

« J'imagine qu'il n'y a que très peu de chances que ce soit notre homme, pense tout haut Asia, les yeux dans le vague. Ce serait trop beau que ce soit si facile.

— Non, ce n'est pas lui ! affirme la capitaine Fauvel avec assurance. Il est vraiment en état de choc. De plus, certains signes corporels ne mentent pas et sont tout à fait impossibles à simuler. Il a réellement été sonné par cette découverte. C'est le chien qui l'a mené au corps de Gabin. »

Asia Baptista ne comptait absolument pas sur un miracle.

Une nouvelle fois, elle a affecté le groupe Perrin sur ce terrain particulièrement difficile à traiter. La commandante qui gère cette équipe est aussi exigeante avec ses subordonnés qu'avec elle-même. Ce sont sans aucun doute les plus efficaces. De plus, ils s'entendent très bien avec les membres de l'ancienne équipe de son frère, devenue le groupe Kohl. Elle sait que s'il y a le moindre indice exploitable, ils le trouveront. Les compétences de chaque élément du groupe ne sont plus à démontrer.

Karine Perrin s'approche de Seth et Céline, le duo qui dirige tous les aspects du travail de terrain. À en juger l'expression qui tapisse son visage, elle apporte vraisemblablement une bonne nouvelle :

« Nous avons retrouvé des empreintes de pas, les mêmes qu'à Vigneux-sur-Seine. Mêmes chaussures, sans aucun doute. Je dois tout de même faire un moulage pour le confirmer et pour les pièces à conviction, mais une coïncidence est pour ainsi dire improbable.

— Parfait ! Ça démarre fort, dit Asia. Félicitations. Tout ça commence à nous ébaucher une esquisse qui ne demande plus qu'à prendre forme. On a déjà un bel aperçu de notre homme. Ses pieds, sa carrure et une description physique. C'est du beau boulot, Karine.

— Merci, souffle timidement cette dernière en empoignant la mallette qui contient tout le matériel dont elle a besoin pour prendre une empreinte nette et comparable avec celles de la veille. La similitude validera la preuve. »

Moins de dix minutes après, Martin Loviton sort du camion. Son chien muselé est attaché dehors, assis, prêt à partir. Kohl a pris le témoignage de l'homme à chaud sur son carnet en moleskine et le libère. Sans se retourner, il s'éloigne, sa convocation pour dresser un procès-verbal en main. Il devra en effet revenir au commissariat pour que sa déposition soit reprise officiellement, comme l'exige la procédure.

En le regardant, on jurerait qu'il porte un gros sac rempli de pierres sur le dos, tel Jésus portant la croix qui servira à sa propre crucifixion.

Au même moment, le lieutenant Guy Monnier, l'un des vétérans du groupe Perrin, arrive à son tour avec une autre bonne nouvelle :

« On a des traces complètes de pneumatiques, elles sont assez nettes sur près de cinq mètres, dont une profonde, dans de la boue. La terre est restée souple mais assez dense. On peut faire un relevé à la pâte élastomère et avoir les empreintes des quatre pneus dans ce virage. »

Céline, qui a déjà vu réaliser une prise d'empreintes de semelle, a bien du mal à imaginer la complexité d'un travail similaire sur tout un pneumatique. Elle se doute de la difficulté de la tâche. La longueur des traces à remplir et à contenir est importante. Des heures de boulot pour sortir de longues bandes souples qui serviront de comparaison avec les pneus en question si le déroulement de l'enquête l'exige. Mais en cas d'appréhension d'un suspect, un moulage des pneus de son véhicule peut le confondre aussi sûrement et facilement que ses empreintes digitales, ou que celles de ses chaussures.

« On avance bien, lance fièrement Asia Baptista. On n'attend plus que le Dr Tournel qui devrait être là d'une minute à l'autre pour les constatations *in situ*. Ensuite, on organisera le déplacement du corps jusqu'à l'Institut médico-légal pour l'autopsie. Et je sens qu'on pourrait bien avoir encore des surprises.

— Pourquoi ? demande Céline. À cause des vêtements ?

— Oui, bien sûr ! Il a été égorgé comme un mouton mais ses habits ne sont pas du tout tachés.

— C'est vrai.

— Alors, même si on ne peut que souhaiter que ce ne soit pas le cas… Je ne vois pas beaucoup d'autres explications.

— Tu insinues quoi ? demande Céline.

— Le fait qu'il n'ait pas la moindre trace de sang sur ses habits, ça ne peut vouloir dire qu'une chose : il l'a déshabillé. Malheureusement, je ne connais pas beaucoup de raisons qui poussent un détraqué à agir ainsi. »

Elle fixe Céline et annonce avec assurance :

« Pour moi, c'est certain : nous avons affaire à un violeur. Et l'évidence s'impose quant à la suite.

— Il a réussi son forfait sans se faire prendre. Il va gagner en confiance. Surtout, il risque bien de remettre ça », parvient péniblement à articuler la capitaine Fauvel.

10

Samedi 6 août 2016
11 h 50 – Paris 8^{e}

Un peu avant midi, le commissaire divisionnaire Maxime Levant, l'actuel directeur du 36, quai des Orfèvres, arrive à La Cantine de Chantal.

Il salue la patronne et va s'assoir à une table de la partie restauration de l'établissement. Il commande deux doubles whiskys qu'il descend en un rien de temps. Se retrouver ici, plus de cinq ans après ses dernières affaires avec le Zombie, et surtout avec la perspective de revoir celui qui va arriver, provoque un violent pic de stress.

Lorsqu'il entend des bruits de pas dans son dos, il sait de qui il s'agit. Il a réservé la place dos au mur que son complice exige systématiquement, ici comme dans n'importe quel autre endroit. Il ne supporte pas de manger ou de boire un verre lorsqu'il est dos à un accès, une ouverture ou même une vitrine qu'il ne peut pas surveiller. D'aucuns y verraient une marotte, voire une obsession. Mais certains modes de vie peuvent provoquer des impératifs qui confinent à la paranoïa.

Maxime réprime un sursaut quand une main se pose sur son épaule. Le commandant de l'IGPN s'assoit face à lui. Âgé d'une petite quarantaine, l'homme a les yeux verts et son regard semble explorer en profondeur tout ce qui se trouve face à lui, y compris l'esprit de ses interlocuteurs. Maxime a toujours cette impression de faire face à un serpent en la présence de cet homme glaçant. D'ailleurs, les yeux du divisionnaire sont presque immédiatement mordus, un crochet planté dans chaque orbite.

Son attention est pleinement captée.

« Alors comme ça, le Zombie a refait surface ? attaque-t-il sans ménagement. Je ne pensais plus du tout à ce petit connard. Après la tragédie, je n'aurais pas parié dix euros qu'il soit capable de remonter après une telle descente dans les bas-fonds de Paris. Il aurait dû continuer son voyage dans la came. Maintenant, il va falloir nous assurer qu'il ne vienne pas poser les mauvaises questions ou que certaines informations ne lui parviennent pas par hasard.

— D'où mon coup de fil.

— Et tu as été voir Licco ?

— Comme tu me l'as demandé. Inutile de te dire qu'il compte sur nous pour gérer ça tout seuls. Il ne veut pas en entendre parler.

— Je vais voir ce que je peux faire. Sinon, tu l'as revu, ce putain de Zombie ?

— Non, pas du tout. C'est Tarascon qui fait le lien entre Seth Kohl et moi. Il est mouillé, donc il fait ce que je dis quand il faut, sans discuter. Mais j'aurais quand même préféré que toute menace soit écartée.

— Comment ça se passe, pour l'instant ?

— Après presque un an enchristé à Sainte-Anne, et une guérison complète si on en croit le service d'addictologie, il voulait retourner sur le terrain. Je lui ai trouvé un poste de chef de groupe à la Brigade criminelle de Versailles.

— Je sais. Je suis resté à l'écoute.

— Je prie pour que la hiérarchie ne découvre jamais rien sur lui, ses missions sans filet et certaines saisies où les chiffres attireraient l'attention.

— Il n'y a aucune raison de s'en faire. On va gérer tout ça comme il se doit et ce sera réglé.

— C'est du grand n'importe quoi ! grogne le directeur du 36. Pourtant, Alexandre Licco devait s'en charger. Il avait assuré qu'il allait s'occuper de dégager Kohl. Celui qui a agi pour lui a même fait du zèle en tuant aussi sa femme et sa môme. La suite, tu la connais.

— Je sais, j'étais présent lors des funérailles, répond le Serpent. On ne peut pas changer le passé, alors on doit faire avec. C'est con que ce soit le frère du Zombie qui soit mort à sa place. Mais vois le bon côté des choses : ce genre d'erreur n'arrivera plus.

— Je ne sais pas comment tu fais pour ignorer sereinement qui s'est occupé de ça et qui a salopé le boulot, alors que la vraie cible se balade comme un électron libre dans toute la banlieue.

— J'évite de me torturer les méninges avec des choses que je ne peux pas changer. Tu devrais essayer.

— De toute façon, on est coincés, constate Maxime. Le gros Licco nous tient par les burnes. Avec toutes les preuves accumulées contre nous, il s'est offert une belle assurance. Un courrier à la direction et on est cuits.

— La seule solution, c'est de finir le boulot, tout simplement. On ne vivra jamais sereinement tant que le Zombie sera dans la nature. Je me charge de lui et ensuite on avisera. Il faudra aussi penser à Tarascon.

— Pourquoi ? Il n'est pas dangereux.

— Raconte pas de conneries. C'est Tarascon et toi qui faisiez tourner la machine bien avant que mes investigations ne m'amènent à vous. Ça tombait plutôt bien, vu qu'il voulait arrêter. J'ai pris sa place, mais j'ai toujours de quoi faire pression pour être certain qu'il ne parle pas.

— Oui, mais Licco est une bien plus grande menace pour nous, souligne Maxime. Il peut nous faire chuter quand ça le chante. Il m'inquiète bien plus que Tarascon. J'imagine que tu n'as pas oublié quand il a fallu négocier avec ce gros con pour qu'il nous laisse la vie sauve. Aucun de nous deux n'a été particulièrement vaillant.

— J'en suis conscient, reconnaît le commandant de l'IGPN. Je ne suis pas très fier d'avoir dû supplier de la sorte pour ne pas finir dans plusieurs sacs-poubelle. Mais on a fait face ensemble. Ce serait bien qu'on puisse continuer de compter l'un sur l'autre en cas de grabuge.

— Et pour Kohl ? On fait quoi en attendant ?

— Tu penses bien que j'ai commencé à me rapprocher de lui. Un collègue et moi sommes passés voir sa seconde de groupe, là où tu l'as envoyé. »

Avec un étonnement visible sur le visage, Maxime attend que le Serpent lui en dise plus. Mais ce dernier prend son temps. Il le fixe un moment, sourire en coin, avant de s'expliquer.

« Défaut professionnel : j'ai anticipé. J'ai posé des jalons et j'ai d'autres parades pour la suite. Alors on va passer notre commande et discuter de tous les moyens possibles pour garder les poches pleines et l'esprit serein. »

Un sourire se dessine sur le visage du Serpent. Il n'est pas du genre à montrer sa peur, pas plus qu'il n'est de ceux qui tremblent facilement. Ses nerfs d'acier et son esprit retors font de lui un associé fiable mais dur. Il peut éliminer une personne d'une équation qu'il trouve trop compliquée avec autant de simplicité qu'une institutrice efface d'un coup de brosse ce qui est écrit sur le tableau.

Quoi qu'il en soit, je sais à quoi m'en tenir, se dit le commandant de l'IGPN. *Je dois tout faire pour que Kohl et Tarascon soient soustraits du décor, voire qu'ils disparaissent de la surface de la planète. Licco suivra de près. Quant à Maxime, rien ne presse : il peut encore m'être utile.*

11

Samedi 6 août 2016
20 h 00 – Garches

L'Institut médico-légal, l'un des nombreux services de l'hôpital Raymond-Poincaré, à Garches, dans le département des Hauts-de-Seine, est un endroit où Céline Fauvel n'a jamais aimé aller. Il a beau être bien moins oppressant que celui de la préfecture de Paris, proche du quai de la Rapée, rien n'y fait, elle trouvera toujours cet endroit anxiogène.

Consciente que les flics les plus durs vont assister à une autopsie comme s'ils allaient se mettre à table pour partager un repas, elle n'a aucune honte à dire qu'elle ne s'y habituera jamais. Aujourd'hui, plus que tout, cette partie du bâtiment semble plongée dans une grisaille presque tangible. À l'accueil, la jeune capitaine attend Laurence Schwartz pour l'identification de la dépouille de son fils.

L'autopsie a déjà été réalisée par le Dr Tournel, qui n'en a eu que pour très peu de temps. Il se doutait de ce qu'il allait trouver. À la demande du légiste, Paul Baptista, sa jeune sœur Asia et Seth Kohl ont été appelés pour faire le point juste après que la mère a subi le cauchemar de tout parent : faire face au corps sans vie de son enfant.

Céline, qui est arrivée en voiture avec Seth, sait qu'il s'agit bien de Gabin. Elle a une photo de l'enfant et son visage n'a pas été touché, ni mutilé, pas plus qu'il n'a eu le temps de se décomposer. Malgré tout, la mère va devoir confirmer son identité. C'est la loi.

Cette dernière arrive pile à l'heure prévue, d'un pas lent, cherchant sans doute à repousser le moment pourtant inévitable du calvaire. C'est sans un mot, avec une profonde tristesse au fond des yeux, que la capitaine Fauvel lui serre la main, avec un regard qui vaut tous les discours du monde. Elles se dirigent vers une salle dans laquelle le petit garçon est allongé sur une table d'examen. Pendant ce temps, Seth Kohl, ainsi que le frère et la sœur Baptista, l'attendent près d'une machine à café, juste derrière la double porte battante du service médico-légal.

Au bout de deux longs couloirs, toujours sans échanger le moindre mot, Céline Fauvel et Laurence Schwartz arrivent dans une petite salle au milieu de laquelle trône un chariot en inox recouvert par un drap. Dessous, le petit corps prend une place tragiquement mince. Après avoir salué le Dr Tournel, debout juste à côté, Laurence s'approche d'elle-même, dans un élan de courage.

Lorsque le légiste découvre le visage et la plaie suturée au milieu du cou, la femme tombe à genoux, en pleurs, la gorge serrée et pleine de cris qui ne sortent pas. L'empathie de Fauvel la pousse elle-même au bord des larmes.

Il y a un mot pour désigner les personnes qui ont perdu un proche, pense Céline. Veuf ou veuve quand on perd son mari ou sa femme. Orphelin quand on perd ses parents. Mais il n'y a pas de mot pour ceux qui perdent un enfant. C'est sans doute parce qu'il n'y a aucun terme assez fort pour qualifier la souffrance intolérable qui en résulte.

Au bout d'un quart d'heure de sanglots, Asia Baptista entre silencieusement dans la salle et s'approche de Céline :

« Je pense que Tournel voudrait rentrer chez lui, dit-elle en murmurant. Et il faut encore qu'il nous fasse son compte-rendu. Il serait temps d'abréger les souffrances de la mère, non ?

— Non, on va lui laisser encore un peu de temps. Elle en a besoin.

— Encore cinq minutes, accepte la commissaire. Mais ensuite, il faudra lui demander de sortir.

— Très bien, répond Céline Fauvel. Je me chargerai moi-même de la raccompagner. »

*
* *

Une fois Laurence Schwartz partie, le Dr Tournel est passé par la porte réservée au personnel, indiquant aux policiers de le rejoindre en faisant le tour par les couloirs situés au fond de la pièce. Lui a emprunté la double porte battante en poussant le chariot. Sur le chemin menant à l'espace de travail du légiste, Céline et Asia ont évoqué son physique ingrat, ce visage improbable qui ressemble à une grimace permanente ainsi que ses yeux de taupe derrière les hublots épais de ses lunettes. Quand Asia a lâché que cet homme était une farce de la nature, ou la preuve que Dieu avait le sens de l'humour, le fou rire est devenu incontrôlable. L'erreur est monumentale car à présent, face à lui, elles doivent lutter pour ne pas céder à l'hilarité. Inconsciemment, c'est un moyen comme un autre de rendre l'horreur supportable, d'éviter de glisser vers cet abîme et de devoir affronter cette situation tragique et intolérable.

Une défense contre l'innommable.

Paul Baptista et Seth Kohl entrent sans frapper dans le bureau médicalisé. Un jeune homme en blouse blanche, portant un badge qui indique son nom et son statut, les salue timidement. Lorsqu'une autre double porte s'ouvre, l'assistant-stagiaire Romain Monteil se retourne. Sans tarder, il prend la relève pour conduire Gabin sous la lampe scialytique opératoire fixée sur le mur du fond. Retirant le drap de l'enfant, Tournel découvre le petit corps exsangue.

« Je n'ai trouvé aucune trace d'agression sexuelle, ni même d'une quelconque violence, annonce le légiste d'entrée de jeu. L'enfant n'a en aucune façon été violé. Il a même été nourri hier soir. Des céréales dans du lait et une brioche au chocolat. Il a dû être tué peu de temps après car la digestion avait à peine commencé. Le bol stomacal était presque intact.

— On pourrait y voir une sorte de dernier repas. Qu'est-ce que vous en pensez, docteur ? » demande Asia.

Tournel grimace une mimique indéchiffrable et essuie ses verres de lunettes avant de répondre :

« Oui, on peut dire ça comme ça. Il a été égorgé environ une demi-heure après avoir ingéré ces aliments. J'ai envoyé un prélèvement sanguin au labo pour une recherche de toxines prioritaire. Le résultat est déjà tombé. Il a été drogué à la loxapine, un antipsychotique puissant utilisé comme sédatif en psychiatrie.

— Vous voulez dire que son bourreau l'a endormi avant de l'égorger ? demande Céline. Comme si le tueur voulait lui éviter toute forme de souffrance.

— C'est ce que je pense aussi, en effet. Les médicaments auraient été mélangés aux céréales, sans doute dans le lait, et le tueur a attendu que la victime s'endorme. Avec une dose massive, en une demi-heure, il devait être plongé dans un sommeil profond. Il n'aura pas souffert. C'est déjà ça.

— Et pour le reste ? demande Asia. D'autres indices ?

— Au niveau de la plaie d'égorgement, principalement sur l'os hyoïde, j'ai relevé des particules d'acier inoxydable qui laissent penser que le coupable a utilisé une lame récemment affûtée. »

Il marque une petite pause pour aller chercher deux chemises cartonnées sur son bureau.

« Voici mon rapport préliminaire. Je vous le donne dès maintenant, même si la version définitive devrait vous arriver dans la journée de lundi. Mais le plus important est déjà bouclé, et il y a des éléments que vous devez avoir au plus vite. »

Il en distribue une copie à toutes les personnes présentes avant d'ouvrir l'original qu'il feuillette quelques secondes, les sourcils froncés. Quand son visage change et retrouve son sourire, il tapote sur la chemise cartonnée :

« C'est sur le sixième document, précise-t-il. Je ne sais pas ce que ça vaut, mais je pense que cela vous sera utile. »

Les yeux de Seth s'arrondissent et Asia ne peut réprimer une exclamation un peu trop franche :

« Putain ! Des empreintes digitales !

— Oui, c'est tout à fait ça, répond Tournel avec une fierté contenue. Quand il l'a rhabillé, il en a laissé sur le cuir synthétique des baskets et même sur la peau du jeune garçon. Nous avons les deux pouces, l'index droit, les deux majeurs et l'annulaire droit.

— C'est une mine de bonnes nouvelles, dit Paul pour motiver les troupes. Les éléments médico-légaux, techniques et scientifiques sont nombreux et solides. Dans la plupart des enquêtes, il n'y a pas autant de matière susceptible de confondre le coupable. »

Visiblement éreinté, le Dr Tournel cherche à conclure leur échange :

« Il est mort hier soir, aux alentours de vingt heures, par égorgement. Mais paradoxalement, durant sa courte captivité, aucune autre forme de violence ne lui a été infligée.

— Mais alors pourquoi ? se demande Fauvel à voix haute. Ce n'est pas sexuel et ce n'est pas du sadisme non plus. Il n'y a que moi qui trouve ça encore plus dérangeant ?

— Tu as raison ! confirme Paul. Il n'y a aucun mobile apparent à ce crime. Ce n'est pas clair du tout.

— Il a même fait en sorte que le gosse ne souffre pas, ajoute Céline. C'est plus qu'étrange. Ça me fait davantage penser à un rituel, une sorte de sacrifice, qu'à un meurtre motivé par le goût du pouvoir ou de quelconques pulsions. »

Le silence qui s'ensuit est éloquent.

Le légiste se plonge à nouveau dans son rapport en secouant la tête :

« C'est froid, impersonnel et presque pragmatique. Le tueur a été au plus rapide et au plus simple. Aucune passion, aucune trace d'ardeur. L'idée du sacrifice me paraît la plus plausible, vu les circonstances. »

Il se gratte l'arrière du crâne, relit son sommaire en retroussant son nez et hausse finalement les sourcils avant de poursuivre :

« On croirait presque qu'il s'est contenté de faire son devoir. Il a accompli ce crime sans aucun plaisir, comme si c'était une nécessité. »

Le commandant Kohl hoche la tête, les yeux perdus dans le vague :

« Et ça nous pousse à privilégier l'hypothèse d'un acte sacrificiel ! dit-il simplement. Je ne vois vraiment que ça. »

Asia et Paul Baptista, ainsi que le Dr Tournel, laissent cheminer l'idée dans leurs esprits.

Et elle sonne un peu trop juste.

12

Dimanche 7 août 2016
07 h 30 – Argenteuil

Depuis hier matin, l'esprit de Céline est partagé entre l'horrible vision du corps du petit Gabin et le besoin d'en savoir plus sur le commandant Seth Kohl, pour comprendre si les menaces de l'IGPN ont un réel fondement ou s'il s'agit seulement d'un stratagème pour un objectif encore plus tordu. C'est la première fois qu'elle est confrontée à la police des polices, elle s'en serait bien passé, d'autant qu'elle n'a pas du tout aimé l'expérience, à commencer par ce commandant invasif qui s'est permis de pousser le malaise en la cueillant dans les vestiaires des femmes. Elle regrette qu'Asia n'ait pas été là. Tout aurait été différent. Mais Céline n'a ni son courage ni sa propension à en venir aux mains si on la menace ou si on s'en prend à cette famille de cœur dont son frère est le dépositaire. Le groupe que dirigeait Paul, devenu le groupe Kohl, ainsi que Karine Perrin et d'autres éléments qui ne travaillent pas à Versailles, complètent le clan. Personne ne s'en prend impunément à eux.

À force de rester chez elle à ruminer, elle a eu l'impression que son cerveau allait saturer, qu'elle risquait de devenir folle. Elle a décidé d'aller courir, sur une impulsion, pour s'aérer un peu, mobiliser le corps pour calmer le mental, et empêcher toutes ces pensées de tournoyer dans sa tête.

Elle se prépare un parcours d'une dizaine de kilomètres sur les bords de Seine, s'habille en conséquence : un survêtement Adidas noir sur des sous-vêtements confortables en coton, et une paire de Nike. Quand elle est prête, baladeur MP3 autour du cou, elle sort de l'appartement et se met à trottiner dans les rues encore tranquilles. Un dimanche, il n'y a pas grand monde de si bonne heure. Quelques minutes lui sont nécessaires pour arriver sur les quais dégagés et profiter pleinement de la course, mais aussi de la musique trip-hop et de la voix de Tricky. Le morceau culte *Vent*, tout en violence contenue, lui donne le rythme et la pousse à accélérer ses foulées.

Si tout se passe bien les dix premières minutes, ça ne dure pas. Bien malgré elle, son esprit retourne vagabonder vers Gabin Schwartz et sa pauvre mère, ainsi que vers l'homme au pansement décrit par cette dernière.

Pourquoi faire un aussi petit tour sur ce parc immense si ce n'est pour y repérer une proie ? se demande-t-elle. *Tout cela ressemble à un crime opportuniste. Le genre d'enlèvement propre à un pédophile en chasse.*

Pourtant, le rapport médico-légal indique tout le contraire.

Elle visualise la scène dans sa tête.

L'homme s'arrête en voiture aux abords du parc rempli d'enfants et de parents, contourne l'espace de jeux par les rangées d'arbres au fond et revient vers sa voiture avec l'objectif de ramener un môme dans sa caisse. Une action rapide et sûre, maîtrisée. Une compresse imbibée d'éther ou quelque chose dans le genre, déjà prête dans sa main, et il passe à l'attaque comme un rapace en piqué. Comme l'oiseau chasseur, il ne laisse aucune chance à sa proie. Il fauche le gosse, le neutralise et le maîtrise pour ne pas qu'il puisse crier.

Il le porte ensuite à sa voiture, qu'il ouvre, puis jette le petit corps inanimé sur la banquette arrière. C'est là qu'il est vu par une autre maman, mais il ne s'en inquiète pas.

Que fait-il ensuite ? se demande Céline.

Il l'amène dans un coin tranquille. Un lieu qu'il connaît bien et qui lui offre l'assurance de ne pas être inquiété. Il attend que le petit émerge. Il le rassure. Il le nourrit d'aliments assaisonnés à la loxapine et provoque un sommeil à la limite du coma. Il le déshabille pour ne pas tacher ses habits, prend garde de ne pas toucher à ses parties intimes. Une fois que le produit est au zénith de son effet et que le petit est loin, il lui ouvre la gorge. Il ne ressent aucun plaisir, il hait ceux qui souillent un corps si pur. Il prend le temps de le laver soigneusement, lui remet ses vêtements et attend la nuit pour se rendre en forêt et y abandonner le corps.

Les zones ne sont pas si éloignées, se dit Céline. *Il se pourrait que l'homme n'habite pas très loin. Il est peut-être resté dans sa zone de confort, un biotope qu'il connaît et qui réduit au maximum toute improvisation.*

Sans s'en rendre compte, elle vient de faire presque la moitié de son itinéraire. Ses pensées tournent en boucle, quels que soient ses efforts pour s'en éloigner. Elle double deux autres coureurs et augmente la cadence pour essayer de se sortir du marasme de ses idées et se concentrer sur son métabolisme.

Mais rien n'y fait, les zones d'ombre de son cerveau prennent toute la place. L'idée que cet individu puisse remettre ça l'angoisse. Rien de pire que la menace d'un tueur d'enfant à Paris et dans la proche banlieue. La pression serait terrible et viendrait de partout. Hiérarchie, ministère de l'Intérieur, presse, paranoïa généralisée : ce serait un véritable enfer. Même le plus uni des groupes serait mis à l'épreuve par une telle affaire.

Un vrai château de cartes, pense-t-elle. *Tout est prêt à s'effondrer au moindre souffle.*

Elle pousse encore sur ses muscles, si bien qu'au bout d'une petite heure, elle a déjà terminé sa course. Ses jambes tremblent sous l'effort qui vient de leur être imposé.

Après dix bonnes minutes d'étirements, elle remonte chez elle, réconfortée par une douche chaude. Même là, l'image du petit Gabin revient la hanter. Elle le revoit, assis contre le tronc d'arbre, immobile. Son visage est animé, ses yeux sont écarquillés de peur, sa bouche est ouverte sur un hurlement de terreur. Sa gorge tranchée ne lui permet pas d'émettre le moindre son.

Cette vision horrible se prolonge.

Céline cherche à la repousser. Elle mobilise tout son mental, mais la vision revient sans cesse hanter son esprit. Elle pousse sur le mitigeur et coupe totalement l'arrivée d'eau chaude. Le choc thermique lui traverse tout le corps. Alors seulement, elle parvient à sortir de ce cauchemar éveillé.

Cette image monstrueuse s'efface enfin.

Céline sait qu'elle n'aura pas de repos avant que l'assassin du petit garçon ne soit arrêté et traîné derrière les barreaux.

*
* *

L'enfant porte un petit costume gris sombre, une chemise blanche et une cravate. Ses souliers noirs vernis claquent sur le trottoir de cette ville tellement tranquille qu'elle est entièrement vide. Il est très élégant avec ses habits du dimanche, de ceux qui conviennent parfaitement pour se rendre à la messe.

Seth Kohl le suit sans chercher à être discret. Il toussote même plusieurs fois afin d'attirer l'attention du garçonnet. Celui-ci passe alors devant une église et Seth le croit arrivé. Mais l'enfant ne s'arrête pas et n'y jette même pas un regard, contrairement à Kohl qui note que le bâtiment est dans un triste état. Une large planche a été clouée pour bloquer l'accès de la double porte. Ses yeux se portent de nouveau sur la petite silhouette, parvenue à l'orée d'une forêt dans laquelle elle s'enfonce sans hésiter ni jamais se retourner.

Il semble parfaitement connaître sa destination, se dit Seth. *Je me demande où cette balade va me mener.*

Une fois dans le bois, le garçon accélère un peu le pas, sans ne suivre aucun sentier. Au bout d'une trentaine de minutes de marche, il finit par arriver à sa destination : une clairière étroite, dont le sol est parcouru de longs entrelacs de ronces, certaines très fines, d'autres plus épaisses, qui font penser à un réseau complexe de veines et d'artères.

Même si la canopée ne masque pas le ciel, un crépuscule étrange pèse sur les lieux. Impossible de définir si le jour se lève ou si le soleil se couche ; la lumière est trop faible.

Face au commandant, en plein milieu de cette brèche dans la forêt, un crucifix de plus de deux mètres de haut est planté dans le sol. L'enfant s'est retourné, visage livide, et cherche à parler sans qu'aucun son ne sorte de ses lèvres presque bleues, qui bougent pourtant. Seul un souffle irrégulier, entrecoupé de gargouillis, se fait entendre de plus en plus fort.

La tête penchée en arrière, le petit Gabin laisse s'ouvrir la plaie béante autour de son cou. Il désigne la croix en bois de son index gauche avant que celle-ci ne s'embrase, laissant une fumée épaisse remplir la clairière au lieu de monter vers le ciel étrangement sombre.

« Je ne comprends pas ce que tu cherches à me dire ! se plaint Seth. Je voudrais t'aider mais je ne comprends pas ! »

Alors, avec des gestes semblables à ceux d'une marionnette cassée, le petit garçon s'approche du flic. Il poursuit ses mouvements de bouche dont aucun mot ne sort, et les gargouillis se font encore plus sonores. Les yeux révulsés, il semble se mettre en colère et hurler sa rage dans un silence intolérablement lourd.

L'enfant montre alors du doigt un emplacement bien précis derrière le flic, qui finit par se retourner. Il se trouve derrière chez lui, dans son jardin, à l'époque où tout était entretenu.

Dans le salon, sur le plancher, à travers les vitres coulissantes, son frère est allongé, le corps dévasté par la chevrotine. Un peu plus loin, déjà dehors, en chemise de nuit, son épouse est allongée sur le ventre, deux impacts de balles entre les omoplates et un autre à l'arrière du crâne : elle baigne dans son sang, le visage tourné sur le côté, les yeux vides mais le regard lourd de reproches.

Gabin Schwartz s'approche alors de lui. Comme pour chercher à le tirer de cette angoisse, il lui prend la main et se dirige vers la piscine.

« Non, pas ça ! supplie Seth Kohl. S'il te plaît, petit ! Tout mais pas ça. Je ne le supporterai pas ! »

Là, les jambes et le bassin sur le ciment, le haut du corps dans l'eau de la piscine, sa petite fille flotte. Noyée comme un chaton.

Tombant à genoux, il hurle sa souffrance dans les larmes et les cris déchirants. Immobile entre Claire, son épouse, et Nina, sa fille. Rongé par une terrible culpabilité. Désespéré dans le clair-obscur blafard qui s'est insinué en lui, qui baigne son âme et la tiraille sans relâche depuis le jour où il les a trouvées mortes, victimes collatérales de son obsession pour la nage en eaux troubles.

Réveillé en sursaut, Seth Kohl prend son pouls sur quinze secondes et multiplie le résultat par quatre. Cent douze battements par minute, un résultat plutôt élevé pour un homme encore ensommeillé.

Il en conclut que ce rêve qui a subitement viré au cauchemar l'a durement perturbé. Il attrape ses cigarettes et en porte une à ses lèvres en l'allumant au plus vite. Il saisit ensuite le carnet dans lequel il note tous ses rêves avant qu'ils ne s'effacent de sa mémoire. En marge, il ajoute le nom de Gabin Schwartz, disparu depuis deux jours et retrouvé mort hier.

De la pointe rouge de son stylo quatre couleurs, il ajoute quelques mots sous son texte.

> *Note : Faut-il en conclure que la mort de Gabin aurait pu nous apporter plus de renseignements ? L'église fermée et la croix en feu pourraient suggérer une dimension religieuse à cette mise à mort.*

Il sait que c'est une piste à ne pas négliger. Les yeux durs, il se dit qu'il aimerait bien croiser Dieu sur cette enquête. Ainsi, il pourrait le tuer de ses mains.

13

Lundi 8 août 2016
07 h 15 – Liverdy-en-Brie

Le lundi, la reprise est violente.

Tous les membres du groupe d'enquête ont été mobilisés, et la descente par la voix hiérarchique a été bien amortie, moins affolante et incomparablement moins anxiogène que ce qu'a dû affronter Paul Baptista. Celui-ci a subi les foudres du directeur en patientant tranquillement, résolvant mentalement les mots croisés du journal plié sur le bureau. De temps à autre, il lâchait une réponse et quelques formules de politesse, affichant une soumission toujours plus fausse, mais néanmoins crédible.

Ne surtout pas transmettre ce stress au groupe Kohl, s'est-il donné pour mission. *Il ne faut pas que leur travail soit parasité par des ordres trop durs.*

Juste après, Seth Kohl a été appelé par Paul à propos d'un événement assez obscur. Tout ce qu'il a pu glaner par téléphone, c'est que la victime est un agriculteur de cinquante-huit ans. Il aurait été retrouvé enterré vivant dans une parcelle de l'un de ses champs, situé sur la commune de Liverdy-en-Brie. Seth est passé prendre Céline et le duo s'est rendu aux coordonnées qui leur ont été communiquées.

La veille, Nadège Lollier, la femme de la victime, s'est inquiétée de ne pas voir son mari rentrer pour dîner et a entrepris d'aller le chercher. Mais les pousses de blé et de maïs déjà très hautes ne lui ont pas facilité la tâche. Il était assez tard lorsqu'elle s'est résolue à alerter les gendarmes, ainsi que les pompiers, au cas où son époux aurait été victime d'un malaise.

Ceux-ci l'ont assistée du mieux qu'ils pouvaient. Ils ont ratissé les hectares de champs, cherchant un homme qu'ils auraient préféré retrouver blessé ou inconscient.

Hélas, c'est une mise en scène macabre qui les attendait. Après avoir balisé les lieux, les gendarmes, efficaces, ont averti le procureur de permanence.

« Mes gars ont d'abord tout fait pour éviter de contaminer la scène de crime, explique le colonel Langlois à Seth qui l'écoute en silence, les yeux rivés au sol. Le substitut du procureur de permanence a été mis au courant à 5 h 55, et il a immédiatement demandé la venue de nos analystes de terrain. »

Le gendarme semble un peu décontenancé de voir Kohl tourner autour de ce qui peut raisonnablement apparaître comme le centre de la scène de crime. Il y a un court silence, mais d'un geste de la main, le commandant, tout juste arrivé, fait comprendre qu'il doit continuer de lui exposer les circonstances de la découverte. Langlois désigne deux pelles plantées dans le sol, l'une à côté de l'autre.

« Nos techniciens ont commencé par travailler sur ces deux pelles. Je vous rassure, on ne les a pas bougées. Sur l'une d'elles, ils ont identifié les empreintes d'Alain Lollier, la victime, ainsi que d'autres, inconnues, mais que l'on retrouve également, seules cette fois-ci, sur la deuxième pelle. On a rentré ces empreintes dans la base de données et elles étaient répertoriées sous X au fichier, sur une affaire récente. C'est en tout cas ce que m'a confirmé le substitut qui nous a donné l'ordre de stopper nos travaux. Il nous a prévenus que vous alliez prendre le relais.

— C'est parfait ! répond le commandant. Vous avez agi efficacement. Pour tout vous dire, les empreintes digitales sont les mêmes que dans un dossier concernant un homicide sur un enfant.

— Le petit Schwartz ? demande le gendarme. Mais c'est complètement fou !

— Je n'ai pas dit ça, insiste Kohl. Mais je n'ai pas dit le contraire non plus. »

Les deux hommes échangent des regards entendus. D'un œil extérieur, Céline comprend le jeu auquel s'adonne son nouveau chef de groupe. Le colonel sait qu'il ne devra pas ébruiter cette information, mais il est dans la confidence. Par cette manœuvre, le commandant Kohl s'assure qu'il ne sera pas vexé d'avoir été mis sur la touche et qu'il fera tout pour que leurs services respectifs travaillent en bonne intelligence.

Seth salue Langlois, qui ordonne à ses hommes de lever le camp au moment où le fourgon de la PTS de Versailles arrive sur place, suivi par plusieurs voitures.

À peine descendue du véhicule, Asia Baptista ordonne de placer un abri sur la scène et de dérouler les cordons.

« Pourquoi un abri ? » demande Céline.

Entre deux injonctions, la commissaire lui répond :

« Il y a un risque important de pluie aujourd'hui. Je ne veux pas que la flotte nous complique la tâche. »

Les deux femmes s'approchent de la zone où le commandant Seth Kohl observe toujours la sinistre mise en scène, tournant autour, sous tous les angles. Asia découvre l'image macabre et réagit sans même s'en rendre compte.

« Putain ! Mais c'est quoi cette merde ? »

Seth ne répond pas immédiatement, absorbé par ce qu'il a sous les yeux. Il a grandi et a été élevé dans une famille catholique, mais ses parents n'ont jamais eu la foi. S'il a été baptisé, s'il a suivi des cours de catéchisme, fait sa communion ainsi que sa confirmation, il a vite compris que c'était seulement pour satisfaire aux exigences de sa grand-mère paternelle.

« *Pas de païens, d'athées, et encore moins de huguenots dans la famille !* »

Cette phrase semblait être pour elle une sorte de mantra non négociable.

Celle dont le nom de jeune fille était Giovanna Pia Maria della Rovere a épousé Christian Kohl, dont les valeurs inculquées par sa propre famille allaient dans le même sens. Comme l'homme est mort à l'âge de trente-trois ans, c'est *Mama Giovanna* qui s'est naturellement placée à la tête de la famille.

Pourtant, à ce moment précis, devant ce tableau sinistre, le jeune commandant a une furieuse envie d'arracher le crucifix en or attaché autour de son cou et de le piétiner.

Quelque chose s'est brisé entre les hommes et le Tout-Puissant, une sorte de rupture aussi totale que brutale. Les images qui se reflètent dans la rétine de Seth se gravent dans sa mémoire.

S'il y a vraiment un Dieu, ses fidèles seraient en droit de se demander s'il est en pleine possession de ses moyens et en état de régner sur sa création, se dit-il.

Le grand public, heureusement pour lui, n'a accès à l'information qu'à travers le filtre des médias. Il n'est pas directement confronté à toutes ces atrocités. Le pire lui est épargné. Mais pour les membres des services de police, le face-à-face avec l'horreur se fait à chaud, de façon brutale, sans aucun filtre.

Sans déranger le commandant, Karine Perrin met en place les poteaux et demande à deux de ses gars de dérouler la bâche. Kohl reste focalisé sur cette image qu'il continue d'analyser comme s'il s'agissait d'un casse-tête.

Le sol a été retourné et le corps de la victime est entièrement enterré, à l'exception de la main droite dont l'index, figé par la rigidité cadavérique, pointe vers le ciel.

« Pas de doutes, si c'est bien le même homme, et tout semble le confirmer, on a affaire à un vrai dingue, lâche la commissaire des sections techniques et scientifiques. Pour obtenir cet effet, il a été forcé de rester et de prendre son temps. Le phénomène de *rigor mortis* commence entre trente minutes et deux heures après la mort. Et il n'atteint son intensité maximale qu'après six heures. Avant ça, le corps reste encore relativement souple.

— Et il ne se ramollit à nouveau qu'après quarante-huit à soixante-douze heures, termine Seth Kohl avec une voix posée et calme. Je sais bien ce que ça implique, et c'est ça qui me dérange. Ça implique de la patience, des risques, de la volonté et quelques petits désordres psychologiques. »

Il regarde le ciel, puis le doigt bien droit, tendu vers les nuages épais aux teintes orangées.

« Il a dû rester un moment auprès du corps et mettre le doigt en place progressivement. On a affaire à une personne patiente, qui nous laisse deux cadavres sur les bras en trois jours. Je pense que le procureur va chercher à tout prix à refiler le bébé à un juge d'instruction. Il va invoquer les recherches sur les causes de la mort et une enquête avancée pour une meilleure coordination. Et comme on est sur l'affaire du meurtre de Gabin Schwartz, avec cette concordance d'empreintes digitales, le rapprochement des deux affaires coule de source.

— Il y a aussi les traces de pas ! intervient Karine Perrin qui arrive vers eux. On en a trouvé une bonne vingtaine, ainsi que des traces de pneumatiques dans la terre meuble du chemin que le tueur a emprunté, caché entre deux parcelles. On va se coller aux moulages mais je suis certaine que la correspondance sera totale, au moins pour les chaussures. »

Aidée par un stagiaire, elle attrape les mallettes et repart. Seth Kohl a les sourcils froncés et Asia, connue pour son absence de timidité, ne peut s'empêcher de l'interroger sur les raisons de cette mine inquiète.

« C'est étrange, répond-il. D'un côté, on a une personne qui semble stratégique et méticuleuse, de l'autre, on dirait un criminel désorganisé. Il laisse des empreintes partout. Ça ne colle pas aux profils classiques.

— Et tu penses à quoi ? demande la commissaire Baptista. Je vois bien qu'il y a autre chose qui te chiffonne. »

Kohl émet un claquement de langue et secoue négativement la tête avant de répondre avec un brin d'acidité dans la voix :

« Je ne sais pas. C'est bien ça le problème. Ça me laisse perplexe. Les empreintes digitales sortent sous X, donc ce type n'a jamais commis de délit sérieux.

— C'est vrai que pour des débuts, il attaque fort, ajoute Céline. Encore une victime et il deviendra officiellement un tueur en série. Je préfèrerais qu'on le trouve avant.

— Des modes opératoires complètement différents et aucun rapport dans la victimologie. Tout ça manque de logique et de cohérence : ça m'inquiète.

— Pourquoi ?

— Parce qu'on pourrait bien avoir affaire à un tueur hors normes, dont le profil risque de nous échapper longtemps. Aucun délit méchant, et puis d'un coup il arrive et impose son rythme, ses mises en scène. J'ai l'impression que ce tueur est en train de naître, de surgir du néant, de prendre forme. On a du mal à se le figurer, les traces qu'il laisse semblent ne vouloir correspondre à rien. Il cherche sa forme et hésite encore. Je suis conscient que l'image est étrange, mais je pense que, dans un sens, ça pourrait être ça.

— Ouah ! Tu pars loin, Seth ! Tu t'éloignes un peu trop du bord, lui dit Céline. Mais je pige néanmoins la métaphore. On va devoir attendre qu'il devienne plus concret pour pouvoir partir à la chasse.

— En bref, c'est limite impossible de le traquer pour le moment, résume Asia. Donc, on n'a rien à faire avant qu'il n'y ait d'autres victimes. Le taulier et la direction centrale vont adorer ! En gros, tu penses qu'il va remettre ça, limite tu en es sûr.

— Je ne voudrais pas être trop optimiste mais on commence quand même à accumuler un tas de preuves à charge, souligne Karine Perrin, arrivée pendant le feu d'artifice mental de Kohl. On devrait le coffrer sans mal, et dans un délai relativement court. »

Le commandant s'allume une cigarette, s'accroupit pour regarder cette main de plus près et hoche la tête :

« Concernant les preuves qui s'amassent, c'est certain, rétorque-t-il. Mais avant de le coffrer, je pense qu'on n'a pas fini d'avoir des surprises. »

À nouveau, il regarde le doigt tendu bien droit vers le ciel.

Avec cette mise en scène, il semble vouloir nous montrer les cieux comme le siège de Dieu, le Seigneur Tout-Puissant, se dit Kohl. *Il nous avertit que c'est en son nom qu'il agit. Et l'image qu'il a de Dieu est plus proche de l'Ancien que du Nouveau Testament.*

14

Lundi 8 août 2016
09 h 54 – Versailles

Céline Fauvel a laissé Asia Baptista et le groupe Perrin terminer les investigations scientifiques sur la scène de crime. Elle est rentrée au commissariat avec Seth Kohl qui, hormis son envolée lyrique, n'est pas beaucoup plus loquace aujourd'hui que les jours précédents.

Les lieutenants du groupe ont été mis à contribution pour aider à ratisser la scène de crime avant la pluie qui ne devrait plus tarder. Comme Paul est sorti pour se charger de calmer la hiérarchie, Céline et Seth sont seuls dans la salle de travail.

Alors que la jeune capitaine ébauche un semblant de profil, le chef de groupe commence à fixer des photos et certains documents sur le mur du fond. Céline le rejoint et plante des punaises de couleur sur l'immense carte de la région parisienne qui occupe presque un pan entier du mur, face aux fenêtres : une blanche à Vigneux-sur-Seine, lieu de la disparition, et deux noires pour Ozoir-la-Ferrière et Liverdy-en-Brie.

Les morts.

Les photos des scènes de crimes sont accrochées par la capitaine et le commandant qui se sont lancés à peu près en même temps. Il ne faut pas longtemps pour que les deux se comprennent, sans échanger un mot, et créent une logique dans la disposition, un ordre qu'eux seuls peuvent discerner pour l'instant. Mais au bout de quelques minutes supplémentaires, quand le tout prend forme, Seth recule et se rapproche, comme pour saisir une vue d'ensemble.

« On gagnerait en efficacité si on pouvait organiser tout ça sur la même zone.

— C'est vrai. Cela pourrait nous faire gagner pas mal de temps, répond Céline. Plus on punaise de choses au mur, moins on aura à en chercher dans les dossiers.

— C'est parti, alors, déclare le chef de groupe. Je vais aller récupérer ma cafetière à dosettes et l'installer ici, pour qu'on en profite tous. Pour l'instant, Paul nous soutient, mais jusqu'à quand ? Il nous faut un lieu où le groupe pourra se réunir et proposer des idées.

— C'est vrai, Paul prend énormément sur lui pour ne pas qu'on ressente la tempête hiérarchique. Mais il faut se préparer.

— C'est le but de tout ça.

— Je vais commencer l'affichage des photos que vous avez sélectionnées, avec un code couleur plus net », conclut Céline en souriant.

Elle accroche alors les photos des scènes des crimes et de l'enlèvement autour de la carte, en utilisant les mêmes couleurs pour les punaises : rouge pour Gabin Schwartz, vert pour Alain Lollier. Elle procède de même sur la carte, pour plus de clarté, en remplaçant les fixations blanches et noires qu'elle avait utilisées initialement.

Puis elle appose les autres éléments autour du *paperboard* à droite de la carte. Traces de pas, de pneus, PV d'audition, relevés d'empreintes digitales : les liens entre les meurtres.

Pour finir, Céline attrape un feutre et, après que Seth lui a fait couler un café serré sans sucre, elle se met à énumérer la liste de ses certitudes sur le tableau blanc. Comme Kohl l'écoute, elle raisonne à haute voix, afin que son chef puisse la questionner ou lui demander de développer un point.

« Pour les données techniques, Karine Perrin a réussi à déterminer des fourchettes de la taille et du poids de notre meurtrier.

— C'est rapide ! note le commandant. Et elle n'a pas fait que ça. Cette femme a des accès privilégiés au laboratoire ?

— Il y a sans doute un peu de ça, mais c'est plus sûrement son acharnement au travail qui paie. Elle se refuse toute pause tant que les données ne sont pas couchées sur le papier. Elle use ses subordonnés, un peu comme Napoléon qui ne dormait jamais et terrassait ses généraux. Sauf qu'elle est consciente que personne ne peut la suivre avec son rythme. Elle laisse les pauses libres pour chacun.

— Je vois, dit Seth après avoir avalé son café. En quelques jours, elle m'a déjà impressionné par sa ténacité.

— Oui, elle est bluffante, confirme Céline. Quoi qu'il en soit, grâce aux traces de pas, on sait que notre tueur est un individu de sexe masculin. Il mesure entre un mètre quatre-vingt-six et un mètre quatre-vingt-douze, pèse entre quatre-vingt-cinq et quatre-vingt-onze kilos et chausse du quarante-cinq.

— Est-ce que nous avons déjà une idée, même vague, de sa tranche d'âge ?

— Entre trente et quarante-cinq ans. Si on se fie aux dépositions des témoins sur place et à celle de la mère, Laurence Schwartz, ça concorde, dit-elle en écrivant sur le tableau blanc. On sait aussi qu'il est de type caucasien. Il est mobile et a été vu au moins une fois dans une Citroën grise.

— Il doit être costaud pour manipuler les corps et les mettre en scène, suggère Kohl. En tout cas, le poids doit venir d'une forte musculature.

— Je suis tout à fait d'accord. On peut aussi deviner qu'il s'agit d'une personne avec un caractère très marqué. Mais c'est sur son mental et son fonctionnement que ça ne colle pas : il ne rentre dans aucune case psychocriminelle. »

Sur ces mots, elle note d'autres informations en fronçant les sourcils et en mordillant compulsivement le feutre. Une fois qu'elle a terminé, elle recule au niveau de Seth Kohl. Tous deux relisent ce portrait qu'elle a conclu en notant tout en haut du tableau, en capitales, le mot qui s'impose.

PROFIL

Individu de sexe masculin, type caucasien
Âge : de 30 à 45 ans
Taille : entre 1,86 et 1,92 m
Poids : entre 85 et 91 kg
Pointure chaussures : 45
Se déplace en véhicule discret, marque Citroën
Sans doute doté d'une grande force physique
Forte personnalité
Organisé et méticuleux (tueur organisé ?)
Laisse des indices (tueur désorganisé ?)
Semble garder le contrôle (psychopathe ?)
Victimologie illogique (psychotique ?)
Mode opératoire changeant
Peut-être mystique voire croyant
Profil totalement atypique

En résumé, même après avoir tout mis à plat, la jeune capitaine n'est pas beaucoup plus avancée. Pour l'instant, elle décide de ne rien inscrire sur la seconde colonne du tableau, qui sera consacrée à la victimologie.

« La main de l'agriculteur, avec cet index pointé vers le ciel, laisse penser qu'il est possible que le tueur ait voulu indiquer d'où proviennent les ordres qu'il reçoit, suggère le chef de groupe. Il se sent peut-être investi d'une sorte de mission divine.

— Il s'agirait alors d'une personnalité mystique, ajoute Céline. Certainement un croyant convaincu, sans doute un chrétien. Un membre de l'Église catholique, apostolique et romaine, pour être encore un peu plus précis. Mais il se pourrait aussi que nous ayons face à nous un baptiste ou un orthodoxe. La seule certitude que nous ayons est qu'il a fondu un boulon. Mais ça va nous demander un peu de temps afin de creuser tout ça.

— Le doigt désigne le ciel comme si c'était de là que tout était arrivé et continuera d'arriver, toujours. »

Le téléphone mobile de la capitaine Fauvel vibre dans sa poche. Elle parvient à décrocher avant qu'il ne bascule sur messagerie. C'est Karine Perrin qui l'appelle. Fauvel active le haut-parleur et indique que le chef de groupe se trouve à ses côtés :

« J'ai reçu les résultats du labo, un des techniciens vient de terminer de traiter les prises d'empreintes de pneumatiques de la forêt où l'enfant a été retrouvé.

— Et qu'est-ce que ça dit ? On a déjà des résultats ?

— Il s'agit d'une Citroën C4, c'est à présent une certitude. Nous connaissions déjà la marque, ça a permis d'avancer plus vite. En analysant la profondeur des traces, le taux d'humidité et le type de sol, nous avons pu déterminer le poids et la forme du véhicule, et donc le modèle.

— Parfait ! se réjouit Céline. Je vais pouvoir affiner les données physiques. Et c'est tant mieux : le profil, pour l'instant, reste obstinément sombre.

— Tant mieux si ça peut aider. Je vous tiens au courant de nos prochaines avancées.

— Merci pour tout, Karine. »

Elle raccroche, reprend son feutre et inscrit de nouvelles données.

Professionnellement intégré
Bonne situation financière
Véhicule : Citroën C4 grise

Tout doucement, Seth Kohl entrevoit une esquisse se dessiner. Après avoir imprimé une photo du modèle de voiture en question, trouvée sur internet, Céline la punaise au milieu des autres documents.

Cette vue d'ensemble permettra à son supérieur et à elle-même, mais aussi aux lieutenants, de se trouver au centre de tous ces éléments, de chercher des correspondances, des incohérences et des similitudes.

En bref, une immersion totale dans l'enquête.

Une sorte de noyade volontaire dans laquelle le commandant Seth Kohl la suit sans hésiter.

15

Lundi 8 août 2016
17 h 11 – Paris 1er

Dans son bureau, le chef de la Brigade des stupéfiants, Jean-Marc Tarascon, boit un café en remplissant de la paperasse. Ses dreadlocks attachées en arrière, il écoute l'album *Clandestino* de Manu Chao et chantonne le titre « Bongo » en secouant ses épaules, un joint d'herbe au bec.

Quand le téléphone sonne, il émet un claquement de langue agacé et appuie sur la touche pause de son poste, tellement vieux qu'il dispose encore de deux emplacements pour dupliquer les cassettes.

Comme le numéro n'est pas affiché sur l'écran digital, il se présente dans les formes :

« Commandant Tarascon, Brigade des stupéfiants.

— *J'ai un travail à te confier. Ce n'est pas rémunéré et ça doit se faire dans les conditions que je vais exiger.* »

L'homme au bout du fil utilise un brouilleur de voix. Le commandant fronce les sourcils et prend son ton le plus menaçant.

« Alors écoute-moi bien, connard ! Je ne sais pas si tu as conscience de qui je suis pour oser me…

— *Ta gueule, pauvre merde !* coupe la voix. *Ouvre ta boîte mail et regarde bien, il y a une surprise pour toi.*

— Pourquoi je vous laisserais me dire ce...

— *Fais-le, idiot !* »

Inquiet et intrigué, le chef de brigade s'exécute. Il a un nouveau message, dont l'expéditeur est nommé Némésis. Il l'ouvre et ne voit que quelques pièces jointes, qu'il télécharge sans perdre de temps.

Il s'agit de photos prises d'une fenêtre en face de l'hôtel de Strasbourg, proche de la gare de l'Est. Il n'a pas besoin d'en ouvrir une troisième pour comprendre et mesurer l'ampleur des dégâts si ces clichés sortaient.

« *Tu te souviens de cette soirée, j'imagine ? Un peu comme le bal de fin d'année dans les films américains. Sauf que là, tu nous a servi un show de dingue. Une pincée de* Carrie, *l'adaptation du livre de Stephen King, avec un soupçon de* Shining *par Kubrick, et pour finir, pour ajouter un brin de réalisme, un peu de* Dynamique du Chaos, *je sais plus le nom du con qui a écrit ce livre.*

— Vous voulez quoi ?

— *Rien, pour le moment on parle de ta petite soirée bien intense, celle où tu t'es envoyé plus de trois grammes de coke coupée à un dérivé du PCP,* reprend le maître-chanteur. *Si tu ne veux pas que ces images sortent, il va falloir que tu t'occupes de liquider Kohl. Levant et toi avez été trop mous. Je veux qu'il soit mort à la fin de la semaine. Que ce soit discret et qu'on ne découvre pas son corps avant lundi.*

— Mais je ne pourrai pas faire ça, putain ! lâche Tarascon d'une voix étranglée.

— *Tu as bien tué cette pute à main nue dans cette chambre d'hôtel sordide, le cerveau retourné par la came. Alors tu n'as pas le choix. Si je n'ai pas obtenu satisfaction, toutes ces photos iront au siège, à Nanterre. Démerde-toi pour ne laisser aucune trace.* »

Sur quoi le correspondant raccroche sèchement.

Le commandant Jean-Marc Tarascon verrouille son bureau, se rassoit et éclate en sanglots, conscient du piège qui vient de se refermer sur lui.

16

Mardi 9 août 2016
10 h 36 – Versailles

« Nous avons deux meurtres sur les bras et des indices à ne plus savoir quoi en faire. Comment se fait-il que ça n'avance pas plus vite ? »

L'introduction du commissaire Cédric Gravel, fraîchement promu directeur du SRPJ de Versailles, vient de clouer les deux hommes sur place. Paul Baptista et Seth Kohl ne savent pas quoi répondre et le bureau dans lequel ils se trouvent, pourtant spacieux, leur paraît tout à coup minuscule. Les murs couverts de photos et de diplômes semblent se rapprocher d'eux à chaque seconde.

« Nous avons de nombreux indices, des preuves incriminantes et indéniablement présentables aux assises, répond Paul. Mais pour le moment, ils ne nous permettent pas de trouver celui qui les laisse. En revanche, je peux vous assurer que nous travaillons activement à les relier à une personne. Même si c'est très rare, le coupable n'a visiblement aucun casier et n'a laissé aucune trace comparative, que ce soit en empreintes génétiques ou digitales.

— Et moi, je n'aime pas le début de cette enquête, rétorque Gravel. Je viens à peine de prendre mes fonctions et c'est déjà une tempête de merde qui nous arrive droit dessus. Tout ça ne laisse rien présager de bon. Les deux meurtres sont complètement différents et rien ne permet de penser que cet enragé va en rester là.

— J'en suis conscient, concède Kohl en fixant le directeur sans cligner une seule fois des paupières. Ce n'est qu'une question de temps pour qu'on puisse avoir un nom. C'est pourquoi il faudrait, à mon sens, conserver cette équipe soudée. Tous les membres sont très compétents et aucun n'est avare d'efforts. Tous travaillent vingt-quatre heures sur vingt-quatre, ils ont le dossier en tête et besognent au même but : stopper ce tueur à tout prix.

— Je suis d'accord, confirme Paul. Il n'y a encore pas si longtemps, tu étais à ma place, et moi à celle du commandant Kohl. Tu sais à quel point les meurtres à caractères déviants sont délicats à traiter. Il ne faut pas déconcentrer les troupes avec une pression hiérarchique contreproductive : il nous incombe de tout encaisser afin que les personnes en contact direct avec la rue et le terrain puissent se donner à fond, sans qu'aucune menace ne vienne briser leur cohésion.

— En effet, ce n'est pas en stressant tout le monde que ça ira plus vite, ajoute Kohl. Si vous mettez la pression sur nos hommes, ils vont perdre leur instinct et travailler de sorte que chaque action plaise à la fois au magistrat, au ministère et à tout le reste de la pyramide hiérarchique. »

Paul et Seth laissent tomber un silence de quelques secondes pour observer la réaction du directeur, qui les fixe droit dans les yeux avant de répondre :

« C'est précisément la raison pour laquelle je vous ai convoqué tous les deux. J'ai pensé qu'unir officiellement le groupe d'enquête du commandant Kohl et la section Perrin de la scientifique serait bénéfique.

— Ça nous convient parfaitement, acquiesce Paul. En plus, ça nous évitera de nous égarer sur d'autres affaires en cours. Il serait même bon que les chefs travaillent avec les groupes sur le terrain, dans la mesure du possible.

— Kohl, vous travaillerez avec l'ensemble de votre section sous l'autorité de Paul, reprend Gravel. Il faudra prévenir votre sœur qu'il en sera de même pour elle et l'un des deux groupes qui sont sous ses ordres. Je vous donne carte blanche, mais j'exige des résultats probants et rapides. »

Les deux hommes restent muets et attendent les prochains mots du chef qui ne tardent pas :

« Je n'aime pas trop les connotations mystiques que suggère ce doigt pointant vers le ciel : ça n'annonce rien de bon. Alors je veux que tout soit fait avant que ce taré remette ça. Je me fais bien comprendre ?

— Parfaitement ! répond Kohl. En revanche, il faut que vous ayez conscience que sans éléments comparatifs, tout ce que nous pouvons faire des indices collectés est de les mettre sous X. Et la région parisienne est le terrain de chasse idéal pour ce type de tueur. Sans un gros coup de chance, on ne parviendra pas à stopper sa course sanglante avant qu'il ne remette ça. »

Le visage du directeur s'assombrit et même s'il tente de conserver une façade neutre, on sent bien qu'il est contrarié par la réponse de Kohl.

« Vous voulez dire que vous ne pouvez rien faire ? demande-t-il. Vous comptez donc attendre patiemment la prochaine victime. »

Pris au dépourvu, Paul secoue la tête et se hâte de désamorcer les idées naissantes dans le crâne du directeur :

« Non ! Bien sûr que non. Mais il faut bien prendre en considération que cet individu, n'étant pas fiché, va être difficile à retrouver. Je compte bien ne pas rester les bras croisés à attendre le prochain cadavre, mais il faut se préparer à l'éventualité que ça arrive.

— Faites comme vous voulez, mais je veux des résultats. Bonne journée à vous, messieurs ! »

Ils se lèvent et, après une brève poignée de main avec le directeur, sortent du bureau, réellement soulagés de quitter les lieux. Globalement, ils sont assez satisfaits de la décision prise.

Ils auront une seule et même équipe de techniciens et d'analystes de scènes de crime. Il n'y aura pas de perte de temps avec des hommes qui ne connaissent pas le dossier. Cerise sur le gâteau, ce sera la plus efficace, celle de Karine Perrin.

Paul prévient Kohl qu'il va falloir qu'ils passent prendre Céline avec la voiture de fonction. Ils sortent donc du bâtiment et Kohl ne tarde pas à s'allumer une Marlboro.

« Je sais que ma sœur va intégrer le groupe Perrin à l'équipe, confirme Baptista. Ils sont déjà dans le bain, vu que ce sont eux qui ont commencé à bosser sur cette affaire.

— Je le pense aussi, répond Kohl. Karine Perrin et ses hommes font un boulot formidable. Et idem pour votre sœur comme chef de brigade. »

Le commandant Baptista approuve tacitement et sort son téléphone, sans doute pour prévenir Asia sans plus tarder. Le commandant Kohl peut voir dans ses yeux que l'opportunité de rester sur le terrain fait plus que le séduire : ça le rassure.

En observant l'homme dont il a pris la place depuis le début de la journée, Seth commence à voir émerger un portrait plus profond que la belle devanture qu'il affiche et qui séduit la plupart de ses collègues tout en faisant taire ses opposants. Ceux qui sont clairement homophobes le cachent soigneusement derrière un paravent aussi énorme et sécurisant qu'une tenue antiémeute. Mais même si personne n'est dupe, surtout pas Baptista, celui-ci joue le jeu en faisant mine de ne rien voir derrière les masques de ceux qui l'insultent quand il n'est pas là, sans doute en murmurant.

Il faut dire que Paul ne prête pas le flanc à la caricature. Ses tenues vestimentaires sont toujours viriles, mais elles sont aussi un peu trop parfaites pour coller avec l'hétérosexuel de base. Il n'affiche jamais rien mais ne cache pas non plus qui il est ni ce qu'il est. Paul n'est pas du genre communautariste et ne juge personne. Au final, la question qui reste en suspens est aussi claire que la réponse est opaque : comment un homme comme lui a-t-il réussi à s'imposer dans un milieu aussi rigide ?

Il doit y avoir un paquet de mâchoires cassées, de molaires et d'incisives brisées, de cartilages broyés, conclut Seth. *C'est l'unique explication à sa parfaite intégration. Sans cela, il ne serait pas à ce point respecté par certains et craint par tous les autres.*

Kohl repense à leur réunion et se rend compte que c'est Paul qui a mené cette entrevue de bout en bout. Pourtant, le directeur n'y a vu que du feu. Il doit même se féliciter d'avoir été ferme.

Vraisemblablement, le commandant Baptista arrive toujours à ses fins. Adroit en stratégie, extrêmement sagace, capable de simuler toutes les émotions : il a de nombreux talents. Mais la touche de génie, c'est de ne pas tomber dans l'excès. L'exagération, même subtile, est un coup à tout faire capoter. En observant sa démarche, toujours le torse bien droit et les pieds qui se posent l'un devant l'autre avec la précision d'un funambule, Seth se dit que l'homme en impose, sans rien d'autre qu'un naturel déconcertant. Il est clairement le type d'homme qu'il vaut mieux avoir avec soi que contre soi.

« Ma sœur est ravie ! dit Paul en remettant son mobile dans sa poche. On va pouvoir continuer un petit moment à ratisser du bitume.

— Je suis content qu'on puisse encore bosser ensemble. Ça va faciliter ma prise de poste », répond Seth en toute honnêteté.

On l'a promu et collé sans ménagement derrière un bureau, se dit-il après lui avoir répondu. *Mais ce genre d'homme a du mal à faire le deuil de l'action, du terrain et de l'adrénaline.*

De plus, derrière cette image lisse, sous ses airs gentils et ses manières courtoises, Seth devine que Paul n'est pas de ceux qu'on emmerde impunément. *Malheur à celui qui s'attaque à lui ou à ses proches*, pense Seth en le regardant ouvrir la portière de la voiture.

Mais alors qu'il s'apprête à s'installer côté passager, il remarque que Paul s'arrête un instant, debout, en appui sur le toit du SUV compact noir Renault Kadjar qui lui fait office de voiture de fonction. Il relève ses lunettes de soleil sur ses cheveux longs, rejetant sa crinière sombre vers l'arrière, et plante soudainement ses yeux d'un noir charbon dans ceux de Seth. Le nouveau chef de groupe se sent passé au scanner. Comme le nouvel arrivant fronce les sourcils et finit par hausser les épaules, Baptista commence à parler.

« Visiblement, ça n'a pas l'air de te déranger de travailler avec une pédale. »

Ne sachant pas quoi répondre, Seth se passe une main sur la nuque sans rompre le contact visuel. C'est donc Paul qui reprend, aggravant le malaise :

« Alors, au cas où tu ne l'aurais pas remarqué et en admettant que personne n'en ait fait mention, je suis ce qu'on appelle couramment une pédale, une tapette, un pédé, une fiotte, une lopette…

— Inutile de continuer ! le coupe brusquement Seth en levant une main devant lui. Je suis pour la liberté de chacun et, de manière plus générale, le droit de vivre sa vie sans avoir à s'expliquer, tant qu'on respecte celle des autres.

— La liberté de chacun s'arrête là où commence celle de l'autre, résume Paul. Je suis content que tu penses comme ça, parce que c'est un point sur lequel je me refuse catégoriquement de négocier.

— Alors nos façons de voir le monde sont très similaires.

— En effet, mais je devais m'en assurer. J'aime connaître mes collaborateurs et être sûr qu'ils sont bien ce qu'ils prétendent. Pour toi, c'est fait. Aucune raison de revenir là-dessus.

— Je comprends. Les cons sont partout, même si, en ce qui vous concerne, ils restent à bonne distance et se cachent derrière des sourires.

— Bien vu ! rétorque Baptista avec une mimique amusée. Alors, maintenant qu'on sait qu'on est entre personnes civilisées, je pense qu'on pourrait en finir avec ces conneries de grades et de vouvoiement. Ça te dérange si je t'appelle Seth, sans pour autant que ça signifie que je cherche à te brancher ?

— Ça me va très bien, Paul. Et tu n'as pas à donner d'informations sur ta vie privée, sauf si tu veux une oreille bienveillante pour t'écouter.

— Voilà : je pense qu'on est de plus en plus à l'aise, et c'est amené à se creuser encore un peu plus. On est sur la bonne voie pour parvenir à une franche amitié, avec le temps bien entendu. Pour le moment, je me sens carrément mieux. Tout est parfaitement clair », lâche Baptista en s'installant au volant.

Une fois le moteur allumé, le nouveau boss de la Crime fait rugir la mécanique du moteur avant de partir à belle allure.

17

Jeudi 11 août 2016
9 h 20 – Clamart

« Empreintes digitales un peu partout, traces de pas sur le sol cimenté de la cave… Je peux déjà garantir la correspondance à cent pour cent, même à l'œil nu, finit par dire Asia en observant les résultats. Je n'ai aucune conclusion logique à vous donner, sinon que c'est un peu trop facile.

— On pourrait presque penser que c'est un coup monté, sans pour autant passer pour des conspirationnistes, lâche son frère. Si quelqu'un a une meilleure idée, je suis preneur. »

Un lourd silence s'abat sur la cave illuminée par les projecteurs posés par les analystes de scènes de crime.

« Le tueur ne cherche pas à se cacher, lance Céline Fauvel. C'est la plus logique des réponses et ça permet de faire coïncider les parties antinomiques du profil du suspect.

— De deux choses l'une : soit il est inconscient des risques, soit il s'en fout royalement, tranche Seth Kohl. Parmi les subtilités de ces variantes, on a l'individu convaincu que ses crimes sont au-dessus de la loi des hommes. Sinon, plus simplement, un type qui pense que nous sommes les derniers des cons et que la police ne le trouvera jamais.

— Pour votre dernière supposition, on doit bien avouer que c'est le cas, au moins jusqu'à maintenant, balance le substitut du procureur. Mais bon, on ne peut pas vous reprocher de mal faire votre travail : ce dossier est en béton armé. Aucun avocat ne se risquerait à tenter d'innocenter un homme accablé à ce point par des preuves matérielles aussi concrètes. »

Nouveau silence sur cette scène de crime particulièrement violente, au sous-sol d'une bâtisse située dans le centre de Clamart. L'entrepôt d'un antiquaire, rempli de meubles, dont la plupart de valeur et anciens.

Le commissariat de la ville a prévenu l'état-major qui a fait se déplacer Asia Baptista et ses troupes. Lorsque les premières empreintes sont tombées, la coordinatrice de terrain a immédiatement appelé son frère qui est arrivé à peu près en même temps que le légiste. Seth Kohl est passé prendre Céline et ils sont sur place depuis quelques minutes.

« Tu peux me faire un topo, Asia ? » demande le chef de groupe en respectant la décision de Paul de passer au tutoiement.

C'est d'une voix claire qu'elle s'exécute, mettant son dictaphone en marche pour gagner du temps.

« Marc Belland, trente-huit ans, antiquaire itinérant. Les premières conclusions du Dr Tournel laissent peu de place au doute : il a été littéralement écrasé par sa marchandise. Cage thoracique, bassin, bras et jambes : tout semble en miettes. Le tueur s'est d'abord acharné sur lui avec un guéridon colonial en merisier, probablement avec un premier coup en pleine tête pour le sonner. »

Le légiste montre du doigt le meuble ensanglanté, brisé au sol. Juste devant, on voit l'amas d'antiquités qui écrase la victime dont seule la jambe droite dépasse entièrement. Un flash d'appareil photo provenant de la section technique vient éclairer l'objet.

Commode en noyer ornée d'un miroir, secrétaire en acajou, armoire Henri II à trois corps en chêne, petite tablette d'angle en bois ciselé : les objets qui ont servi à briser le squelette de la victime sont tous rares et précieux.

Le sang qui s'écoule de sous ce tas de meubles forme une vaste et impressionnante mare à demi coagulée, sur laquelle une empreinte de chaussures Caterpillar est visible, ainsi que cinq autres traces de moins en moins nettes qui remontent l'escalier.

Les hommes de la police technique et scientifique remballent leur matériel alors que ceux de la Brigade judiciaire légale se préparent à prendre le relais pour soulever les meubles un à un et dégager le corps avec logique, en procédant de manière strictement inverse à ce qui s'est passé, comme une séquence vidéo en marche arrière. Le tout se fera sous la surveillance du légiste, l'objectif d'un photographe du groupe et la responsabilité de Karine Perrin.

« On pourra dire que celui-ci a été écrasé par le travail, ironise Asia Baptista. Mais, blague à part, notre homme a pris du galon. Avec cette troisième victime, il est officiellement devenu un tueur en série.

— Et c'est nous qui l'avons sur les bras, ajoute Paul. Il va falloir se méfier des médias au risque de lancer un vent de panique sur Paris et toute sa banlieue.

— Oh mais oui, putain ! balance Céline. Si ça sort, ce sera paradoxalement son manque de logique qui le rendra difficile à attraper. Alors je suis de l'avis de Paul, gardons-nous des journalistes.

— Je pense que le directeur risque de ne pas trop apprécier ce nouveau cadavre, souffle Paul. Il serait bon qu'on puisse avancer assez rapidement.

— Ce serait bien, oui, convient Kohl. Je sais que sa chance ne sera pas éternelle. On finira par trouver la pièce qui nous manque pour mettre un visage sur ce tueur compulsif.

— Je vais t'envoyer les résultats des rapports rapidement, assure Asia. L'avantage, c'est qu'avec le nombre de preuves à charge, il ne sera pas difficile de le confondre devant le parquet.

— Encore faut-il qu'on ait quelqu'un à déférer.

— Il fera une connerie. Ils en font tous ! confirme Paul. Même si ça ne paraît pas évident pour l'instant, on va bien finir par le coincer. »

Céline acquiesce, vaguement ailleurs.

Ses pensées sont perdues dans les limbes de sa conscience où une toile immense est tissée. Les idées et hypothèses sensées qui viennent se prendre dedans ne sont pas légion.

Rien ne coïncide.

Un jeune enfant, un agriculteur de cinquante-huit ans et un antiquaire ambulant à la fleur de l'âge, même pas quarante ans. Aucun trait commun. Absolument rien à voir.

Le seul lien, c'est qu'il ne s'agit que de victimes de sexe masculin, songe-t-elle. *Beaucoup trop mince.*

Comme les hommes de la Brigade judiciaire légale viennent enlever le corps, Céline se dit qu'elle n'a plus rien à faire ici.

De toute façon, dans moins d'une heure, Seth et elle doivent participer à une réunion dans les bureaux de la Direction centrale de la police judiciaire. Le procureur général, Asia et Paul Baptista, Cédric Gravel, mais aussi Guillaume Gillet, le *big boss* de la Sous-direction des affaires criminelles. L'ambiance promet d'être assez froide.

Le genre de situation dont la jeune femme préfère se passer mais, malheureusement, c'est l'une des contraintes de ce métier : s'expliquer, rendre des comptes et, de temps à autre, se faire rappeler, comme si on ne le savait pas, que le temps presse et qu'il faut agir vite.

L'avantage, c'est qu'avec le peu de cohérence dans la victimologie, les médias mettront du temps à comprendre et ne vont pas se jeter sur le sujet du tueur en série, se console-t-elle. *Au moins pourra-t-on travailler tranquillement. En espérant qu'il n'y ait pas de fuite.*

Le constat qu'elle fait ensuite est déjà plus gênant :

En revanche, je n'ai rien à livrer pour cette réunion, ni profil, ni théorie. Nada ! J'espère que Seth Kohl saura se trouver un canot de sauvetage ou une bouée.

Malgré tout, elle doit y aller pour prouver toute sa bonne volonté à résoudre cette affaire qui vient de faire trois morts en moins d'une semaine.

Si la question lui est posée, elle devra avouer qu'elle n'a pas encore de profil assez précis mais que les nouvelles données en cours de tri vont l'aider.

Pour sa part, Kohl ne semble absolument pas inquiet.

Sa nouvelle attribution de poste va pourtant le mettre sur la sellette mais, à le voir avec sa clope au bec, son visage aux joues creusées, aux yeux cernés et d'un bleu-gris qui fait penser à un reflet sur de l'acier, il paraît serein.

Soit il ne sait pas ce qui l'attend, soit il a des burnes comme des pastèques, se dit-elle. *En tout cas, je ne voudrais pas être à sa place, pour rien au monde.*

18

Vendredi 12 août 2016
08 h 30 – Paris 16e

La duchesse Marguerite de Bourbon-Siciles, née comtesse Schönborn-Buchheim, est très attachée à ses racines et à l'histoire de sa famille. Fruit à présent très mûr de l'union de Friedrich Schönborn-Buchheim et d'Isabelle d'Orléans-Bragance, elle a hérité de leur attachement à l'Église catholique, apostolique et romaine, ainsi que de leur mépris tenace à l'encontre des calvinistes, des luthériens et autres réformés.

Comme Marguerite le dit elle-même :

« Les portes des propriétés de notre famille ont toujours été refermées à l'arrivée d'un réformé. »

Ce point historique n'est certainement pas étranger au fait que ses ancêtres aient été anoblis par la maison des Guise-Lorraine, par un descendant du duc Henri « le Balafré » de Guise, l'une des principales figures catholiques des massacres de la Saint-Barthélemy.

Née le 26 février 1937, elle a grandi au sein d'une fratrie de douze enfants. Le 24 avril 1966, elle a épousé François de Bourbon-Siciles sur les conseils de sa mère et avec le concours de son père, qui usa de son influence pour rendre l'union possible.

Un mariage arrangé mais finalement heureux avec le prétendant au trône des Deux-Siciles, à qui elle a donné trois enfants, Alexandre, Cosme et Isabelle.

C'est malheureusement bien trop vite que la mort s'est abattue sur le couple, faisant connaître trop tôt le veuvage à Marguerite. Elle maudit ce jour du 23 avril 1977, la veille du onzième anniversaire de mariage du couple, celui qui a emporté son François, décédé brutalement d'une chute de cheval lui brisant la nuque.

Dans le salon, de chaque côté d'un magnifique crucifix en cèdre, avec le *titulus* portant l'inscription INRI ainsi qu'un bénitier en or massif aux pieds du Christ, les armoiries de sa famille et celles de son défunt époux trônent fièrement. Elles sont sculptées dans du bois de chêne et peintes à la main. On les retrouve dans d'autres matières un peu partout dans son grand appartement de l'avenue Paul-Doumer.

Depuis le décès de son mari, elle mène une vie assez simple, mais rendue facile par une fortune familiale importante. Jamais elle ne quitterait ce foyer. De plus, malgré son âge – soixante-dix-neuf printemps déjà –, elle demeure parfaitement autonome. Même si elle dispose de l'aide de Christine, une employée de maison qu'elle a elle-même engagée suite à des dizaines d'entretiens, elle aime se sentir indépendante. Christine s'occupe du ménage, des courses et de ses besoins journaliers.

Néanmoins, la duchesse sort tous les matins pour aller acheter le pain dans une boulangerie traditionnelle. Elle aime prendre son temps, c'est sa petite habitude durant laquelle elle salue ses voisins. Certains d'entre eux l'appellent par son titre, ce qui n'est pas pour lui déplaire. Elle aime beaucoup entendre « Madame la duchesse », même si ce titre ne veut plus dire grand-chose aujourd'hui. Ensuite, elle va jusqu'au petit kiosque à journaux pour acheter

Le Figaro, ainsi qu'un magazine *people* de temps en temps. Parfois, elle craque même pour une petite douceur chez Migne, un pâtissier qui propose des merveilles.

En chemin, elle rencontre Madeleine Verdier, veuve de l'imprimeur Luc Verdier, avec qui elle papote pendant un moment. Il faut dire qu'elle a du savoir-vivre et de la conversation, ainsi qu'une humilité tranquille qui en fait une personne d'agréable compagnie. Elles abordent la question de l'insécurité, font régulièrement des gestes rapides de la main, comme si elles chassaient les mouches. Mais c'est plutôt pour se garder du mauvais sort.

Mais aujourd'hui, ce ne sera pas efficace pour la vieille duchesse ; elle n'a pas remarqué l'homme qui la suit de près.

Un bon quart d'heure plus tard, Marguerite salue enfin son amie Madeleine et poursuit sa route. L'individu lui emboîte le pas sur une bonne centaine de mètres, avant de la voir entrer dans une boulangerie contre la vitrine de laquelle il se colle discrètement. Nouvelle conversation avec la caissière avant qu'elle ne sorte, sa baguette sous le bras.

Elle s'arrête ensuite au kiosque et achète son journal, bavardant encore un bon moment avec la vendeuse, une cinquantenaire souriante et aimable qui semble réellement apprécier ce reliquat de noblesse.

Lorsqu'elle arrive devant son immeuble, il se rapproche et la regarde appuyer sur les touches du digicode de la porte d'entrée. D'abord le 3, suivi du 9, puis le 4 à deux reprises : cette fois, il parvient à voir clairement le code à quatre chiffres qu'il mémorise.

Il s'assoit ensuite sur un banc et attend l'arrivée de la femme de ménage qui fait son entrée, aujourd'hui encore, à 9 h 30. Il sait qu'il pourra bientôt agir. Son bras sera celui du Tout-Puissant, armé de colère et de détermination.

19

Vendredi 12 août 2016
23 h 35 – Clamart

Dans sa maison pleine d'une étrange grisaille, et dont une seule pièce est réellement occupée, Seth s'est coupé du monde. Il a fait des copies des pièces du dossier et s'est reconstitué un mur presque identique à celui de l'espace de travail du bureau, afin de plonger quand il le veut dans l'enquête. Il a accroché une carte routière Michelin en très grand format et commandé un *paperboard* pour une organisation similaire.

Un verre d'Arbois Poulsard dans une main et une cigarette dans l'autre, il tourne dans son vaste salon. Entièrement immergé, il s'efforce de trouver un point commun entre les victimes. Mais il faut bien se faire une raison : il n'y en a pas et il n'y en aura jamais. Le tueur exécute de façon totalement anarchique.

Les nouvelles photos, celles du commerçant itinérant, à qui il a attribué les punaises bleues, donnent une dimension plus tragique encore à la pièce. Les rapports d'analyse de la police technique et scientifique, le rapport du légiste *in situ* et son complément après autopsie : tout laisse à penser que l'homme, écrasé par les meubles dont il faisait commerce, est parti en souffrant le martyre.

Kohl dispose également du rapport médico-légal du Dr Tournel concernant Alain Lollier, l'agriculteur de cinquante-huit ans enterré dans son champ.

Il s'avère que les examens sanguins révèlent un gros effort avant la mort et de nombreuses contusions qui auraient été provoquées par des coups de pelle répétés. Il a ensuite pris un nouveau coup derrière la tête qui l'a sonné mais pas assommé et aurait été enseveli vivant. Le taux de cortisol élevé dans le sang indique qu'il est mort dans une terreur sans nom.

La terre sous les ongles et dans les poumons le prouvent.

Tu l'as fait trimer jusqu'à ce qu'il n'en puisse plus, le rouant de coups pour qu'il creuse toujours plus fort, toujours plus vite, pense Seth. *Puis, quand il a eu fini de creuser sa propre tombe, tu l'as blessé plus sérieusement pour l'immobiliser et le faire rouler au fond. Enfin, tu l'as asphyxié en l'enterrant vivant.*

Il se tourne vers les photos de l'antiquaire et raisonne à nouveau. De toute son âme, il cherche à se placer dans la peau du tueur :

Et ce pauvre homme, tu ne lui as pas fait de cadeau non plus. Tu lui as scrupuleusement broyé tous les os, y compris le thorax et le bassin, causant des dizaines d'autres fractures. Tu l'as littéralement écrasé, comme un insecte !

Puis il passe à la photo où le petit Gabin Schwartz semble presque paisible, assis contre un arbre de la forêt d'Ozoir-la-Ferrière :

En revanche, pour le petit, pas de douleur. Tu l'as endormi et égorgé pendant qu'il était inconscient. Tu ne voulais pas lui faire mal. Pourquoi ?

Il se recule, englobe les trois et se dit que ça y est, l'homme est à présent un tueur en série, comme l'a souligné Asia. Revers de cette sombre médaille, les moyens qui seront donnés au groupe chargé de l'enquête vont augmenter, ainsi que la réquisition du personnel travaillant en périphérie. Il n'a sans doute pas idée de la traque qui se met en place.

Durant la réunion avec le sous-directeur aux Affaires criminelles et le procureur général, ce dernier a fait savoir que la durée de la période de flagrance renouvelée arrivant à son terme, il allait passer la main. Le juge Yves Raffin, avec qui Paul, Céline et les autres membres du groupe ont déjà eu à travailler, prendra le relais, sur décision de la présidente du parquet de Paris.

Seth a d'ailleurs reçu une convocation dans son bureau pour lundi, le jour où l'enquête préliminaire deviendra une instruction. Il espère qu'il n'y aura pas de nouvelle découverte macabre dans l'intervalle. Mais le flic enraciné en lui ressent une sorte d'appréhension mal définie, comme un spectre visible seulement partiellement.

Le tueur ne perd pas de temps et son rythme est presque frénétique.

La plupart des tueurs en série parviennent à faire taire la bête qui les habite après un meurtre, pour une durée plus ou moins longue, avant que la tension ne revienne, progressivement. Celui-ci, en plus de n'avoir aucune logique du point de vue de la victimologie, semble presque s'imposer un calendrier.

Pour l'instant, aucun surnom n'est tombé pour ce tueur, comme c'est souvent le cas dans les groupes d'enquête. C'est un signe indiscutable que son manque de cohérence le rend difficile à saisir.

Il laisse des empreintes partout derrière lui sans se soucier des conséquences, il sait que la région parisienne est vaste et que le chercher revient à trouver la feuille de thé blanc dans la tonne de thé vert.

Un vrai casse-tête.

Les victimes n'ont rien en commun et chaque *modus operandi* est différent. Pas de sélection, pas de signature, toutes les bases sont faussées pour entamer une réflexion logique et se lancer dans l'élaboration d'un profil psychologique en bonne et due forme.

Ça vire à l'obsession, ça tournoie, ça s'entrechoque.

Et cette question lancinante, presque poisseuse, tenace comme une mélodie stupide qu'on ne parvient pas à se sortir de la tête :

Pourquoi eux ?

Alors qu'il lutte pour rester concentré sur l'affaire, mais surtout pour ne plus penser à l'héroïne, un bruit de verre brisé le fait se redresser. Ça vient de la cuisine, sans doute de la porte arrière de la maison.

Seth attrape son arme de service et traverse l'appartement afin de sortir par la porte principale. Sans un bruit, il fait le tour de la maison. En arrivant derrière, dans tout le chaos de la végétation qui a poussé anarchiquement, il voit que la porte est entrouverte.

Des morceaux de scotch sont collés sur la vitre, un moyen efficace de briser le verre sans qu'aucun éclat ne tombe au sol. Mais l'intrus n'a pas fait ça correctement, d'où le morceau qui est tombé au sol et l'a alerté.

Il entre avec calme, les sens en éveil, avec des mouvements lents et calculés. Il voit une ombre dans le salon et fait trois pas rapides pour arriver contre le mur qui sépare les deux pièces. Une fois à couvert, il se sert du miroir pour observer la progression de l'homme qui tient une arme en main, le canon très long indique qu'il est sans doute rallongé par un silencieux. Moins de dix secondes plus tard, la silhouette cagoulée, entièrement vêtue de noir, apparaît dans le miroir, avançant lentement dans le salon.

En faisant un demi-tour sur lui-même, Kohl se retrouve face à lui et lui tire une balle dans chaque épaule, puis une troisième un peu au-dessus du genou. Dans un cri de douleur, l'homme s'écroule et lâche son pistolet.

De trois pas rapides, Seth arrive sur lui, donne un coup de pied dans son arme et lui écrase la main.

« Enlève ta cagoule ! ordonne-t-il à l'intrus. Fais-moi voir un peu ta gueule, sale lâche ! »

L'homme s'exécute en râlant de douleur, le Sig Sauer de Kohl braqué sur son crâne. Immédiatement, Seth reconnaît Jean-Marc Tarascon, un ancien collègue à lui de l'époque des Stups.

Choqué, le Zombie écarquille les paupières et utilise le surnom que tout le monde lui donnait quand il travaillait en sous-marin.

« Putain, je rêve ou quoi ? T'es venu pour me liquider, Tartarin ? Tu pensais vraiment avoir une chance de réussir ?

— Arrête, Kohl ! C'est pas du tout ce que tu crois !

— Ah bon ? Et qu'est-ce que ça pourrait être d'autre ? Les lumières vont s'allumer et tous les anciens collègues vont me souhaiter un bon anniversaire ? Tu me prends vraiment pour le dernier des cons !

— C'est pas mon idée. Je te jure que c'est vrai. On m'a forcé à agir.

— Comme c'est pratique ! lâche Kohl avec mépris. Alors tu vas vite tout me dire, sinon je vais te trouver vraiment inutile et presser sur la détente.

— Avant tout, tu dois savoir que c'est moi qui t'ai fait revenir dans la course. Levant flippait trop. J'ai lutté ferme pour qu'il ne te colle pas en préretraite.

— Il y a forcément une raison à ça ! Il est devenu directeur du 36 entre temps, et toi chef de la Brigade des stups depuis que j'ai rompu le contact. Je me trompe ?

— Non, c'est vrai. Mais ça vient d'une ancienne histoire. À l'époque où tu étais sur le terrain. Il s'est fait un max de blé sur les coups que tu lui donnais.

— Et toi non ? demande Kohl avec un rire nerveux. Parce que ce genre de saloperie, soit on est au

Marine, tu vas rattraper Paul dans le couloir. Une fois à Nanterre, tu devras essayer de voir ce que tu trouves grâce à la vidéosurveillance urbaine, surtout en visionnant les images d'hier soir. Inutile de parler de l'enquête. Il n'y a pas eu de fuites jusqu'ici, alors j'aimerais que ça continue et que la presse reste loin de notre travail aussi longtemps que possible. »

Marine Cardamone, cette jeune femme difficile à cerner mais toujours d'une efficacité irréprochable, passe une main dans ses cheveux teints en rose. Elle a les bras déjà bien recouverts de tatouages pour son jeune âge ; principalement des motifs géométriques en à-plats de noir et des dessins minimalistes. Elle se précipite dans le hall pour rattraper Paul Baptista. Au dernier moment, elle revient dans le bureau pour prendre son sac en coup de vent, lâchant un juron au passage, puis ressort au pas de course afin de ne pas manquer le départ.

« Abdel, j'aimerais que tu te charges de transmettre le portrait-robot par courriel dans tous les commissariats et les gendarmeries de la région parisienne. Pour la préfecture de Paris, au 36, et la direction, à Nanterre, je préfère que tu ailles les remettre en main propre.

— Je m'en charge ! répond Abdel en allant prendre son arme et sa carte de réquisition dans son tiroir de bureau.

— Danilo, il faudrait que tu puisses contacter par téléphone tous les services médicaux et les hôpitaux. Je voudrais être certain qu'aucun corps n'a été retrouvé cette nuit. Il faut malheureusement prendre le pire en considération, même si on souhaite que ce ne soit pas le cas. »

Les deux lieutenants n'ont pas perdu une seconde et se collent immédiatement à la tâche. Danilo est déjà en train de passer les coups de téléphone en suivant la liste habituelle dressée à cet effet pour gagner du temps. Abdel décide visiblement de commencer par Nanterre et la préfecture de police parisienne. Il charge une clé USB et lance l'impression d'une trentaine d'exemplaires du portrait-robot avant de décoller.

La réactivité de l'équipe rassure Seth sur le bon déroulement de ce changement majeur que représente son arrivée à la tête du groupe. Il est conscient d'être parfois un peu froid et pas facile à aborder. De plus, il n'est pas simple de prendre la place d'un homme comme Paul Baptista, charismatique et aimé par toute son équipe et la plupart du personnel du commissariat. Pas habitué à donner des ordres et pas du tout à l'aise avec le commandement en général, Seth Kohl est surpris que tous les membres du groupe appliquent ses instructions sans les discuter et avec un professionnalisme exemplaire. Ils traitent les pièces du dossier sans déroger aux impératifs du code de procédure.

Tous prennent l'affaire très au sérieux, peu importe que l'homme à la tête du groupe ait changé.

Pour finir, Seth s'adresse à Céline pour l'aviser de ce qu'il a prévu pour eux.

« Je te propose qu'on aille alerter les commissariats du Val-de-Marne pour qu'ils comprennent bien l'importance de la tâche. Avec deux policiers enlevés, on aura simplement à agiter un peu les nids pour que les frelons soient tous à bloc. On ne donne rien d'autre que le portrait à envoyer à toutes les patrouilles en insistant sur la dangerosité de cet homme. En même temps, ce sera l'occasion de leur passer le message concernant les autorisations d'heures supplémentaires payées pour cette zone. »

Comme elle ne lui répond pas, il tourne la tête et constate que la jeune femme est pensive, un peu lointaine. Au fond de ses grands yeux bleus semble flotter une profonde préoccupation.

« Qu'est-ce qui te tracasse comme ça ? demande-t-il en saisissant délicatement son épaule. Tu peux te confier à moi si tu en ressens le besoin.

— C'est juste que j'espère avoir cerné correctement le profil psychologique du *Danseur*, répond-elle en émergeant de ses pensées. J'ai pour ainsi dire affirmé à l'équipe que les chances que ce monstre s'en prenne aux policiers qu'il a enlevés étaient presque nulles.

— Tu as posé un avis avec des explications logiques basées sur ce que l'on sait de lui. Ça ne fait pas de toi la garante de leur survie. Si un malheur devait survenir, personne ne viendrait t'en blâmer. De plus, j'ai trouvé ton raisonnement parfaitement cohérent et porteur d'un peu d'ondes positives.

— C'est gentil. Je te remercie.

— Ce n'est pas gentil, c'est ce que je pense ! insiste Kohl en captant son regard. Dans ce genre d'affaire, personne ne peut avancer des certitudes, tout est bien trop aléatoire. Alors tu dois être plus confiante en tes connaissances et tes compétences. Je dois vraiment te rappeler qui est parvenu à faire remonter l'image du suspect de l'esprit dévasté d'une mère à qui on venait d'enlever son fils quelques heures avant ? »

Elle sourit et rougit un peu avant d'acquiescer.

Leurs yeux restent en contact, comme si chacun cherchait en l'autre des fissures à colmater, des blessures à guérir. Cet échange muet est puissant, intensément fort et profondément sincère. Au bout de presque une minute de ce qui ressemble à une forme de communion, Seth Kohl prononce quelques mots qui sonnent comme un pacte scellé entre leurs deux esprits.

« On va se battre de toutes nos forces, prendre soin les uns des autres et se donner à fond pour enfermer ce psychopathe dans une cage et jeter la clé. Chaque minute qu'il passe dehors est un risque qu'une nouvelle personne soit tuée. »

*
* *

À peine plus d'une heure plus tard, Paul et Asia Baptista, ainsi que Seth Kohl et Céline Fauvel, sont rassemblés à l'Institut médico-légal de Paris, près du quai de la Rapée.

Le corps de la victime n'a pas encore été touché par le Dr Daniel Vernon, le légiste de permanence. C'est un homme gras et flegmatique qui n'attend que le moment où il pourra s'éclipser.

En prenant son service, le Dr Tournel a consulté les événements de la nuit. Fidèle à lui-même, son attention a été éveillée lorsqu'il a vu la fiche d'intervention *in situ* pour le meurtre d'un homme âgé, retrouvé étranglé sur la tombe de son épouse. Après avoir regardé le dossier de plus près, il a ouvert celui de l'affaire de la *Danse macabre* traitée par la Brigade criminelle du SRPJ de Versailles. En tombant sur la gravure titrée *Le Vieil Homme*, il a demandé à son collègue de tout suspendre et de patienter. Il a immédiatement averti le commandant Paul Baptista qui s'est chargé de prévenir sa sœur et Seth Kohl.

À présent qu'ils sont là et que le juge d'instruction a officiellement saisi les enquêteurs, Jean-Louis Tournel se prépare à s'occuper de l'autopsie, mais laisse à son confrère le soin d'expliquer, dans les grandes lignes, les constatations effectuées sur place. Au ton de sa voix, les policiers sentent bien que l'homme se fait violence.

« Je vous présente Aimé Cordier, quatre-vingt-douze ans. Le corps a été retrouvé à l'ouverture du cimetière par le gardien. En remarquant que l'une des entrées avait été forcée, il a fait une ronde et a découvert le corps. Quelle histoire ! En même temps, à son âge...

— Je vous prie de montrer un peu de respect, docteur ! le coupe Paul Baptista en haussant le ton. Vous ne savez rien de l'instruction en cours, et notamment de sa gravité. J'attends donc de vous que vous restiez professionnel. Ce serait un minimum. »

Le légiste s'éponge le front et souffle comme un bœuf. Le coup de semonce a porté ses fruits. Il reprend sur un ton neutre en évitant soigneusement le regard de Paul.

« La mort est survenue par strangulation. On peut constater que l'os hyoïde a été écrasé et les vertèbres cervicales déplacées, ce qui souligne la puissance avec laquelle l'acte a été commis. J'ai aussi relevé des hématomes de compression sur ses avant-bras, signe qu'on l'a tiré de force en le saisissant juste en dessous des poignets. Sur le sol couvert de graviers, de la porte fracturée jusqu'à la tombe, une longue traînée confirme de quelle façon il a été amené jusque-là.

— Vous avez pu déterminer s'il s'agissait d'un seul agresseur ? demande Asia à tout hasard. Peut-être en observant ces sillons spécifiques et d'éventuelles autres traces au sol ?

— Ah non, je ne saurais pas vous dire. Il faudra attendre les résultats des zigotos de la Scientifique.

— Mes hommes, donc ! réplique-t-elle d'un ton cinglant. Je vous rassure, ils se rendent sur place. Je n'attendais pas de miracle de votre part. »

Le légiste, qui vient à nouveau de perdre une occasion de se taire, bifurque de sorte d'arriver au plus vite à une conclusion.

« Le malheureux n'a pas dû être trop résistant et, pour ce que ça vaut, il n'a pas dû souffrir longtemps. Il a sans doute été enlevé chez lui un peu plus tôt et traîné de force ici. Il avait ses papiers sur lui ; ce qui m'a permis de l'identifier immédiatement. J'estime que la mort est survenue vers deux heures du matin.

Pour plus de précisions, je vous laisse voir avec mon collègue.

— C'est bon, vous pouvez vous esquiver maintenant, conclut Kohl. On vous laisse reprendre tranquillement l'attente de votre départ à la retraite. »

Céline saisit la commission rogatoire qui a été faxée et qu'un interne vient de lui apporter avant de repartir avec le chariot. Dernière à sortir, elle présente le papier officiel que l'homme ne daigne même pas regarder. Après s'être fait rembarrer trois fois, il prend une pitoyable revanche sur la seule personne qu'il perçoit comme inoffensive.

« Je vous en prie, servez-vous ! » lâche-t-il avec mépris en faisant un geste de la main par-dessus son épaule.

Dix minutes plus tard, le défunt est dans le cabinet médical qu'occupe Tournel lorsqu'il officie en ces murs. Il commence l'ouverture du torse au scalpel et de la cage thoracique avec une scie électrique. Il entame ensuite la pesée des organes sous le regard attentif de Kohl. Pendant ce temps, Paul, Asia et Céline font le point, un peu à l'écart. C'est la capitaine Fauvel qui ouvre le bal :

« En poursuivant avec *Le Vieil Homme*, il aurait fait l'impasse sur *La Noble* et *La Comtesse*. Mais je pense que c'est bien lui. Sur la gravure d'Holbein, la Mort accompagne le vieil homme vers sa dernière demeure. Le caveau familial est un symbole fort. C'est d'ailleurs pour cela que le Dr Tournel a demandé de suspendre les travaux sur le corps. Il a compris le message et nous a fait venir, sachant déjà que ça allait être pour nous.

— C'est la première fois qu'il ne laisse aucune trace, note Asia. J'ai envoyé Karine Perrin et deux assistants au cimetière Saint-Vincent, on ne sait jamais.

— On était censé empêcher deux meurtres, pas en provoquer un autre, dit Céline avec une mine dépitée. Nous voilà avec deux policiers disparus et un nouveau cadavre sur les bras.

— Concernant la noblesse, vous avez tout fait pour qu'il n'y parvienne pas, il faut bien admettre que ça a fonctionné, souligne Asia. Moi je ne m'occupe que des indices matériels, et c'est la première fois qu'il n'en laisse pas. D'ailleurs, je tenterais bien un relevé sur les marques de pression. Tu crois que le toubib serait d'accord ?

— Il suffit de savoir comment demander », dit Céline avec un clin d'œil complice.

Elle s'approche du légiste en pleine besogne et s'adresse à lui de sa voix la plus douce.

« Désolée de vous déranger, docteur. Ma collègue aurait aimé pouvoir tenter une prise d'empreintes sur les zones cutanées marquées. Vous pensez que c'est possible pendant que vous officiez ? Nous ne voudrions surtout pas vous déranger. »

Tournel lance un sourire et rougit en hochant la tête avant de donner son accord. Asia lance un regard plein de gratitude au Petshop puis sort sa mallette de relevés dactyloscopiques. Il lui faut dix minutes pour trouver deux empreintes bien nettes.

« Pouce et index droits ! Empreintes avec centres de figures spécifiques, combinant une spirale et une boucle avec baguette à l'envers. C'est lui. C'est notre homme.

— C'est *Le Danseur* ! souffle Céline. Il a bien manœuvré en sautant les deux étapes sensibles des nobles. Mais à présent, il va devoir passer à la gravure représentant *Le Comte*. Et je pense que c'est là qu'il nous sera donné de le stopper net.

Tout à coup, Tournel laisse échapper un juron, chose rare chez lui. Après avoir réajusté ses lunettes avec son poignet, il va chercher quelque chose dans la gorge du défunt, depuis la bouche, avec une pince à clampe.

Il s'agit d'un petit morceau de plastique avec, à l'intérieur, un carré de papier soigneusement plié.

« On lui a enfoncé ça dans la bouche ? » s'étonne Céline.

Le légiste confirme d'un signe de tête et pose la trouvaille sur un plan plat couvert d'un champ stérile. Il l'ouvre avec mille précautions et déplie le papier avec un outil qui ressemble à une petite pince à épiler.

Une fois à plat, la surprise est de taille. C'est un message manuscrit. Son contenu a de quoi déconcerter : une lettre à l'attention des forces de l'ordre.

Aux membres de la police judiciaire

La justice de Dieu va au-delà de la justice des hommes. Vos lois ne sont que blasphèmes et ne me concernent en rien. Ce que j'ai à accomplir ne saurait être contrecarré par de simples mortels.

Ne cherchez pas à me retrouver sans quoi vos deux compagnons mourront. Je ne crains pas de partir avec eux, si possible en entraînant quelques-uns d'entre vous, avec moi, dans la mort. Ma mission m'a été confiée par Dieu en personne et rien ne saurait me faire renoncer à son accomplissement.

Vous m'avez forcé à renoncer à deux âmes, mais considérons que La Duchesse représentait les restes actuels de la noblesse, au moins du côté féminin. Je porterai mon plan jusqu'à son terme et, seulement après, vous aurez une occasion de me capturer.

Mais pour l'instant, la punition divine ne fait que commencer. Votre monde décadent est une aberration et le Seigneur, dans sa toute-puissance,

10

Samedi 27 août 2016
16 h 10 – Versailles

Presque trois jours de travail acharné mais aucun résultat.

Pas un seul sans-abri ou sans domicile fixe mort dans la rue ces douze derniers mois n'avait de fils correspondant au signalement du *Danseur*. Malgré leurs efforts, les membres de l'équipe et les renforts qui les assistent ne trouvent rien en sillonnant les endroits connus pour regrouper des indigents. Pourtant, l'énergie des policiers missionnés est réelle et le travail aussi patient et méthodique que poussé aux limites de la fatigue de chacun.

De plus, ce matin, Paul Baptista est arrivé dans l'espace de travail avec un exemplaire du journal *Libération*. Sans dire un mot, il a laissé Céline le lire à voix haute pour le reste de l'équipe. Son contenu a suffi à soulever des questions.

Une série de meurtres inexpliqués.

Depuis plus de deux semaines, peu après la nomination de Paul Baptista à sa tête, la Brigade criminelle du SRPJ de Versailles semble face à une situation délicate. Une vague de meurtres inexpliquée à Paris et dans sa banlieue monopolise un groupe d'enquête complet.

Ces faits, que rien ne relie entre eux, sont néanmoins systématiquement traités par la même équipe. De surcroît, à plusieurs reprises, les limiers de Versailles ont été saisis pour des crimes commis en plein Paris. Un lien, de quelque nature qu'il soit, pousse le magistrat instructeur Yves Raffin à dessaisir les groupes parisiens de certaines affaires pour les confier à l'équipe qui a travaillé sur la mort tragique du jeune Gabin Schwartz. La publication d'un portrait-robot dans les médias vient renforcer l'idée que les hommes du SRPJ enquêtent en dessous des radars. Quant aux autres victimes...

« Bon, vous avez compris, l'a coupé Baptista. Cette journaliste vient de lever un lièvre qu'elle ne lâchera pas comme ça. S'il y a une fuite en interne, il faudra s'y pencher pour ne pas risquer de voir les choses s'envenimer. »

Vers onze heures, pigistes et photographes se sont mis à rôder autour du commissariat, comme des mouches sur un cadavre. À mesure que la journée avançait, leur présence s'est intensifiée, sans pour autant devenir trop invasive.

Les membres de l'équipe n'ont eu aucun répit. Pour vérifier les informations et en pêcher d'autres, Céline et Seth, comme d'autres binômes, ont multiplié les déplacements dans les mairies des communes de la couronne parisienne, mais en vain. Personne de ressemblant avec *Le Danseur*. Aucun lien entre une C4 grise et une personne morte dans la rue.

Alors qu'ils reviennent de leur dernière visite, Céline lâche des mots teintés de déception dans l'habitacle :

« J'ai sans doute fait erreur. Peut-être même que je me suis trompée sur toute la ligne.

— Et alors ? répond Seth. Même si c'est le cas, il reste le portrait-robot. Et puis, si ça se trouve, le père n'a jamais reconnu l'enfant.

— C'est possible, oui. »

Seth ne cherche pas à briser le silence écrasant qui s'ensuit ; Céline, de toute façon, est trop occupée à se flageller et n'est pas d'humeur à écouter qui que ce soit. C'est alors que la radio crépite. La voix de Paul Baptista leur annonce une nouvelle qui redonne un coup de fouet au moral de la capitaine.

« Un propriétaire a reconnu son locataire sur le journal. Il n'est pas souvent dans la région mais il dit que l'homme à qui il loue un pavillon ressemble au portrait-robot d'Emma.

— Tu as l'adresse ?

— Oui, c'est à Villejuif, une petite maison située au 17, rue Gagarine. L'homme s'appelle Esaïe Landernau. Il habite là depuis déjà un bon moment.

— On peut te laisser t'occuper de la commission rogatoire avec le juge ? demande Kohl. On va se rendre directement sur place pour surveiller. »

Immédiatement, Seth fait demi-tour en mettant le gyrophare sur le toit et en rabattant le pare-soleil frappé du mot *Police*. Il colle le pied au plancher et se dirige vers l'adresse indiquée par Paul qui s'inquiète :

« N'entrez pas seuls, surtout. Personne ne sait à quel genre d'accueil vous aurez droit.

— Ne te fais pas de bile, répond Seth, on va juste se poster devant pour surveiller les éventuels mouvements. On attend les renforts sur place. »

*
* *

La maison est plongée dans des ombres épaisses. Les volets fermés ne laissent pas filtrer le moindre rayon de lumière.

Le locataire a sans doute quitté les lieux en urgence, en réaction à la vue de son visage étalé dans les journaux. Aucun groupe d'intervention tactique n'a donc été nécessaire et seule la camionnette de la police technique et scientifique accompagne les membres du groupe d'enquête.

Céline et Seth ont exigé de pénétrer les premiers dans le pavillon. Ils veulent s'imprégner du décor avant qu'Asia Baptista n'y envoie Karine Perrin et son groupe d'analystes de scènes de crimes. Quand ce sera le cas, les projecteurs illumineront les lieux et les silhouettes blanches débarqueront pour tout passer au crible avec une minutie inégalable.

Armés de leurs sens et de leur conscience, Seth et Céline s'apprêtent à plonger dans les profondeurs les plus noires du mental du *Danseur*, à explorer la masse sombre de ses pulsions et des secrets cachés dans les tréfonds de son âme.

Parti dans la précipitation, le tueur n'a même pas pris la peine de verrouiller sa porte d'entrée, restée entrouverte. Les volets roulants sont néanmoins descendus, obturant toutes les fenêtres qui donnent sur l'entrée et sur la rue.

Une fois à l'intérieur, Seth et Céline décident de rester ensemble et d'avancer pièce après pièce. La première porte à droite donne sur la salle de bains. C'est vraisemblablement le seul endroit de la maison où la lumière du soleil peut entrer, grâce à trois hublots proches du plafond. La propreté suggère un nettoyage quotidien complet et minutieux. Tout y est impersonnel, sauf les produits pour le corps qui sont de qualité supérieure et soigneusement alignés dans une armoire murale à droite du lavabo. Le meuble est resté ouvert mais tout est rangé de façon presque militaire.

Juste en face, ils arrivent dans la pièce principale, à la fois salon et salle à manger. Avec les volets fermés, même après avoir allumé le plafonnier, l'ambiance est glaçante.

Le mur du fond est couvert des dessins d'Holbein le Jeune et d'autres gravures représentant les livres les plus violents de la Bible. Toutes ces reproductions sont annotées avec une écriture minuscule et sans interlignes. Seth doit plisser les yeux pour décrypter quelques fragments. Le peu qu'il parvient à comprendre va de la métaphore subtile à des délires dignes d'un illuminé qui se croit élu par Dieu. Tout indique qu'il s'imagine intouchable, au-delà des lois des hommes.

« Oh putain ! » lâche Céline.

Un peu surpris par le langage de son bras droit, Seth se retourne. La jeune femme s'est figée et fait à présent face au mur opposé.

Au premier coup d'œil, le commandant sent un frisson d'angoisse lui parcourir le dos. Des dizaines de photos prises au Polaroïd couvrent une bonne partie de la surface du mur, comme un puzzle de chair et de sang. Elles ont manifestement été prises par le tueur sur les lieux de ses crimes, avant, pendant et après la mise à mort. Certains clichés montrent les victimes encore conscientes. La terreur et la souffrance dans les regards, des hurlements prisonniers du papier glacé, des blessures en gros plan. L'alignement parfait de ces images est un spectacle intolérable. Pourtant, aussi répugnantes et éprouvantes soient-elles, elles sont d'une importance capitale pour l'enquête.

En voyant le petit Gabin Schwartz, ses yeux s'écarquillent et son souffle est coupé pendant quelques secondes. Sur l'une des photos, l'enfant est accroché par les pieds, tête en arrière à cause de la profondeur de la plaie d'égorgement, en train de se vider de son sang. Kohl saisit l'épaule de Céline dont les yeux humides et la pâleur sont le signe qu'elle en a déjà trop vu.

Il l'invite à se pencher avec lui sur un petit meuble qui fait office de bibliothèque. Mis à part quelques traités de théologie, il n'y a que des bibles. Elles sont de différentes éditions et plus ou moins anciennes. Certains de ces volumes ont l'air d'être des raretés, peut-être des pièces de collection de grande valeur. En ouvrant plusieurs de ces livres, Seth voit que tous sont criblés d'annotations, de la même écriture que celle qui s'étale sur les reproductions des gravures.

L'étagère du bas a été vidée de son contenu, à en juger par les traces de poussière ; sans doute des albums-photos, qui auraient révélé trop d'indices sur sa vie, ses souvenirs et peut-être même son lieu de repli si le tueur les avait laissés.

Seth est tiré de ses pensées lorsqu'il sent Céline lui taper sur l'épaule. En se retournant, un livre en main, ses yeux se fixent sur le mur du fond. Là, sur presque toute la surface, une citation tirée de la Bible a été peinte avec soin, sans doute réalisée à la main avec une police d'écriture de style gothique :

> « *La mort a grimpé par nos fenêtres, elle est entrée dans nos palais, elle a fauché l'enfant dans la rue, les jeunes gens sur les places.* »
> *Jérémie, IX, 20*

« On a affaire à un vrai fanatique, souffle-t-il. Il ne va pas se laisser prendre sans résistance.

— On est d'accord, dit-elle. Je crois que j'en ai assez vu dans cette pièce. Passons à la suivante, si tu veux bien. »

Lorsqu'ils arrivent sur le pas de la porte de la cuisine, Céline et Seth sont surpris par le désordre sans nom qui y règne. Les murs en placoplatre ont été défoncés, sans doute à mains nues. Des traces de sang sont visibles autour de certains trous. Le mobilier a été retourné avec violence et le plateau de la table en formica est fendu en son milieu. Sur le carrelage, un journal qui dévoile son portrait-robot, déchiré.

« Il est probablement entré dans une colère noire en voyant son visage dévoilé par la presse, dit Seth. Il doit se sentir pris au piège, acculé.

— Ça fait de lui un danger ambulant. C'est un homme puissant et prompt aux accès de rage. L'état dans lequel il a mis cette pièce en est la preuve. Je n'aimerais pas me retrouver face à lui.

— Je ne le souhaite à personne. Si tu n'as rien à approfondir ici, je te propose de poursuivre. Le groupe de Karine ne va pas passer des heures dehors.

— C'est vrai, répond la capitaine. Même si on a un temps magnifique, ce n'est pas une raison pour les faire poireauter.

— Je dois avouer que la présence d'Asia Baptista me laisse penser qu'on ferait mieux de ne pas s'éterniser. Étrangement, elle m'impressionne plus que son frère.

— Tu fais bien de te méfier, oui ! ricane la jeune femme. Je l'ai déjà vue en colère. Personne n'a envie de subir ça. »

Le binôme change de pièce pour arriver dans la chambre à coucher. Cette pièce est tout aussi lugubre que le reste de la maison. Elle n'est meublée que d'un lit, au-dessus duquel un crucifix très long a été fixé, et d'une armoire en chêne massif dont les portes sont restées ouvertes.

On se croirait dans une retraite monastique.

Là aussi, une phrase est inscrite à l'encre noire, sur le mur de droite, face à la fenêtre.

« Dieu vit que la lumière était bonne ; et Dieu sépara la lumière d'avec les ténèbres. »
Genèse, I, 4

Après une bonne minute d'un silence plein d'angoisse, c'est Céline qui reprend la parole à voix basse.

« Jamais je n'aurais imaginé que je me mettrais à trembler devant la colère de Dieu, lâche Céline. Je ne suis pas croyante, mais à force de baigner dedans, je commence à me sentir épiée par une présence invisible.

— C'est très bien que tu le prennes au sérieux. Si tu lui fais face un jour, attention à ne pas déchaîner sa colère. Dans tous les cas, tire la première. »

Le commandant se dirige vers l'armoire et la jeune capitaine vers le lit. Même dépouillée, chaque pièce mérite toute leur attention.

« Ici, on voit bien qu'il est parti aussi vite que possible, commente Seth. Il y a de nombreux cintres vides et quelques habits qui traînent au sol. Il a rempli un bagage avec le strict minimum.

— Pareil que dans la salle de bains, réplique Céline qui jette un œil sous le lit. Mais si ses croyances sont aussi profondément ancrées en lui que tout cela nous le laisse penser, il n'est pas attaché aux choses matérielles. »

Elle remarque un coffret de bois précieux, finement ouvragé, qu'elle fait glisser sur le parquet avant de l'ouvrir. À l'intérieur, elle tombe sur un missel personnalisé par une gravure composée de deux initiales : un E et un S en lettres d'or. Juste à côté, un martinet aux lanières tressées de nœuds terminées par des pièces en acier. Des frissons lui traversent le corps et elle lâche un râle plein de crainte. Seth Kohl se retourne et se baisse pour examiner cette trouvaille macabre.

« Il s'adonne à ses croyances avec violence et fanatisme, commente-t-il. C'est un exalté dangereux qui n'aura pas peur de mourir et d'emporter un maximum de monde avec lui s'il se sent acculé d'une quelconque manière.

— C'est aussi mon avis, répond-elle. Quand il aura été localisé, une unité du RAID ne sera pas de trop pour procéder à son arrestation.

— Quoi qu'il en soit, on va avoir des données génétiques à collecter, peu importe si elles tombent sous X, dit-il en voyant le sang sur le manche et les lanières de l'objet. On pourra faire le rapprochement avec le combat au couteau contre le sergent de l'armée de terre qui a eu l'occasion de blesser le tueur. Sa lame avait déjà des traces de sang exploitables. »

Dans le livre, glissé à la prière du Credo, une carte de communiant illustrée du dessin d'un visage d'adolescent. En dessous, il est écrit en lettres dorées *Conservez, dans mon âme, la blancheur de mon vêtement*. Céline retourne la carte et découvre quelques lignes manuscrites :

À mes parents
À mes amis

Sylvain Eringer
Église de Villejuif
23 juin 1963

Sylvain Eringer était l'un des premiers noms sur leur liste de sans-abris morts de froid cet hiver. Mais faute d'enfant reconnu, il n'existait aucune possibilité de le relier à son fils.

« On est passés à côté, commente Céline. Impossible de deviner qu'une personne sur cette liste avait un enfant non reconnu.

— C'est pour ça qu'on n'a pas mis tous nos moyens et toute notre énergie sur une seule piste, répond Kohl. C'est vrai que c'est frustrant et rageant de l'avoir manqué de si peu. En revanche, il n'y a plus de doute, on le tient. Il va finir par faire une erreur. Il croit que les gravures d'Holbein sont des messages qui lui ont été personnellement adressés. Je suis certain qu'il s'imagine pouvoir tuer toutes les figures, le pape inclus. »

Dans la maison, les cerveaux de Céline et Seth tournent à plein régime. Ils connaissent un peu mieux *Le Danseur* et pourront anticiper ses actions avec efficacité.

Seth regarde partout autour de lui, choqué par un tel niveau de fanatisme.

« Où peut-il bien être parti à présent ?

— Aucune idée, répond Céline. Ce qui est certain, c'est qu'il ne va plus revenir ici. »

Sur le chemin de la cave, en regardant par la porte entrouverte qui mène au garage, ils constatent que la Citroën C4 Picasso gris métallisé est restée ici. D'une manière ou d'une autre, il a trouvé un nouveau véhicule.

« Pour la voiture, on va laisser faire le groupe Perrin, décide Kohl. Toute cette cave semble vide. Mais je viens de voir qu'il y a une porte au fond.

— Alors on y va ?

— C'est parti. »

En ouvrant cette porte, ils arrivent à une pièce insonorisée des murs au plafond. L'interrupteur qui contrôle la lumière est placé en dehors. Trois verrous permettent d'y enfermer quiconque se trouve à l'intérieur. Au sol, Seth repère les deux uniformes des policiers, ainsi que des seaux à moitié remplis d'urine et d'excréments. Il remarque aussi des traces de sang séché qu'il relie à la mort de Gabin Schwartz.

« On n'a pas les corps qui vont avec les uniformes, dit Céline avec soulagement. Je pense qu'ils sont toujours en vie.

— Je le pense aussi. Il serait stupide de perdre une monnaie d'échange aussi importante. »

Alors qu'ils remontent pour laisser les troupes des sections techniques et scientifiques se mettre au travail, Céline et Seth croisent Asia, paralysée devant le mur couvert de polaroïds.

« On vient justement de finir », dit Céline pour aider la commissaire à décrocher de ces horreurs.

Il faut quelques secondes à Asia pour se tourner vers eux et avancer en se passant les mains sur le visage.

« Céline, tu tombes bien, lui dit-elle après un toussotement. J'ai eu mon frère au téléphone. Il a trouvé l'adresse de la mère du *Danseur*. Elle habite Évry, dans un appartement situé boulevard de France. Elle se nomme Odette Landernau, elle a cinquante-six ans et a fait divers séjours dans des hôpitaux psychiatriques et des maisons de repos. Elle est visiblement dépressive. On a vérifié les éventuelles propriétés, mais rien ne relie son nom à quoi que ce soit.

— Et le fils ? demande Seth avec son regard indéchiffrable. Il se pourrait qu'il ait une petite résidence, un chalet, un garde-meuble ou n'importe quoi à son nom.

— Non, rien pour l'instant, mais Paul nous tiendra au courant s'il y a du neuf.

— Il a un peu plus d'infos sur le tueur ?

— Cadre chez Alias Sécurité, sans antécédent judiciaire. Il est aussi titulaire d'une licence de tir dans un club où il ne se rend plus depuis presque deux ans.

— Et pour l'armée ? On a quelque chose ?

— Cinq ans de Légion, mais l'état-major a refusé une prolongation.

— On sait pourquoi ? demande Seth. Parce qu'il est rare qu'on quitte l'armée comme ça.

— Manquement à l'honneur, refus d'obéissance à ses officiers et port d'arme irrégulière en la matière de munitions à haute capacité irradiante.

— On y va ! décide Céline. Tu conduis. Les autres, retournez au bureau pour aider Paul à la surveillance de la ligne d'appels pour le portrait-robot. Le tueur a deux de nos collègues avec lui, jusqu'à preuve du contraire. S'ils se déplacent, quelqu'un pourrait les avoir vus. »

11

Samedi 27 août 2016
18 h 43 – Évry

Odette Landernau n'est pas une femme, c'est un spectre. Une ombre parmi les autres dans son intérieur aux volets baissés au maximum. Dans ce corps frêle et tremblotant est sans doute blottie une âme terrorisée, atrophiée, trop loin du réel.

Avec ses connaissances en psychologie, c'est Céline qui dirige l'interrogatoire. Seth préfère rester en retrait.

« Le père de mon fils est bien mort cet hiver, c'était début mars. Mais il m'arrive encore de rêver qu'il est vivant et qu'il continue de nous battre, mon petit et moi. »

Consciente de marcher sur des œufs, Céline prend son interlocutrice avec des pincettes. La voix calme, le regard ouvert, elle se veut aussi douce que possible. Elle ne tient pas à braquer cette personne fragile dont le mental est comparable à un champ de mines.

« En parlant de votre fils, demande-t-elle, l'avez-vous vu dernièrement ?

— Oui. Il est passé tout à l'heure pour prendre des affaires, mais il n'avait pas le temps de rester. Vous savez, il a un poste important chez Alias, avec de hautes responsabilités ! »

On ressent une réelle fierté dans ses mots. La lueur dans ses yeux et cette façon de redresser un peu plus son buste sont des signes qui ne trompent pas. Ce n'est pas joué, au contraire : c'est très sincère.

« Il aurait pu mal tourner avec tout ce qu'il a dû supporter, continue Odette. Mais il s'en est sorti, il a travaillé dur et il a remonté la pente. Il n'a pas flanché comme moi. J'ai été mise en préretraite par l'Éducation nationale. J'étais assistante maternelle, mais j'étais trop souvent malade. »

Comme les policiers fixent toujours la mère d'Esaïe, celle-ci comprend qu'ils attendent des précisions quant au type de maladie dont elle souffre. C'est avec un regard terne qu'elle s'approche d'eux en se penchant vers l'avant, les coudes sur les cuisses, comme pour leur révéler un incroyable secret.

« Les nerfs ! » dit-elle avec un regard trouble.

Les yeux de la pauvre femme s'arrondissent, vitreux, puis retournent se balader mollement sur son triste intérieur. Elle a préparé du thé que tous trois boivent sur une vieille table en formica. Dans cet intérieur modeste, tout semble fade et sans vie. Les policiers s'y sentent mal à l'aise : une sorte d'aura terne baigne les lieux.

Elle les inonde.

D'après ce qu'elle peut constater, Céline déduit qu'Odette Landernau est sous traitement lourd. En plus des antidépresseurs, elle doit prendre des calmants à haute dose, si bien que son organisme s'y est habitué. La nuit, elle ne doit pas pouvoir fermer l'œil sans des somnifères puissants. Aussi, la capitaine pèse chacun de ses mots pour ne pas générer une crise d'angoisse.

« Sauriez-vous où se trouve actuellement votre fils, madame ? demande Seth pour accélérer. Nous devons vraiment nous entretenir avec lui de toute urgence.

— Non, je l'ignore. Il est passé très vite et ne m'a rien dit du tout. Comme je vous l'ai expliqué, il est très pris et n'a jamais beaucoup de temps.

— Connaîtriez-vous un endroit où il pourrait se trouver ? Un endroit où il aime se rendre ? Une autre résidence, ou une parcelle de terrain peut-être ?

— Non ! »

Cette dernière réponse est tombée trop rapidement et les policiers sentent la nervosité écraser toute la pièce. Tout à coup, le visage fripé se ferme. Céline a peur d'une brusque rupture de contact ou d'une violente montée d'angoisse.

Mais ce n'est pas le cas, la femme tient bon.

Elle ne lâchera rien facilement, note Céline, *elle se doute de quelque chose. Il est possible qu'elle ait vu le portrait-robot dans les journaux ou aux actualités.*

« Nous ne lui voulons aucun mal, tente la jeune femme. C'est simplement qu'il risque de gros ennuis si on ne le retrouve pas très vite. Vous ne voudriez pas ça, quand même ?

— Non ! Bien sûr que je ne veux pas ça. »

Les larmes affleurent ses paupières. Elle les retient péniblement et se lève pour aller fouiller dans un sachet de pharmacie. Elle en tire une boîte de Valium dont elle avale deux comprimés sans eau. À pas traînants, elle revient s'asseoir à sa place.

Céline prend alors une voix plus douce :

« Alors dites-nous si votre fils a quelque part où aller, un endroit dont il vous aurait parlé. Il faut me croire quand je dis que c'est pour son bien. Il n'est pas trop tard pour bien faire, madame Landernau. »

Elle secoue la tête et se met à sangloter :

« Qu'est-ce qu'il peut avoir fait pour que vous lui en vouliez comme ça, hein ? C'est un bon garçon ! Il a eu une enfance terrible, c'est tout.

— Justement, pour son bien, il faut tout me dire.

— Peut-être sa cabane, comme il dit. Il a acheté une parcelle près d'un étang dans les environs de Fontainebleau et il y a construit un petit chalet. Je ne sais pas où ça se trouve, je n'y ai jamais mis les pieds. Je sais juste que c'est en forêt. »

Puis les pleurs tombent en cascade, une crue qui pousse Céline à prendre congé. Elle se lève et lance un regard à Seth pour qu'il suive le mouvement.

« Merci pour votre collaboration, dit-elle à cette femme brisée. Je vous laisse mes coordonnées au cas où votre fils revienne ici ou essaie de vous joindre. Merci de nous prévenir si c'est le cas. »

Elle pose sa carte de visite sur la table basse, tandis que le spectre qui hante ces lieux retourne à son sac de médicaments avec des mouvements d'automate.

La misère mentale dans laquelle se trouve Odette Landernau est comme une charpente rongée par les termites : en quelques secondes, elle pourrait s'effondrer.

Perdue dans le désert de son âme, elle se recroqueville sur elle-même dans le canapé alors que les policiers sortent sans ajouter un mot.

12

Samedi 27 août 2016
19 h 04 – Versailles

« Tu aurais pu insister un peu plus, non ? demande Seth en arrivant au bureau. Elle aurait certainement pu en dire davantage.

— Non, c'est déjà beaucoup, lui répond Céline. Dans un tel état de dépression, une garde à vue aurait été compromise et n'importe quel médecin l'aurait fait sortir ou hospitaliser. Et puis je suis presque certaine qu'elle n'en savait pas plus.

— Je comprends. Mais il nous faudrait de quoi réduire la zone de recherche, parce qu'un cabanon aux alentours de Fontainebleau, ça ne veut absolument rien dire. »

Paul approche du binôme et se place juste derrière eux, face à la carte de la région.

« C'est trop vaste, constate-t-il, les bras croisés. Je vais essayer de trouver des données pour faciliter les choses.

— On va devoir fouiller dans un triangle énorme : Nemours, Melun, Étampes et tout ce qu'il y a au centre, indique Céline en désignant chaque point sur la carte murale.

— Avec les parcs naturels et les forêts, ça risque d'être difficile. Mais c'est toujours mieux que rien. »

Tout le monde est dépité, mais Seth doit trouver comment remonter le moral de ses troupes.

« Je vais contacter les gardes forestiers, dit-il. Ce n'est peut-être pas grand-chose, mais c'est un début. »

Son téléphone sonne, c'est Asia Baptista qui rentre de Villejuif et lui annonce que le travail sur place est bouclé. Il n'y aura aucun problème pour confondre Esaïe Landernau. Toutes les preuves matérielles sont là, de la voiture aux chaussures. Surtout, il y a à présent sa signature biologique. Ils ont des échantillons d'ADN qui ne pourront pas être contestés durant le procès. Sans parler du mur des horreurs, recouvert des photos de ses victimes à différents stades de leur mise à mort. Bref, il est prêt à être cueilli.

« Il a pris des clichés de tout le monde, de toutes ses mises en scène, dit-elle alors que le téléphone est sur haut-parleur. On va devoir tout analyser.

— J'ai été étonnée de les trouver sur place, avoue Céline. Je pensais que ce serait l'une des premières choses qu'il prendrait avant de filer.

— Moi aussi. J'imagine qu'il a eu peur en se voyant en première page des quotidiens. Il aura paniqué et tout laissé sur place, y compris les choses essentielles. »

Alors qu'Asia arrive sur le parking du commissariat, elle constate qu'une nuée de journalistes se précipite en direction de son véhicule.

« Merde ! Désolée, mais je dois raccrocher. On a la presse qui se prépare à nous assiéger.

— Ah bon ? s'étonne Paul. Je n'ai pourtant rien vu.

— Alors je te conseille de regarder par la fenêtre, tu verras que la situation s'est quelque peu compliquée. »

13

Samedi 27 août 2016
19 h 14 – Versailles

À peine garée et sortie de l'habitacle, Asia est prise en étau par les journalistes qui se pressent et haussent la voix pour poser leurs questions. Le brouhaha est tel que les mots ne sont que difficilement compréhensibles.

Est-ce que l'individu a été appréhendé ? Y a-t-il un rapport entre lui et la vague de meurtres récente ? Est-ce qu'Esaïe Landernau est suspect et si oui, de quoi ? La police dispose-t-elle d'éléments tangibles ?

Avec un geste de la main, elle fait comprendre qu'il n'y aura aucun commentaire de sa part et passe un peu en force dans cette foule. Mais c'est alors qu'une petite brune arrive tout à coup par la droite, à contresens des autres, de façon à pouvoir glisser un mot à l'oreille d'Asia, qui se fige un instant avant de se retourner lentement en la fixant. C'est une jeune femme souriante et très sûre d'elle qui lui fait face sans baisser les yeux.

Elle a juste murmuré un nom à la commissaire, mais pas n'importe lequel.

Holbein !

Un nom qui prouve qu'elle a le pouvoir de déballer toute l'affaire ; Asia saisit l'astuce. La laisser plantée là, ce serait lui accorder tacitement le droit de révéler ce que bon lui semble.

Au moins, elle joue cartes sur table et sait comment je suis censée réagir à ce type d'information, gronde intérieurement Asia en se tournant vers elle. *Si elle connaît le nom de l'auteur des gravures qui inspirent* Le Danseur, *elle sait qu'elle tient là une torpille médiatique. Elle a tout compris et c'est elle qui mène le jeu. Je suppose qu'il fallait bien que ça arrive un jour, mais aujourd'hui ça tombe plutôt mal.*

Avec un regard froid, elle soupire et lui fait signe de la suivre dans les locaux.

Les autres crient leur mécontentement face à ce qu'ils interprètent comme une forme de favoritisme. En réalité, Asia désire seulement désamorcer la bombe que cette jeune femme un peu trop sûre d'elle tient entre les mains.

Il est évident qu'elle a tout compris.

*
* *

Une fois les présentations faites, Seth peut enfin mettre un visage sur le nom de la rédactrice de cette chronique de *Libération*. Cette petite brunette aux yeux bleu clair et au regard un poil arrogant a su comment gérer au mieux ses déductions.

« Bon, on en vient aux faits ? » dit-il un peu froidement.

Florence Jebelle, la journaliste qui a rédigé cet article accrocheur paru le matin même dans *Libération*, est une femme à la beauté aussi simple que naturelle. Il est facile de deviner qu'elle n'a pas froid aux yeux et que ce n'est pas quelqu'un qu'on peut intimider facilement. Son numéro devant l'entrée du personnel a bien fait comprendre à tous les policiers présents qu'elle était consciente d'avoir visé juste. La certitude de tenir un énorme scoop, capable de noyer les efforts des policiers en charge de cette affaire, lui confère un solide avantage. Mais on ne peut pas lui reprocher d'avoir bien fait son boulot.

La voie la plus sage, celle des négociations, permettrait dans le cas présent de prévenir et limiter la casse.

Dans le bureau de Kohl, l'air est lourd et chaque silence pèse des tonnes. La question tacite est la suivante : peut-elle compter sur le soutien des enquêteurs pour l'aider à écrire un nouvel article ou devra-t-elle extrapoler ?

« Vous avez compris quand ? » demande Céline.

La jeune femme répond en peinant à réprimer une moue amusée :

« J'ai eu un doute après la mort de la duchesse Marguerite de Bourbon-Siciles. Pourquoi seriez-vous venus reprendre la direction des opérations en plein Paris, sinon ? Mais je ne savais pas vraiment comment relier l'ensemble. La mort du vieil homme dans le cimetière, sur la tombe de son épouse, puis l'annonce du décès du comte m'ont permis de comprendre. J'ai pigé que j'étais dans le vrai. Il m'a fallu creuser sur Internet pour trouver le schéma de la *Danse macabre*, et ensuite aller encore plus loin pour ressortir celle d'Holbein le Jeune, la plus proche.

— Comment peut-on s'arranger avec une personne comme vous ? demande froidement Seth qui supporte très mal de devoir négocier avec la presse. Je dois dire que je n'en sais foutrement rien. Et ça me dérange profondément.

— Une personne comme moi ? répète Florence Jebelle. Vous voulez dire une investigatrice qui bosse soixante-dix heures par semaine, au bas mot ? Quelqu'un qui ne peut compter que sur son travail pour vivre ?

— À dire vrai, je pensais surtout à une connasse égocentrique qui n'aurait aucun mal à se servir de la mort d'autres gens pour créer une psychose de masse. Mais bon, restons sur l'investigatrice sans conscience, ça fera un entre-deux.

— Comme vous y allez ! lâche-t-elle avec l'esquisse d'un sourire en coin sur le visage. Je suis venue pour en parler, quand même. J'aurais pu envoyer l'info au plus offrant.

— Avez-vous seulement une morale ? J'imagine que vous vous pensez intouchable, mais ce n'est pas le cas. Ce n'est d'ailleurs le cas pour personne.

— Pour ma part, quoi qu'il advienne, ma théorie est prête à être exposée. Il y a une phrase que je tiens de mon ancien rédacteur en chef. Dans mon métier, il vaut mieux être le premier à avoir tort que le dernier à avoir raison. Alors autant faire ça intelligemment. Vous contrôleriez mieux les choses en ayant un droit de regard sur mes articles avant leur sortie. Qu'est-ce que vous en dites ?

— C'est un compromis qui pourrait être acceptable, répond un peu plus calmement Kohl. Encore faut-il qu'il soit respecté.

— Je peux vous donner ma parole, pour ce que ça vaut. Mais je sais ce que ça pourrait me coûter de faire obstruction à des investigations en cours.

— C'est vrai, répond Asia. Sans parler de ma main dans ta gueule en bonus.

— Bon, comme tout le monde se connaît, et à présent que la situation est claire, je pourrais faire en sorte de souligner l'efficacité avec laquelle vous gérez les investigations. Pour donner le change, j'expliquerai que votre groupe d'enquête est sur la piste du tueur, et on oublie de parler de la *Danse macabre*, ce qui évitera aux prochains individus concernés de céder à la panique. On aura juste à expliquer qu'il s'agit d'un tueur désordonné qui enlève et tue sans distinction. Qu'est-ce que vous en dites ?

— J'en dis que tu me mets devant le fait accompli, grince Asia. Je n'aime pas ça du tout.

— C'est de bonne guerre ! tente de tempérer Jebelle. On se rend service. De cette manière, tout le monde y trouvera son compte, j'aurai des scoops réguliers et vous évitez la paranoïa des foules.

— Je dois en référer à mon supérieur hiérarchique, dit froidement Seth. Je vais l'appeler. »

Il appuie sur la touche qui lui permet de joindre directement le bureau de Paul Baptista. Le commandant a écourté son entretien et arrive au plus vite. Manches de chemises remontées presque au niveau des coudes, il fait face à la jeune insolente qui lui répète ses conditions avec un air condescendant difficile à avaler.

« On va dire que c'est d'accord, lâche-t-il avec un regard aussi noir que glacial. On va commencer de cette manière. On fera une conférence de presse officielle lundi, ce qui vous laisse le temps de pondre votre torchon. Mais si une envie vous prenait de tourner la moindre phrase d'une façon qui ne me convient pas, on va vite se revoir.

— Mais bien entendu, assure Florence Jebelle avec un sourire. Ça va de soi.

— J'espère que ça restera comme ça tout au long de cette enquête, insiste Paul. Vous pourriez bien regretter cet arrangement si vous dépassez la ligne qui vient d'être tracée.

— Est-ce une menace, commandant Baptista ? On vous décrit pourtant comme un gentleman. Vous vous en prendriez à moi ?

— Je vous rassure, je ne vous toucherais même pas avec un bâton, rétorque-t-il sans cligner des paupières. En revanche, c'est ma sœur qui s'occupera de vous.

— Et je ne te menace pas : je te promets que tu vas regretter de m'avoir rencontrée, réplique Asia. Alors ne fais rien de stupide. »

Kohl fait le tour et ouvre la porte en large en montrant le couloir à la journaliste dont le sourire persiste :

« C'est bon, tu peux te casser d'ici maintenant, dit-il avec son flegme habituel. Mais ne fais pas l'erreur de ne pas prendre tout ça avec le sérieux qui s'impose. On est gentils mais on est aussi dangereux. Ça ne nous plaît pas des masses quand on doit perdre notre temps à jouer à la dînette avec une pisse-copie. »

Alors qu'elle passe devant lui, le chef de groupe plonge une main dans le sac de la pigiste et en sort un enregistreur vocal. Celui-ci a manifestement tourné depuis son entrée dans les locaux.

« Merde ! lâche Florence en pinçant les lèvres. J'ai vraiment affaire à des génies de la PJ !

— Désolé, mais je ne suis pas né de la dernière pluie, dit Seth en effaçant tout ce qui vient d'être capturé. Cet entretien n'a jamais eu lieu, surtout la fin. »

C'est avec peine que Florence Jebelle parvient à reprendre le contrôle de son visage pour y dessiner un sourire. Seth allume une cigarette, tire dessus d'une longue inspiration et lui recrache la fumée en plein visage avant de lui glisser quelques mots.

« Tu ne veux pas être victime d'un accident regrettable, ni être prise avec trois kilos de bolivienne pure cachée dans ton véhicule ? Donc, sois bien obéissante, de sorte qu'on n'ait pas à se croiser autre part et autrement qu'ici. »

Sans un mot, elle hoche la tête et sent que tout le monde la fixe avec une insistance oppressante. Seth remet le gadget à sa place et la palpe jusqu'à trouver le téléphone portable dans la poche avant droite de son pantalon. Il le sort et, une fois assuré que la fonction dictaphone n'a pas été enclenchée, le remet en place, ses doigts glissant assez loin dans le pli de l'aine.

« J'espère qu'on s'est bien compris », conclut-il en la fixant droit dans les yeux, clope au bec, sourcils menaçants.

Elle acquiesce, la respiration coupée. Son sourire suffisant s'est éteint. Elle sort du bureau sans perdre de temps, en inspirant comme si elle venait de passer plusieurs minutes la tête sous l'eau.

14

Samedi 27 août 2016
23 h 49 – Melun

Ensis Sanctum grimpe sur la péniche avec la souplesse d'un félin et arrive sur le pont sans aucun bruit. Il longe les rambardes et reste dans les zones les plus sombres, genoux pliés et épaules basses. Un coup d'œil lui assure que les quais sont déserts.

Dans sa poitrine, son cœur martèle. Il reprend les commandes de sa mission, la tâche pour laquelle Dieu l'a désigné. Dans la nuit pâle, un sourire vient balafrer son visage.

Il se glisse contre la porte de la cabine et donne un coup avec sa main à plat sur le montant. Rien ne se passe dans les trois minutes, si bien qu'il recommence et se colle à la paroi.

Des bruits de pas traînants lui parviennent de l'intérieur, comme un homme qu'on vient de réveiller et qui approche lentement.

Il surveille une fois encore que personne ne puisse le voir depuis le quai ou les ponts des bateaux voisins. Tout est calme à part sur la deuxième péniche en amont, où une fête semble être donnée. Le bruit de la musique couvrira parfaitement tout ce qui va se dérouler à bord de celle-ci.

La porte s'ouvre et le propriétaire, Hervé Descamps, passe la tête par le chambranle. Esaïe Landernau n'en demande pas plus. Il se tourne, se place derrière lui et le prend dans un étau. La main droite du tueur vient lui saisir le visage en barrant la bouche et le nez pour ne pas qu'il crie. Le bras gauche s'est refermé sur la poitrine de la proie. L'homme se débat, mais la différence de gabarit ne lui laisse aucune chance.

Arrivé à la rambarde, Esaïe prend une longue inspiration et se laisse basculer dans l'eau, en arrière, attirant l'occupant du bateau avec lui dans les eaux noires de la Seine.

Sous la surface, la lutte n'est pas longue et il suffit au tueur de resserrer son étreinte et de retenir son souffle. L'agitation de sa proie fait le reste.

Très vite, l'homme se fatigue, avale de l'eau et s'asphyxie en se débattant comme un damné. Il faut moins de trente secondes pour noyer Hervé Descamps. Son corps devient souple et commence à couler sous les yeux d'Esaïe Landernau. Ce dernier reste sous l'eau et, en quelques brasses, ressort contre la coque, à l'abri des regards, dans la nuit épaisse. Après avoir repris son souffle, il remonte sur la péniche et entre dans la cabine.

« Alors, Hervé ? demande une voix plus au fond. Qu'est-ce qui cognait comme ça contre la porte ? »

Esaïe se fige et ressort de la salle de bains où il avait entrepris de se sécher. Il descend quelques marches qui l'amènent en dessous de la ligne de flottaison. Là, sur un canapé, un homme en caleçon, étendu, une cigarette à la main.

Sans bruit, le tueur approche jusqu'à ce que l'individu se redresse et se retourne avec un claquement de langue en appelant une fois de plus :

« Bon, Hervé ? Tu fais quoi ? »

En croisant le regard du tueur, il se lève et constate que son gabarit n'a rien de comparable au sien.

L'homme essaie de protester mais deux pas en avant du colosse l'en dissuadent.

« Vous pouvez partir, je ne vous ai pas vu ! dit-il avec la voix tremblotante. Ne me faites pas de mal ! »

Mais les mots qui sortent de la bouche de ce géant glacent le sang de cet homme fluet. C'est de mémoire qu'il récite un passage de la Bible.

« Tu ne coucheras point avec un homme comme on couche avec une femme. C'est une abomination. Si un homme couche avec un homme comme on couche avec une femme, ils ont fait tous deux une chose abominable ; ils seront punis de mort ; leur sang retombera sur eux.

— Qu'est-ce que vous voulez ?

— Je ne veux rien, répond Esaïe. C'est ton Dieu qui exige qu'on respecte Ses lois. Et tu les as impunément transgressées.

— Je ne comprends rien, pleurniche l'homme alors que le tueur est presque collé à lui.

— Le Mal vient de toi et de tes déviances ! tonne Esaïe avant de répéter la fin de la citation. Si un homme couche avec un homme comme on couche avec une femme, ils ont fait tous deux une chose abominable ; ils seront punis de mort ; leur sang retombera sur eux. »

Une série de coups de poings furieux font alors craquer le corps de l'amant d'Hervé Descamps. Le torse est ravagé et enfoncé. Les côtes se brisent, les arcades sourcilières enflent, la mâchoire se disloque et les dents se cassent. Un grand coup de pied de face en plein plexus envoie le corps brisé se cogner contre la paroi.

« Abomination ! La sentence est la mort, et ton sang retombera sur toi ! » hurle *Le Danseur* avant de le saisir par la gorge et de détruire méthodiquement son crâne collé au mur avec une trentaine de coups d'une violence inouïe. Le cerveau est déjà comprimé par des hématomes. Lorsqu'il le lâche, ce sac de chair glisse au sol et Esaïe termine en écrasant sa tête sous sa semelle pour être certain qu'il soit mort, brisant ses vertèbres à la fin. Essoufflé, il regarde son travail et regrette de ne pas avoir pris son appareil photo.

Moins d'une demi-heure plus tard, il a trouvé les clés du bateau et verrouille la porte avant de repartir par les quais, son pull à capuche remonté sur sa tête couverte d'une casquette. Sa démarche est tranquille. Personne ne verra rien avant quarante-huit heures, le temps que les gaz produits par la décomposition ne fassent remonter le corps du noyé à la surface. Selon la chaleur des prochains jours, il se pourrait que l'odeur de l'autre révèle ce qui s'est passé à bord de cette péniche. Esaïe a tellement brisé son corps que des fragments d'os ont percé la peau.

Mais il ne m'a pas laissé le choix, se persuade le tueur. *Il méritait une punition exemplaire pour les péchés qu'il a commis en toute connaissance de leur gravité, bien au-delà de toute possibilité de rédemption.*

15

Lundi 29 août 2016
10 h 39 – Versailles

En arrivant sur l'estrade qui a été installée un peu plus tôt sur le parvis du commissariat central de Versailles, Paul Baptista, le nouveau visage de la Brigade criminelle de la couronne parisienne, voit tous les journalistes se lever de leur chaise. Les questions commencent déjà à tomber, mais le commandant fait comprendre à tout le monde qu'il ne commencera pas avant un retour au calme.

Les journalistes sont venus nombreux et ils sont passablement nerveux, voire agressifs pour certains. La raison en est sans aucun doute le scoop donné à *Libération*, via Florence Jebelle. Agacés d'avoir été mis sur la touche, les autres attendent à présent leur quota d'informations et, si possible, un peu d'inédit. Ils sont comme des rats affamés amassés contre le grillage de leur cage à côté de laquelle un gros morceau de fromage est posé : chacun est décidé à repartir avec un morceau. Ce ne sont plus qu'une masse de bêtes qui se piétinent avec un renoncement total à leur dignité et leur humanité.

« Ça fait peine à voir, lâche Paul qui jette un bref coup d'œil à la horde. Mais je ne vais pas céder, sinon ce sera perçu comme un signe de faiblesse de ma part.

— Tu as raison, approuve Seth. J'ai tellement vu d'affaires se compliquer, et même parfois s'arrêter net à cause d'une indiscrétion médiatique ou d'une information vendue par un flic. »

Paul Baptista n'est pas le genre d'homme à céder à la pression et le manque de civisme l'exaspère. Il n'ira se placer au pupitre que lorsque ces charognards se comporteront de nouveau en êtres humains.

Une dizaine de minutes plus tard, alors que le commandant Baptista discute toujours avec Seth Kohl, la nuée commence à s'impatienter. Ils comprennent enfin qu'ils doivent s'asseoir et qu'il faut que les questions soient posées dans la plus stricte discipline, une par une.

Une fois l'ordre revenu, Paul s'approche du pupitre et donne la parole à un journaliste du *Parisien* qui attaque sèchement :

« Pourquoi avoir dissimulé la présence d'un tueur en série aussi prolifique pendant plusieurs semaines ?

— Parce que nous n'étions sûrs de rien, ment Paul. Les analyses en laboratoire sont des procédures très longues et il faut de la matière pour rapprocher des crimes et déduire l'existence d'une chaîne sérielle. De plus, il n'existe aucun lien entre les victimes, ce qui a considérablement compliqué les choses. »

Un journaliste de TF1 intervient :

« Vous avez parlé de huit victimes. Pensez-vous que certaines autres pourraient ne pas avoir encore été reliées à cette série ? »

Seth a volontairement passé sous silence, même pour *Libération*, les premiers meurtres, correspondant aux gravures trouvées dans l'édition des *Simulacres de la Mort* de 1547.

Il est toujours préférable, pour le public et les statistiques officielles, que le chiffre demeure le plus bas possible.

« A priori, non. Bien que cela reste théoriquement possible. Nous avons vérifié dans nos fichiers et recoupé au niveau national et rien ne ressort en ce sens. Je pense que nous avons connaissance de tous les crimes de cet individu. »

Il s'écoule encore une bonne demi-heure avant que Paul ne fasse comprendre qu'il ne va plus tarder à mettre fin aux débats. Le commandant prend alors une voix rassurante et conclut habilement, avec l'éloquence, le charisme et la maestria qui le caractérisent :

« Le groupe SALVAC assiste au mieux la Brigade criminelle du commandant Kohl ainsi que les techniciens dirigés par Asia Baptista. Il va de soi que tous les détails vous seront à présent communiqués chaque fois que cela sera nécessaire. L'étau se resserre autour du tueur qui ne pourra plus agir très longtemps. Nous vous assurons que nous sommes à ses trousses, il ne pourra pas échapper à la justice. À tous, merci ! »

Alors que les journalistes se dispersent, Céline et Seth viennent remercier leur supérieur d'avoir réussi à clore ce calvaire aussi vite :

« Sans tes tours de charme, on aurait pataugé encore un moment dans ce banc de requins, dit Céline avec sincérité. Je suis soulagée que ce mauvais moment soit enfin derrière nous.

— On dormira ici s'il le faut, mais il est hors de question qu'il continue à nous glisser entre les doigts comme une anguille, ajoute Seth après un claquement de langue agacé. On finira par le coincer. Alors ne t'inquiète pas : ce cauchemar sera bientôt derrière nous.

— J'y compte bien, complète Paul. Sans quoi nous allons nous faire dévorer tous les trois ! »

16

Lundi 29 août 2016
15 h 01 – Créteil

Céline Fauvel et Seth Kohl sont arrivés chez Alias Sécurité et patientent depuis presque une demi-heure alors qu'on leur a promis une entrevue immédiate avec Alain Garnier, le directeur des ressources humaines. La secrétaire a pourtant prévenu celui-ci immédiatement après qu'ils se sont présentés comme des officiers de police judiciaire.

Lorsque le cinquantenaire, bedonnant et atteint de calvitie, ouvre enfin sa porte, son bureau est parfaitement vide. Aucun entretien ne le mobilisait, il a simplement fait attendre le duo de policiers pour signifier sa toute-puissance en ces lieux. Il n'a même pas la décence de quitter l'écran de son smartphone pour les saluer. Il continue de saisir un message puis se contente d'un geste de la main pour leur donner l'autorisation de pénétrer dans son espace.

« J'imagine qu'il a pissé aux quatre coins de la pièce pour marquer son territoire », murmure Kohl à Céline.

Après avoir fait le tour d'un bureau très tape-à-l'œil pour venir s'asseoir dans ce qui semble hésiter entre un fauteuil et un trône, Garnier paraît bien décidé à terminer son échange de SMS. Il ricane même plusieurs fois, comme s'il était seul.

C'est au bout de cinq petites minutes que la patience de Seth arrive à son point de rupture. Le commandant se lève subitement et se penche en avant pour retirer le téléphone des mains du directeur des ressources humaines et lui glisser sa carte de réquisition à la place.

« Commandant Kohl et capitaine Fauvel, de la Brigade criminelle du Service régional de police judiciaire de Versailles, lui dit-il d'un ton tranchant. Visiblement, vous avez été éduqué avec des porcs, ce qui n'est pas de votre faute. Je me permets simplement de vous ajuster à notre présence et, au passage, de vous indiquer des rudiments de civisme et de savoir-vivre.

— Mais enfin, qu'est-ce qui vous prend ? s'indigne le DRH. Ce n'est pas parce que vous faites partie de la police que vous pouvez tout vous permettre !

— C'est vrai, concède Seth. Au même titre que ce n'est pas parce que vous traitez les personnes qui travaillent ici comme de simples outils qu'il faut vous comporter de même avec le reste de l'humanité. »

Après un moment de surprise, l'homme tente de se reprendre et finit par leur demander la raison de leur visite. Malgré le choc qu'il vient d'encaisser, ce monstre d'égocentrisme retrouve de l'aplomb. Son attitude laisse deviner au duo que cette entrevue l'emmerde profondément.

Mais Kohl n'apprécie pas son air hautain et son port altier mal ajusté. Il décide donc de faire en sorte que ça dure un peu plus longtemps.

« Comme je tentais de vous l'expliquer, nous sommes de la Brigade criminelle du Service régional de police judiciaire de Versailles, répète-t-il en faisant glisser son téléphone vers lui sur le bois laqué. Nous agissons sur la commission rogatoire du juge Yves Raffin, du parquet de Paris. Nous aurions quelques questions à vous poser concernant l'un de vos employés. J'espère que vous avez du temps.

— Non, j'en manque cruellement, dit-il en soufflant. Avec mes fonctions, je suis plus qu'occupé, je suis débordé. Je n'ai pour ainsi dire pas une minute pour moi. Mais dites-moi en quoi je pourrais vous être utile. Je vais faire de mon mieux pour vous aider.

— Nous voudrions savoir si un employé du nom d'Esaïe Landernau travaille pour l'entreprise que vous représentez.

— Oui, en effet, il est salarié chez nous, répond-il. Mais il ne s'est pas rendu au travail ces trois derniers jours et je n'ai reçu aucune attestation d'arrêt maladie ni la moindre justification.

— Et quelle est sa fonction ? lui demande Kohl avec un regard glacial. Vous devez forcément savoir ça, avec votre poste à hautes responsabilités. »

Nouveau soupir du bureaucrate qui affiche une mine affligée.

« Il est responsable des essais techniques sur nos systèmes d'alarme. Mais je ne comprends pas : pourquoi toutes ces questions ?

— Nous sommes à sa recherche pour l'entendre dans une affaire de meurtres dont le nombre augmente dangereusement ! assene sèchement Céline. C'est suffisamment important pour mériter votre attention, monsieur le directeur des ressources humaines ? »

L'homme semble se décomposer et s'affaisse sur son siège en cuir dans un bruit de crissement.

« Voilà qui est mieux ! continue-t-elle. À présent que nous avons votre attention, sauriez-vous où il pourrait se trouver ? Vous aurait-il contacté d'une façon ou d'une autre ?

— Non. Je n'ai aucune nouvelle de lui. Je vous l'ai dit ! Rien du tout depuis mercredi !

— D'accord. Passons aux autres points, s'il vous plaît. Est-ce que l'appartement de l'avenue Paul-Doumer appartenant à Marguerite de Bourbon-Siciles était placé sous votre surveillance ?

— Oui, en effet ! répond-il. C'est l'une de nos plus grosses clientes parmi les particuliers. Un système haut de gamme a été installé chez elle : capteurs volumétriques, sécurité à la porte et à toutes les fenêtres, technologie hi-tech inviolable qui empêche toute intrusion et envoie un appel à la police en cas de signal anormal, aussi minime soit-il.

— Inviolable, sauf depuis vos locaux ou par l'un de vos employés. La duchesse est morte assassinée, monsieur, à son domicile, justement.

— C'est malheureux, et croyez-moi quand je vous dis que je suis sincère. Apprendre une telle nouvelle m'attriste profondément. Je comprends donc vos doutes. Mais pourquoi suspectez-vous M. Landernau ? C'est un employé modèle. Mis à part cette absence inexplicable, il a toujours été très professionnel.

— Vous ne lisez pas les journaux, j'imagine ? demande Seth, passablement irrité. Vous ne suivez pas les actualités ? Son portrait-robot circule depuis mercredi, le matin du début de sa période d'absence, justement.

— Non, je n'ai rien vu de tel, mais comme je vous l'ai expliqué, je n'ai guère le loisir de…

— Et Marc Belland, un antiquaire situé à Clamart ? le coupe Kohl. Serait-ce également un client à vous, lui aussi ?

— Je ne sais pas, il faudrait que je vérifie tout ça dans notre fichier. Nous avons…

— Alors vérifiez ! Et vite ! l'interrompt brusquement Seth. Nous ne sommes pas dans la gestion des ressources humaines et nous n'avons sans doute pas autant de responsabilités que vous. Il n'empêche que nous essayons de limiter l'explosion du taux de mortalité dans les endroits que votre entreprise protège. »

L'homme tourne son écran d'ordinateur vers lui et tapote sur son clavier en baissant les yeux.

« Oui, il est bien client chez nous, finit-il par dire. On assure la surveillance de son local de stockage et de son appartement. Il a souscrit au forfait tranquillité, l'un des plus fiables.

— Ah oui ! s'exclame Céline. Le forfait tranquillité ! Eh bien je vous annonce que pour être tranquille, il est tranquille à présent. Il se repose boulevard des allongés, après avoir eu tous les os du corps brisés. J'espère que vous n'avez pas un forfait *Repose en Paix*, parce qu'on va devoir passer voir vos clients pour les prévenir qu'il faut prendre le nom au sens propre.

— Bon, écoutez, tente de tempérer Alain Garnier, j'ai peut-être pris ça un peu à la légère, mais on ne va pas se fâcher. Je ne tiens pas à avoir d'ennuis et je ne demande qu'à collaborer.

— On est d'accord ! » lance Céline avec un sourire.

Tous les signaux corporels du DRH indiquent qu'il ne sait plus comment se tenir. Cela fait trois fois qu'il écarte le col de sa chemise et cinq fois qu'il se frotte l'arrière du cou. Même si la capitaine n'aime pas abuser de son autorité, elle doit reconnaître qu'elle est assez satisfaite de la façon dont Seth et elle ont maté celui-ci.

« Il va me falloir les listes de vos clients sur la région parisienne et, dans l'urgence, celle de tous lcs commerçants.

— Bien entendu. Donnez-moi une adresse électronique, je ferai mon possible pour vous faire parvenir ça au plus vite.

— Non, nous n'allons pas attendre que vous nous rédigiez un courriel, exige Kohl. Alors vous allez faire ça immédiatement, à l'ancienne, sur du papier au format A4 !

— Oui, je comprends que l'urgence de la situation nécessite des mesures drastiques. Je vous sors ça tout de suite.

— Juste pour être certain que vous êtes un peu moins à côté de la plaque que vous en avez l'air dans votre gestion du personnel, ajoute Kohl, est-ce que vos employés ont accès à vos données et aux systèmes depuis ailleurs qu'ici ?

— Oui, il faut qu'ils puissent intervenir depuis la plateforme technique. Mais pour ça, ils doivent entrer leur identifiant et un mot de passe qui est changé tous les ans.

— Est-ce que M. Landernau peut toujours se connecter librement en ce moment ?

— Oui, bien sûr, répond le DRH. Il est responsable des essais techniques. Il doit pouvoir agir…

— Est-ce qu'il faut vraiment que je vous précise qu'il faudrait faire en sorte que ce ne soit plus le cas ? le coupe Seth. Parce que là, c'est comme si vous laissiez les clefs de votre voiture à des gosses des quartiers.

— Ah ! Je comprends. Je vais immédiatement bloquer son compte pour…

— Non, vous allez faire ce que je vous demande. Il faut qu'on soit informés de toute tentative de connexion de sa part, mais sans l'alerter immédiatement, coupe à nouveau le commandant. Je vais communiquer vos coordonnées à un technicien d'un service informatique de la direction. Donnez-lui ce qu'il vous demandera et évitez de penser, ce sera plus simple pour tout le monde. »

Le directeur a un sourire forcé et lance l'impression de ses fichiers clients. Au bout de quelques secondes, les grésillements de l'imprimante viennent combler le silence de mort qui règne à présent dans la pièce.

*
* *

Une fois sortis de chez Alias, Seth et Céline sont en possession du listing complet des clients de la société, particuliers comme entreprises.

« Il choisit sans doute ses victimes sur cette liste, pour des raisons pratiques, dit Kohl. Il va falloir renforcer la surveillance des ports et des emplacements de péniches habitables. Le suivant est *Le Navigateur*.

— Nous allons faire mieux que ça ! répond Céline. S'il advenait qu'il se soit déjà occupé du *Navigateur* et que nous n'ayons pas encore retrouvé le corps, il pourrait déjà chercher *Le Commerçant*. Et ça tombe bien puisque nous avons ici la liste exhaustive des commerces sous contrat avec Alias. Il va nous falloir mobiliser pas mal d'unités de police, mais je pense que ça vaut le coup.

— Tu crois qu'il est possible que nous ayons manqué *Le Navigateur* ?

— Sur la gravure d'Holbein, *La Mort* brise le mat d'un navire en pleine tempête. Je ne pense pas que Landernau s'y prenne ainsi, mais il va s'arranger pour que la conclusion soit la même : la noyade. Si c'est le cas, il se peut que le corps dérive et qu'il ne remonte pas avant quelques jours à la surface. Et vu qu'on l'a localisé, son rythme ne risque pas de baisser, au contraire. Donc oui, je crois qu'il est possible qu'il soit déjà à la recherche du *Commerçant*.

— C'est vrai que ça se tient, admet Seth. Dans ce cas, il va falloir jouer sur deux tableaux.

— J'espère me tromper, mais dans le doute, autant prévenir la Brigade fluviale. »

Une fois dans la voiture, Seth prend le volant et Céline commence à détailler la liste d'Alias Sécurité. Leur clientèle est énorme et il va falloir surveiller une longue liste de commerces ainsi que de larges zones le long de la Seine.

Sans pouvoir l'expliquer, Céline est presque certaine que le sort du *Navigateur* est scellé et qu'il vaut mieux s'occuper directement des commerçants.

« Je pense que nous devons tout miser sur les commerces équipés et surveillés par Alias, dit Céline. Demandons à la Brigade fluviale d'étendre les recherches à la Marne. Le cadavre devrait réapparaître, si toutefois il n'a pas été lesté.

— Ça me paraît peu probable, répond Kohl. S'il avait planqué les corps depuis le début, ce ne serait pas la même chose. Mais il accomplit un acte divin. Il se sent missionné par Dieu lui-même, et il considère qu'il a tous les droits. Le cadavre remontera, c'est juste une question de temps. »

De retour au bureau, Seth se met en contact avec la Brigade fluviale alors que Céline apporte à Paul la liste des commerces sous contrat avec Alias Sécurité. Celui-ci va devoir organiser la gigantesque opération de surveillance qui s'impose afin d'empêcher *Le Danseur* de parvenir à exécuter *Le Commerçant* ces prochains jours.

L'étau se resserre autour d'Esaïe Landernau, les limiers de l'équipe peuvent déjà flairer l'odeur de la proie.

La chasse à l'homme touche à son terme.

Ce cauchemar va enfin cesser.

17

Mercredi 31 août 2016
18 h 59 – Mennecy

Lorsque Georges Martin, armurier et digne héritier du commerce de son père, s'apprête à fermer le rideau, un homme entre dans le magasin. Il porte un uniforme de chez Alias, la compagnie qui s'occupe de son système d'alarme, les meilleurs du marché. Dans sa main, une grosse caisse à outils rouge vif en métal qui semble très lourde.

« Bonjour, monsieur ! Je viens faire un contrôle de routine de vos installations.

— Ah bon ! s'étonne le commerçant. Mais je n'ai pas reçu d'avis. Pas même de coup de fil.

— Ce n'est pas la première fois que ça arrive, que ce soit moi ou les collègues. Sans doute un oubli ou un problème informatique ! Mais ne vous inquiétez pas, il n'y en aura que pour quelques secondes.

— Alors je vous en prie, allez-y ! »

Le commerçant en profite pour faire un peu de rangement, loin de se douter du danger qui le guette. Il travaille avec Alias depuis si longtemps qu'il ne se méfie pas une seule seconde.

Tout à coup, la vitrine s'illumine de lumière bleue. Les gyrophares des véhicules banalisés qui approchent des deux côtés de la rue se reflètent sur les objets exposés. Une voiture vient de bloquer l'entrée en se garant en travers de la route.

Esaïe pose sa caisse à outils comme si de rien n'était, sous le regard ébahi de Georges Martin qui s'apprête à demander ce qui peut bien se passer. Il n'a pas le temps de prononcer les mots que le Ruger Super Redhawk calibre.454 Casull du tueur se trouve braqué sur son visage.

« Ton appartement est ici, à l'étage ? »

Le commerçant acquiesce.

« Tu es seul ? »

Cette fois-ci, il secoue la tête :

« Ma femme est là ! »

En effet, des pas se font entendre dans les escaliers, derrière la porte de service. Sans hésiter, Ensis Sanctum brise une vitrine avec la crosse du revolver, se saisit d'une machette affûtée et tranche la gorge de l'homme. Celui-ci s'écroule en se tenant le cou, noyé dans son propre sang.

Les forces de police sont difficiles à évaluer depuis l'intérieur de l'armurerie, mais elles semblent nombreuses. Il ne faut pas cinq minutes pour qu'une voix grave entame les sommations :

« Esaïe Landernau ! Sortez d'ici avec les mains en l'air. Tout le quartier est bouclé, vous êtes cerné ! Vous n'avez plus qu'une chose à faire : vous rendre sans blesser qui que ce soit. Je peux vous assurer qu'aucun mal ne vous sera fait ! »

Visiblement, les policiers ne voient pas ce qui se passe à l'intérieur, sans doute trompés par les reflets dans les vitrines. C'est à cet instant que la femme de feu Georges Martin déboule pour savoir ce qui se passe et se retrouve au bout du canon du *Danseur*.

« Bouge pas ou t'es morte ! Regarde un peu ton vieux : je ne rigole pas ! »

La femme hurle et, ignorant l'arme, va prendre dans ses bras le corps sans vie de son mari. Le canon la suit et Esaïe tente d'évaluer la situation.

Il se dit que le mieux est d'agir vite pour ne pas laisser le temps aux renforts d'arriver. Il fait le tour du comptoir et saisit Mme Martin par son chignon. Elle crie, mais se tait immédiatement quand le canon du Ruger lui embrasse le menton.

Quand il sort de la boutique, Esaïe se sert du corps de la femme comme d'un bouclier et se met à tirer dans les portières derrière lesquelles les hommes sont cachés. Il sait qu'il n'a que six coups et vise le haut des têtes qui dépassent des vitres. Les détonations figent les hommes ; le calibre est l'un des plus puissants du marché. Un policier est touché en pleine tête et s'effondre, le haut de la boîte crânienne explosé, la cervelle à l'air, éparpillée.

Sans se soucier de l'otage, le deuxième flic de la voiture qui fait face à la boutique tire et touche Esaïe au bras gauche, ce qui le pousse à reculer. Intérieurement, il maudit ce tireur qui a eu le cran de faire feu malgré son bouclier humain.

Heureusement, la blessure est superficielle et n'entrave pas le tueur dans ses mouvements.

Il regagne le magasin en marchant à reculons et, après avoir assommé la femme pour être certain qu'elle ne le gênera pas, vide le barillet de son arme pour le remplir à nouveau. Puis il se saisit d'un fusil à pompe américain, crosse pistolet, qu'il remplit de chevrotine calibre 12 de type Double Zéro. Une décharge potentielle de plombs énormes à chaque tir.

Il se prépare aussi un Beretta 92F qu'il glisse dans sa ceinture, à l'arrière du pantalon.

Bien décidé à se battre jusqu'au bout, Esaïe Landernau se prépare au combat. Ses prières sonnent comme un chant de guerre, sa voix donne le ton, le corps se gonfle et se remplit d'énergie. À cet instant précis, il se sent prêt à remporter toutes les batailles, toutes les guerres.

Il pourrait faire s'effondrer ce monde.

Il sait que Dieu, dans sa grandeur et sa toute-puissance, est à son côté, protecteur et colérique, juste mais impitoyable.

L'Ange de la mort est paré pour la guerre.

Calibré et plein d'une fureur glaciale, il se prépare à faire s'embraser les ennemis de la foi et des lois célestes dont il est le seul dépositaire en ces lieux.

18

Mercredi 31 août 2016
19 h 32 – Mennecy

« Heureusement que tu as prévu le coup et qu'on a pu mettre le paquet sur la surveillance des commerçants, dit Kohl à Céline. Parce qu'on n'a pas vu de victime pouvant représenter *Le Navigateur*. »

Elle se doutait que la personne choisie par *Le Danseur* pour représenter cette figure impossible à anticiper dans *Les Simulacres de la Mort* avait forcément été mise à mort par noyade. Elle l'avait annoncé à Paul Baptista et à Seth Kohl. C'est pourquoi elle avait décidé de se concentrer sur les commerces, sachant qu'il faudrait certainement un peu de temps avant que le corps du naviguant ne refasse surface.

La voiture roule à une vitesse déraisonnable, gyrophares et avertisseur allumés. Le cortège des autres véhicules peine à suivre. La conduite de Seth Kohl est nerveuse et rapide. À plusieurs reprises, il roule à plus de 170 km/h sur la bande d'arrêt d'urgence.

L'arrivée se fait dans un crissement de pneus et les membres de l'équipe, équipés de gilets et armes en main, sortent des voitures. La première chose qu'ils voient est le corps du policier dont la tête a littéralement explosé sous un tir de gros calibre.

« Putain ! jure Paul. Deux policiers morts et deux enlevés, ça commence à faire beaucoup !

— Il n'a plus rien à perdre, intervient Céline. Il se croit intouchable, protégé par Dieu. Il tuera autant de monde que possible et n'oublions pas qu'il est dans une armurerie. Il a de quoi tenir un siège. J'espère que les hommes de Nazaire ne tarderont pas, on aura vraiment besoin du RAID ici. »

D'autres voitures de la police locale ont rejoint les lieux, ainsi que la gendarmerie. Le quartier est cerné par les forces de l'ordre qui occupent le moindre carrefour et bouchent jusqu'aux plus étroites ruelles.

La porte du magasin s'ouvre alors brusquement.

Le grincement des gonds et le tintement de la clochette qui pend au-dessus de l'entrée sont suivis de trois lourdes détonations. Des vagues de plombs s'abattent sur les voitures et les fourgonnettes, transperçant les tôles et faisant exploser des vitres. Un homme de la PUP, la Police urbaine de proximité, est touché par deux plombs au niveau du biceps.

« Dégagez ! hurle la voix rauque du *Danseur*. Sinon, je tue toute la famille. Ce sera mon premier et dernier avertissement ! »

Kohl s'avance, flingue le long de la cuisse. Sa voix porte énormément, si bien qu'il n'a pas à crier pour se faire entendre :

« On ne peut pas faire ça et tu le sais bien ! Tu vas devoir te rendre ! La danse s'achève ici et maintenant ! »

Mais la porte se referme comme un point final à la menace. Céline met un coup de pied rageur dans une vieille boîte de Coca vide. Elle ajuste sa veste en cuir et regarde au loin pour vérifier si les hommes de Nazaire arrivent enfin, ce qui est le cas. Un cortège noir roule à toute allure sur le boulevard.

Au même moment, la porte s'entrouvre à nouveau et Céline sursaute sous les détonations puissantes du calibre .454 Casull. Elle sent clairement une balle siffler à son oreille gauche et, dans un réflexe paniqué, se baisse en mettant les mains sur la tête. Un barillet complet vient d'y passer et la voiture de front n'est plus qu'un gruyère. Entre les balles de gros calibre et les tempêtes de plombs, sa carrosserie est percée de partout et même le pare-brise part en lambeaux.

François Nazaire s'approche de Céline et, après un salut rapide, donne des ordres silencieux à ses hommes en désignant les points stratégiques à coups de menton et du bout du doigt. Les tireurs de précision se positionnent rapidement, à l'instar des hommes de l'unité d'intervention, casqués et habillés de noir, qui se déploient derrière les véhicules comme une meute de panthères sous amphétamines.

Après quelques tests radio, Nazaire se saisit du porte-voix et se met à crier :

« C'est terminé, garçon ! Tu as une minute pour sortir d'ici, seul et désarmé. Passé ce délai, on intervient. Tu comprends ce que je dis ? »

Il attend en regardant sa montre. Avant de lancer une autre sommation :

« Plus que trente secondes ! »

Un déluge de verre s'abat sur le trottoir et une balle vient faire un trou dans une portière pour terminer sa course dans le gilet d'un des hommes du RAID qui hurle de douleur. Les tirs suivants font éclater la vitrine, traversent la tôle ou ricochent sur le bâtiment situé de l'autre côté de la rue. Debout face au fanatique enragé, Nazaire ne bouge pas d'un pouce. Une fois l'arme vide, il lance un dernier avertissement.

« C'est comme tu voudras ! Mais s'il y a encore ne serait-ce qu'un seul coup de feu, on va donner l'assaut sans négociation. »

Ignorant la menace, Esaïe recharge et vise au ras de la vitre d'une portière ouverte. Ce nouveau tir arrache trois doigts à un policier : pouce, index et majeur. Le blessé regarde sa main en hurlant de peur et de douleur. Quand deux hommes le prennent sous les aisselles pour le dégager de la zone de tir, il maudit le forcené en pleurant. Il est rapidement pris en charge par les pompiers qui s'activent pour essayer de retrouver les doigts. Mais quand c'est le cas, le sapeur regarde son capitaine en secouant la tête, la mine désolée. Les tissus et les os ont été pulvérisés.

« Vous pensez pouvoir m'arrêter, pauvres fous ? hurle Esaïe de sa voix grave qui gronde et fait vibrer l'air comme un coup de tonnerre. Mais c'est le Tout-Puissant que vous attaquez ! Vous menacez Dieu lui-même, qui m'a confié sa parole et dont je suis la main gauche sur Terre !

— Écoute-toi délirer, garçon ! poursuit le chef d'escouade. Je sais qu'il y a une partie de toi, plus lucide, qui est consciente que tout ça ne tient pas debout.

— Hérétique ! Apostat ! Anathème ! le condamne Landernau. Tu oses parler de ce sujet à la légère ? Êtes-vous aveugles et bêtes au point de ne pas voir que cette réalité biaisée est une insulte au Seigneur ? Babylone est tombée, Rome est tombée, et la sentence finale, la voici : à présent, Paris doit brûler ! C'est Dieu lui-même qui vous transmet ce message ! Paris doit brûler ! »

Immédiatement, Nazaire demande dans son casque équipé d'un micro et d'un récepteur si le tireur numéro un dispose d'un visuel.

« Négatif ! répond le lieutenant Roberti. Tir impossible depuis ma position. Je pourrais l'avoir s'il s'approche suffisamment de la porte.

— T2, un angle favorable ?

— Affirmatif ! répond Kurt Baptista. Le mari est déjà mort mais la femme est couchée aux pieds du forcené. Je pense qu'elle est inconsciente ou alors bien sonnée.

— Vous confirmez le tir ?

— Affirmatif ! Je peux l'avoir. Mais attention, il recharge.

— S'il tire à nouveau, vous l'allumez !

— Mais je ne vois que sa tête, explique le demi-frère de Paul et Asia. Il est caché derrière le comptoir !

— Alors va pour la tête ! »

Il prend alors le porte-voix et communique une dernière fois avec cet enragé :

« Ton temps est écoulé et tu as assez tiré à mon goût. Nous allons avancer ! Ne tire plus, sinon on va devoir répliquer. »

L'homme appelé *Le Danseur,* Esaïe Landernau, ancien membre du corps d'élite de la Légion étrangère, tire à nouveau quatre cartouches de Brenek dans les véhicules et les boucliers blindés des hommes qui s'avancent, signant ainsi son arrêt de mort.

19

Mercredi 31 août 2016
19 h 49 – Mennecy

Le lieutenant Kurt Baptista fait le point avec sa lunette dont l'amplificateur de lumière est réglé au minimum – idéal pour un tir à courte portée, même de jour. En effet, le temps est très nuageux et obscurcit le ciel.

La lunette, à cette distance, lui permet de voir chaque détail de la boutique, les armes blanches, les fusils, ainsi que les habits de chasse camouflage d'un kaki militaire.

Sa cible est aussi nette que s'il l'avait devant lui. Il cherche à éviter de tirer dans la tête, mais c'est presque impossible.

Le choix stratégique de sa position aide beaucoup. Il s'est posté dans l'appartement d'un jeune couple, au deuxième étage, à la fenêtre d'un grand salon qui donne face à la vitrine. Même avec l'allongement dû à sa position surélevée, il n'a finalement qu'une distance de soixante mètres à couvrir. Il espère ne pas avoir à faire feu, mais le forcené passe à nouveau à l'offensive.

Quand le tueur tire ses dernières cartouches, il change légèrement de position et remonte son épaule droite. Le tireur d'élite y voit une opportunité d'agir sans tuer. Les chances sont minces mais s'il existe ne serait-ce qu'une petite possibilité de neutraliser sa cible sans lui ôter la vie, il la saisira.

Kurt stoppe sa respiration. Son rythme cardiaque s'abaisse sensiblement et un calme complet l'inonde comme une décharge d'endorphine. Il attend un troisième coup de feu et souffle avant de bloquer à nouveau l'expiration pour obtenir une immobilité globale.

Il appuie délicatement sur la queue de détente, tire avec assurance dans l'intention de neutraliser sa cible sans lui donner la mort.

Mais la trajectoire descendante de la balle perfore l'épaule un peu trop sur l'avant. Le projectile brise les os et transperce la chair, mais continue sa course mortelle à l'intérieur du corps, jusqu'au cœur.

Foudroyé, *Le Danseur* crache une gerbe de sang. Il a un sursaut et crie en lâchant le fusil à pompe, il tombe à genoux, brisé, et se tient la poitrine en s'écroulant de tout son long sur le carrelage du magasin.

Les hommes avancent en position stratégique vers le corps agité des derniers spasmes nerveux d'une vie déjà achevée. Deux d'entre eux posent leurs boucliers devant l'épouse de l'armurier qui respire encore.

Le Danseur, couvert des points rouges des visées laser, vient de rendre l'âme sans un mot, dans un souffle d'agonie muet et traînant.

20

Mercredi 31 août 2016
20 h 02 – Mennecy

Le calme revient dans la rue, les voisins commencent à sortir timidement leurs têtes par les fenêtres. Certains ouvrent leurs portes au rez-de-chaussée et regardent les fourgons blancs de la police technique et scientifique qui remplacent les monospaces noirs du RAID. Kurt vient saluer Paul qui est en train de regarder le tueur à travers la vitrine trouée, et Asia, qui arrive avec ses troupes, s'approche aussi.

« Alors, petit frère, il paraît que c'est toi qui as abattu notre tueur ? lâche cette dernière. Tu n'aurais pas pu simplement le neutraliser, histoire qu'on creuse un peu cette affaire ?

— J'ai fait de mon mieux, *sister* ! répond-il. J'ai visé l'épaule droite mais la balle a continué sa course vers le cœur.

— Il faudrait inventer des cartouches avec des freins, ricane Paul en décoiffant les cheveux blonds du benjamin de la famille. Mais ne regrette rien, c'était un tueur en série et un tueur de flics. Là, son compte est bon.

— Mais vous êtes combien dans la famille ? demande Kohl en souriant. C'est carrément un régiment !

— Voici le plus jeune, Kurt, explique Asia. Il a le même père que Paul et moi. Et si on ajoute Emma Cardot, la portraitiste la plus douée de Nanterre qui a la même mère que ce petit con, une sœur de cœur pour nous, ça fait quatre.

— Si j'ai bien compris, Paul et Asia, vous avez le même père et la même mère, Kurt a aussi le même père que vous, mais une mère différente qui est aussi celle d'Emma.

— Tu as tout compris, Seth ! lâche Paul avec un rire amusé. J'imagine juste la tronche de notre arbre généalogique. Il doit ressembler à une forêt dans les basses couches. »

Il laisse tout ce petit monde continuer à se détendre en discutant et en riant. Lui se dirige vers Céline Fauvel, qui est un peu à l'écart et regarde le Dr Tournel arriver avec sa sacoche en cuir au bout du bras.

Son ancienne seconde de groupe est démoralisée de ne pas avoir pu arrêter le tueur avant qu'il ne se donne la mort par police interposée.

Karine Perrin vient également à la rencontre de son amie de la Criminelle pour la saluer et poursuit vers l'échoppe pour se préparer au travail.

Paul prend les épaules de Céline sous son bras droit et reste un moment sans rien dire. De l'endroit où elle est, en retrait et sur le côté, elle peut voir la dépouille d'Esaïe Landernau, le tueur en série, *Le Danseur*, la Main gauche de Dieu.

« Alors ça y est, c'est fini ? lui dit Paul. C'est une bonne chose. On va enfin pouvoir sortir du marasme médiatique.

— En effet, c'est la fin, souffle Fauvel. Mais elle n'est pas à mon goût. Je ne connaîtrai jamais les motivations profondes et le cheminement de l'esprit de ce forcené.

— Peut-être, mais tu as sauvé l'épouse de ce commerçant. Et à présent que vous savez dans quel véhicule il roulait, vous allez pouvoir remonter les caméras routières et urbaines pour retrouver les deux policiers kidnappés.

— Oui, je vais me consoler comme ça !

— Et nous, de notre côté, on a eu un appel de la Brigade fluviale. Ils viennent de retrouver le corps d'un homme dans la Seine, à la hauteur de La Rochette. Marques de contusions et noyade. Il habitait dans une péniche.

— Ce serait *Le Navigateur* ?

— Sans aucun doute possible. J'ai détaché deux hommes de Karine Perrin et ils sont formels : d'après les empreintes retrouvées sur les rambardes du bateau, il s'agit bien de Landernau. Mais ce n'est pas tout.

— Ah bon ? Il y a autre chose de significatif ?

— En ouvrant la porte, on a retrouvé le cadavre disloqué d'un homme dont le corps a été détruit à mains nues. Alors ne va pas pleurer ce fils de pute qui aura fait dix-sept victimes. »

Céline acquiesce pour la forme, mais elle n'est pas d'accord avec Baptista. Même s'il est vrai que l'affaire est bouclée et que les huiles seront calmées, jamais elle n'aura l'occasion de décrypter le psychisme complexe du tueur.

Trop de questions restent sans réponse.

La théorie du père malade et décédé en pleine rue comme déclencheur est la seule et unique certitude de Céline, ce qui est plutôt mince.

Mais elle décide de faire le deuil et de ravaler ses interrogations.

Elle saisit son téléphone et appelle Florence Jebelle, la journaliste de *Libération*. Elle lui explique ce qui vient de se produire, la mort du commerçant, la femme sauvée et la fusillade, le tout dans les grandes lignes.

Elle sait que dès le lendemain, les journaux et les informations télévisées prendront le relais et mettront un point final officiel à toute cette sinistre histoire.

Seth Kohl recevra les félicitations du directeur de Versailles, peut-être même d'un chef de service de la direction, à Nanterre. Ça fera bonne impression et facilitera son intégration à son nouveau poste.

Le mystère restera entier, mais les citoyens pourront souffler, débattre, donner leurs avis stériles. Des commissariats de quartier aux piliers de comptoir, ça fera du bruit un moment. Ensuite, comme c'est toujours le cas, un nouvel événement viendra prendre la lumière et la masse oublieuse laissera les écrans reformater leurs données cérébrales. La grande mascarade de notre époque continuera sa marche au pas. Le système tout puissant saura orienter les consciences de la bonne façon – mis à part celles de quelques initiés et des exceptions qu'on classe dans des cases comme celles du conspirationnisme, de la maladie mentale, des illuminés et tant d'autres, de façon à ce que chaque type d'esprit rebelle soit étiqueté et décrédibilisé.

C'est notre monde mais il ne nous appartient pas d'en être les acteurs, se dit la jeune capitaine. *Un tour de bocal et la mémoire collective est effacée, prête à recevoir un nouveau flux de données.*

Le monde reprendra vite son rythme habituel.

III – Et du Saint-Esprit

Moi, je vous baptise d'eau, pour vous amener à la repentance ; mais celui qui vient après moi est plus puissant que moi, et je ne suis pas digne de porter ses souliers. Lui, il vous baptisera du Saint-Esprit et de feu.

Matthieu, III, 11

Nous continuons à porter dans notre cœur le Paradis et l'Enfer, la paix et la guerre, la sagesse et la folie meurtrière... Notre liberté nous rapproche de Dieu, mais ce faisant, elle révèle autant la part divine que la part maudite qui nous habite ou qui nous hante, c'est selon.

Mélusine VAGLIO
Néphilim

1

Vendredi 2 septembre 2016
18 h 12 – Versailles

Alors qu'ils viennent de terminer leur journée et s'apprêtent à profiter enfin d'un week-end de repos bien mérité, les membres du groupe Kohl se rendent à quelques rues du commissariat. Paul et Asia Baptista, ainsi que Karine Perrin, sont également invités pour boire un verre au Deep Purple, un établissement connu pour être un lieu festif apprécié des fonctionnaires de police. Les autres clients savent que lorsque ces derniers sont là, c'est le plus souvent parce qu'ils ont bouclé une affaire et veulent fêter ça. Ils ne sont plus flics une fois arrivés dans ce bar.

Tandis qu'ils approchent de la porte d'entrée, un utilitaire noir aux vitres teintées ralentit et passe devant eux. Heureusement que Seth a la tête tournée vers la capitaine Fauvel et la chaussée : il a le temps de voir la porte latérale s'ouvrir brusquement sur quatre hommes cagoulés, équipés de fusils d'assaut.

Il tire Céline par le bras, la protège en faisant barrière de son corps, et sort son arme de service pour faire feu sur les tireurs. Mais Paul a été plus rapide et en abat un de trois balles dans la poitrine ; sa cible est projetée en arrière et disparaît au fond du véhicule. C'est alors que les rafales de Famas commencent à résonner dans l'air lourd du soir. Seth en touche un autre qui vient d'arroser sans vraiment viser, vidant inutilement son chargeur. Les deux balles du chef de groupe le touchent à la gorge et juste sous la pommette.

Asia, qui a toujours deux coups d'avance, passe derrière le véhicule et tire une balle dans chaque pneu arrière. Ensuite, en se couchant à plat ventre au sol, elle termine par les deux à l'avant. Dans une série de détonations suivie de bruits de fuites d'air, le véhicule finit sur les jantes.

« C'est qui ces malades ? tonne Paul qui avance sur la route vers la portière côté conducteur avec son arme le long de la cuisse. On est en France ou dans l'une des innombrables zones de guerre qui constellent ce monde de merde ? »

Alors qu'il arrive au niveau de la vitre, il voit un homme cagoulé chercher quelque chose qui se trouve vraisemblablement derrière lui : son arme, sans aucun doute. Quand il comprend que c'est trop tard, il met bêtement ses mains devant le visage. Mais les deux balles que tire le commandant Baptista traversent la vitre, les mains et le crâne du pilote.

Sur le siège passager, celui qui est assis a lâché son flingue. Les mains sur la tête, coudes écartés, il regarde droit devant lui, démontrant la volonté d'une reddition totale, immédiate et sans condition.

Paul reconnaît parfaitement l'individu qui avance vers la camionnette, en plein milieu de la route, armé d'un pistolet automatique avec visée laser pointée sur le cagoulé dans la cabine. C'est en voyant ce jeune flic en approche tactique le tenir dans sa ligne de mire que le passager a été dissuadé de tenter le moindre geste. C'est le demi-frère d'Asia et Paul, le jeune Kurt Baptista, lieutenant et tireur de précision pour le RAID. C'est à lui qu'on doit le tir fatal sur Esaïe Landernau, lors de la prise d'otage de l'armurerie.

Le véhicule ralentit considérablement, ce qui permet à Seth et Marine d'ajuster leurs tirs et de tuer les deux derniers flingueurs.

« Bien joué, les gars, il a compris le message. On aura au moins quelqu'un à cuisiner pour comprendre ce qui… »

Mais sa phrase est coupée net, ponctuée par l'apparition de Kohl, derrière la vitre. Il tire une balle en pleine tempe du seul membre de ce commando de tueurs à gages qui réclamait la vie sauve.

« Putain, Seth ! lâche Paul en croisant les poignets derrière sa tête. Qu'est-ce que t'as fait ? Il était en train de se rendre, merde ! Il s'est passé quoi dans ta tête pour que tu fasses éclater la sienne ?

— C'est pas ce que j'ai vu, cherche à expliquer Seth. De toute manière, on n'aurait rien pu en tirer : c'est pas le genre de type qui va à confesse.

— Il se rendait ! insiste Baptista. Il avait les mains levées ! Alors qu'est-ce qui t'a pris ?

— Le stress, je suppose, se contente de répondre Kohl en baissant le regard. J'en sais rien, j'ai pas réfléchi ! Je l'ai fumé pendant que j'étais lancé. »

Paul le fixe un moment.

« Tu ne me dis pas tout ! rétorque-t-il en le désignant de l'index, son regard noir planté dans le sien. Tu avais une raison de ne pas laisser l'un d'entre eux en vie ?

— Laisse tomber, Paul ! répond Seth. Ils étaient partis pour tous nous fumer, de toute façon. Tu ne vas pas pleurer ces fils de pute, quand même ! »

Mais la voix de Céline, affolée, se met à crier des mots qui font disparaître tout autre sentiment que celui de l'extrême urgence :

« On a un homme à terre ! J'appelle les secours mais il faut que quelqu'un vienne s'occuper de Danilo ! »

Allongé sur l'asphalte, le lieutenant Battaglia est en train de perdre un peu trop de sang au goût de Kohl qui commence par appliquer un point de compression sur sa blessure au bas-ventre, proche du pli inguinal gauche.

« Le projectile a visiblement traversé la hanche, explique Seth. On a un point de sortie bien net. Mais ça paraît quand même sérieux, donc je vais le maintenir en compression en attendant que les secours arrivent.

— Il est inconscient là, bordel ! tonne Asia. C'est pas bon, merde ! Je n'aime pas ça du tout ! »

Du sang coule le long du bras gauche de la commissaire. Une blessure au niveau du deltoïde qu'elle semble ne même pas avoir remarquée mais qui saute aux yeux de tous.

« Et toi, frangine ! lui rétorque Paul. Mais putain, t'es blessée ! Tu perds du sang, toi aussi !

— Ah ouais, en effet, j'avais pas capté.

— Ne rigole pas avec ça, *sister* ! Il faut que tu sois prise en charge toi aussi.

— On s'en fout, c'est superficiel, dit-elle en compressant la plaie avec des mouchoirs en papier tendus par Céline. Occupez-vous plutôt de Danilo. Il ne se réveille pas, bordel ! Il va mourir si on ne fait rien.

— Oui, il est inconscient, mais ce n'est pas plus mal, répond Paul qui prend son pouls. Au moins, tant qu'il est dans les vapes, il ne souffre pas. Et tant que Seth maintient son point de compression, son état sera stable. »

Deux minutes plus tard, les pompiers sont là et prennent le blessé en charge. Leurs gestes sont maîtrisés, le déplacement du corps rapide et précis pour qu'il arrive au plus vite aux urgences.

Les collègues de Danilo Battaglia ne sont pas encore remis de la mort d'Abdel Rahmane. Hors de question, pour eux, de revivre le deuil d'un proche.

« Laissez-nous de la place pour la prise en charge ! demande un peu fermement un ancien qui porte le grade de capitaine. Je sais que c'est dur de se sentir impuissant mais vous devez comprendre à quel point c'est primordial pour nous de pouvoir agir dans de bonnes conditions. »

Tous se reculent et voient Danilo dont la peau est aussi pâle que ses cheveux et sa barbe. Un coup d'œil au sol met au jour la quantité de sang perdu et les chances de survie qui diminuent de minute en minute.

Pendant que tout le monde a l'attention rivée sur le lieutenant et les pompiers qui le montent dans le véhicule, Paul passe derrière Seth Kohl et se penche vers son oreille.

« Je crois qu'il est temps qu'on passe un peu de temps tous les deux, lui murmure-t-il. Je suis certain que tu as des tas de choses à me raconter. »

2

Samedi 3 septembre 2016
02 h 35 – Versailles

Une bonne partie du groupe s'est rendue au Centre hospitalier André-Mignot pour accompagner Asia aux urgences. Même si la balle n'a fait que l'érafler, quelques points de suture sont nécessaires. Mais c'est avec bien plus d'angoisse qu'ils attendent des nouvelles du lieutenant Battaglia, dont l'état a nécessité une prise en charge de toute urgence.

Paul et Seth sont les deux seuls à ne pas être sur place. Ils sont retournés au commissariat pour avoir une conversation cruciale et inévitable.

D'emblée, le choix de Paul de s'installer dans une salle d'interrogatoire a accentué le malaise déjà prononcé du chef de groupe. Il y a tout d'abord eu un long silence durant lequel les yeux de chacun des deux flics se sont affrontés dans un duel féroce. Comme Kohl a été convoqué à ce face-à-face tout à fait officieux, il a attendu que le chef de brigade ouvre les hostilités. Cette façon d'imposer le silence et de donner aux regards la priorité sur le débat ressemble bien aux méthodes de Baptista : d'abord chercher à percer l'autre à jour, ou à le faire réagir.

Dès les premiers mots, Kohl a compris qu'il ne serait pas ménagé. Les bras croisés sur la table, Paul est resté immobile, penché en avant, le front bas, ses cheveux longs tombant en cascade autour de son visage à la fois sérieux et inquiétant. Ses yeux noirs inquisiteurs n'ont pas cillé lorsqu'il a engagé la bataille.

« Tu sais qui est derrière cette attaque dont tu étais la cible principale et tu nous en caches le motif, a-t-il commencé. Tu penses sans doute bien faire en essayant de nous éloigner de la vérité, mais c'est tout le contraire. En nous laissant dans l'ignorance, tu nous as exposés à un risque énorme. Je t'ai accueilli dans cette brigade et confié le groupe que je dirigeais. Il se trouve que les liens qui nous unissent sont sacrés. Tu comprends ce que ça signifie ?

— Oui, je le mesure parfaitement.

— Très bien. Parce que ce soir, l'un des nôtres a été sérieusement blessé. Ma sœur a également été touchée, peu importe que sa blessure soit superficielle, son sang a coulé. Néanmoins, tu as su protéger Céline en faisant rempart de ton corps, et ça c'est un bon point pour toi. »

Après un court silence, durant lequel Paul a laissé à Seth le temps de digérer cette introduction, il est passé à la suite. Le ton était toujours aussi neutre que le regard était froid et dur. Certains mots ont été plus appuyés, soulignant leur importance, leur caractère sacré.

« À présent, nous allons devoir déterminer si tu fais vraiment partie de la meute. Si c'est le cas, tu auras droit à notre aide. Peu importe la nature du problème et du danger qui te menace, nous ferons front avec toi. En revanche, si tu te comportes de façon égoïste, si tu caches des secrets qui pourraient s'avérer dangereux pour les autres, si tu ne nous préviens pas de toutes les menaces qui pourraient nous nuire, tu vas devoir nous quitter. Et je te prie de croire qu'il y a de nombreuses façons de le faire. Mais inutile d'insister sur ce point, tu sais comment ça marche. »

Après une nouvelle pause, et un autre passage au scanner de son regard noir qui semblait fouiller l'âme de Seth, Paul a poursuivi avec le même calme paradoxal.

« Je te laisse une chance de me présenter la situation en détail, reprend-il. Nous serons avec toi pour affronter tes problèmes, à condition que leurs racines ne se trouvent pas en toi. Il n'y a qu'une exception, c'est Céline. Je me suis fait un devoir de la protéger et de lui éviter aussi bien le stress que le danger.

— Je te comprends tout à fait, et je trouve cette précaution sage et bienveillante, confirme Seth. Il va de soi que je respecterai les règles que tu m'imposeras.

— Mais c'est moi que tu vas devoir convaincre ce soir. J'imagine que tu sais qu'il est inutile de me mentir, même par omission. Alors parle-moi franchement, et si je ne me suis pas trompé sur ton compte, prépare-toi à ce que je te tende la main. Après ça, tu ne seras plus jamais seul. »

Sincèrement touché par cette confirmation des liens qui se sont tissés entre lui et les autres, Seth a décidé de tout lâcher, de laisser couler la vérité, nue et brutale. Sans rien omettre.

Les opérations sous couverture sans aucune protection. Les personnes qui se sont engraissées et ont grimpé les échelons sur son dos. Sa plongée dans la consommation de produits stupéfiants, au départ nécessaire au maintien de sa couverture, puis sa chute dans la polytoxicomanie avec des addictions sévères à au moins trois types de drogues dures.

La voix tremblante, il dévoile ensuite la raison de son naufrage psychologique : le carnage à son domicile un soir où il n'y était pas, la mort de son frère, de sa femme et de sa fille.

Ils n'avaient pas tué la bonne personne.

Seth a toujours été persuadé que c'était de sa faute, qu'il n'avait pas été assez attentif, qu'il avait grillé sa couverture et provoqué ce cauchemar. Il a endossé toute la culpabilité, maudissant sa négligence et son jusqu'au-boutisme dans sa traque des narcotrafiquants.

Mais les choses n'en sont pas restées là. Le plus difficile aura été la rupture soudaine de tout contact avec les services, le laissant dans l'ignorance et la douleur d'un triple deuil impossible à gérer. Ensuite, tout est allé très vite. Une dégringolade du purgatoire jusqu'aux enfers, avec une aggravation inimaginable de son état physique comme psychologique. La chute a été longue : le choc et la douleur insurmontables ; la culpabilité, encore et toujours, comme une damnation ; la dérive de près de cinq ans qui a suivi ; les saloperies qu'il s'est mis à faire tant il s'était perdu dans les égouts de ce monde ; ses collègues et leurs contacts dans la pègre qui ont tout fait pour qu'il y reste et qu'il en crève, faute de n'avoir pu le tuer eux-mêmes ; l'errance interminable dans les bas-fonds, et son instinct de survie devenu indissociable de son addiction et de sa quête de produits à s'injecter par voie intraveineuse ; le noir de plus en plus dense, partout, autour de lui comme à l'intérieur. Il aurait dû mourir, sa voie était tracée et rien ne lui aurait permis d'en réchapper.

Mais le destin en a décidé autrement.

Au comble de son effondrement, un miracle s'est produit, en entraînant un autre : le sauvetage de deux policiers présents au mauvais endroit au mauvais moment. Ses instincts de flic ont ressurgi des tréfonds de son âme usée et fissurée quand l'événement s'est produit. Idem pour ses aptitudes militaires, avec les réflexes qui vont avec et la froideur clinique de ses actes. L'élimination méthodique de tous ceux qu'il suivait pour braquer le cash sur un deal important, missionné par une ordure dont il ne se souvient même plus. Enfin, l'internement pour une désintoxication à la dure.

Sa réintégration sur le terrain avec eux, Paul, Asia, Céline et les autres, s'est avérée salvatrice. Son existence a progressivement retrouvé un sens.

Mais en revenant parmi les vivants, il est devenu gênant. Il fallait le supprimer. Définitivement, cette fois.

Il en arrive au récit de ce qui s'est réellement passé chez lui, la confrontation avec Jean-Marc Tarascon, la trahison de sa hiérarchie, dont l'actuel directeur du 36, et la complicité d'un officier de l'IGPN, en lien avec l'un des barons du grand banditisme parisien.

Tout au long de cette confession, le visage du commandant Baptista est resté parfaitement neutre. Pas une fois il n'a froncé les sourcils ni lâché Kohl de son regard noir.

Lorsqu'il comprend que celui-ci est arrivé au bout de son récit, Paul toussote, sort de la pièce un moment et revient avec une bouteille de scotch, deux verres et un cendrier jetable.

« Allez, grille-toi une sèche, dit-il à Seth en remplissant les verres. Tu l'as bien mérité, avec un triple whisky pour faire retomber tout ça. Crois-moi, si j'avais su un dixième de ce que tu viens de me dire, j'aurais pris des pincettes.

— Non, c'est bien, répond Kohl. Il fallait que ça sorte, j'imagine. J'ignorais seulement que je serais capable de tout déballer d'un coup sans perdre la tête.

— Comme je te comprends, mon ami ! » lâche Paul en secouant la tête.

Seth se sent sonné, comme s'il venait de terminer un marathon. Il a l'impression d'être vidé, lessivé, d'avoir les jambes en coton. Il n'est pas certain d'être capable de faire deux pas s'il se levait. En revanche, à l'instar des endorphines qui viennent apaiser les muscles douloureux de sa conscience, ses épaules sont plus légères et sa nuque s'est assouplie.

« Si tu as enregistré tout ça, tu as de quoi envoyer du monde en taule, moi y compris, lâche-t-il avec un sourire. En tout cas, ça fait du bien de pouvoir ouvrir les vannes, de parler sans devoir faire attention à ce qu'on dit. Je me sens léger comme une bulle.

— C'est normal : tu es parvenu à te délester d'un poids que tu portais seul depuis trop longtemps. Tu n'as plus besoin de nous mentir : ça te libère d'une cage sans barreaux, mais pour autant très difficile à quitter.

— Tu dois forcément me voir différemment, à présent, non ?

— Un peu, oui, ça va sans dire. Mais je crois que ça va surtout nous rapprocher. Je te comprends mieux. Je sais les horreurs et la barbarie que tu as dû affronter seul. Mais c'est fini. On sera là pour veiller les uns sur les autres et pour te soutenir, ma sœur et moi en tête. »

L'horloge murale indique qu'il est plus de trois heures du matin. Tous deux sont plus secoués que ce qu'ils veulent bien laisser paraître. Ils trinquent et descendent leur verre d'un trait.

« On va voir ce qu'il faut faire, et dans quel ordre. Il va falloir trouver l'identité de cette merde de l'IGPN, surveiller la réaction de Levant et bien sûr nous débarrasser de la menace que représente Licco. On va rendre coup pour coup et surtout faire comprendre à cet enfoiré de caïd de la pègre que ce serait une grave erreur d'insister.

— Mais ce n'est pas à vous de vous mettre en danger, souligne Kohl. Je ne veux pas que vous vous sentiez obligés de vous impliquer dans cette histoire.

— C'est un peu tard pour me dire ça, Seth, réplique Paul. L'un des nôtres a été méchamment touché et ma sœur est blessée, même si c'est léger et qu'elle en a vu d'autres. On est donc déjà tous embarqués avec toi, et aucun d'entre nous ne te lâchera en route. »

Il boit une longue gorgée, se perd quelques secondes dans ses pensées, puis reprend.

« Par chance, je viens de me souvenir que j'ai un contact à l'Office central des stups. Il m'en doit une, voire deux, et il dispose de nombreux indics bien placés et très efficaces. J'ai déjà mon idée pour définir où et quand nous aurons des occasions de partir pécher des informations utiles.

— Mais je ne te demande pas de...

— Avant que tu ne poursuives, je préfère anticiper, le coupe Baptista. Je ne me sens obligé de rien et je prends toujours toutes les précautions qui s'imposent. Qui plus est, jamais je ne me lancerai dans quoi que ce soit te concernant sans t'en aviser au préalable ni sans ton accord.

— Tu as déjà une idée pour Licco ? demande Seth. Parce qu'à mon sens, il est notre principal souci. Tarascon m'a raté, le contrat sur ma tête a fait des dégâts. Mais lui ne fera pas la même erreur.

— Oui, je suis d'accord. Il peut se payer des hommes de main à la douzaine, on ne l'aura pas à l'usure. À chaque heure qui passe, on court le risque d'une nouvelle offensive. Il va falloir frapper vite et fort. »

3

Lundi 5 septembre 2016
23 h 45 – Paris 11^{e}

Après avoir patienté plus d'une heure au bar de ce club échangiste aux accents velours, dentelles et rococo, le commandant Stéphane Marle commence à perdre patience.

Depuis qu'il est entré dans le club libertin *Le Cierge*, contournant la sélection drastique de l'entrée avec sa carte de réquisition, il n'a pas bougé de son tabouret. Pourtant, il a déjà refusé cinq verres offerts par des inconnues, dont certains couples qui puaient le stupre à plein nez, rejeté trois invitations à se joindre à des ébats collectifs et repoussé deux contacts spontanés. Il ne compte plus les hommes et les femmes, plus ou moins habillés, qui sont passés près de lui en l'effleurant délibérément.

Entamant son troisième double Jack Daniels, il jette des regards noirs de plus en plus fréquents sur la caméra mobile placée derrière le bar. Elle n'était pas dans cette position avant qu'il n'arrive, mais elle est à présent braquée sur lui en permanence. Il imagine ce gros con de Licco, affalé dans un fauteuil, mort de rire en le regardant se débattre dans ses tentatives de rester poli envers celles et ceux qui viennent régulièrement chauffer cet inconnu tendu et difficile d'accès.

Alors que sa patience s'approche dangereusement de ses limites, le flic de l'IGPN est surpris d'entendre la musique *electro lounge* qui baigne l'endroit laisser place aux sons festifs et au rythme afro d'un vieux tube de Yannick Noah, tandis que les lumières, déjà basses, diminuent encore.

Trois blacks imposants, aux corps huilés et aux sourires rayonnants, s'approchent alors depuis le fond de la salle. Tandis que le premier, dont le costume très serré laisse entrevoir une musculature d'athlète, danse avec une sensualité exacerbée, les deux autres suivent en portant un énorme gâteau en forme de bite, couvert de bougies. Stéphane Marle comprend le tour qui lui est joué et maudit Licco lorsqu'il entend les paroles, vexé d'avoir été ainsi ridiculisé :

Direction quartier
Pour danser poulet braisé
Avec le meyo
Ah, comment ! Goutte le meyo !
Comment tu es café ?

À élan nou a zout
T'es un chaud comme gars
Tu danses un peu bancal
Mais c'est bon !
Mouvement de hanche
Mouvement bangala !

Attention le type-là
Il est trop dangereux
Viens ma sœur, fuyons,
L'affaire est très grave !
Attention ma sœur
Attention a cheu

8

Lundi 12 septembre 2016
14 h 59 – Versailles

Jacob Mercati est d'une docilité presque agaçante. Il a accepté sans broncher de donner ses empreintes digitales et de faire prélever son ADN pour la comparaison et le stockage dans le FNAEG, le Fichier national automatisé des empreintes génétiques. Il est d'un calme déroutant. Immobile, assis en biais sur sa chaise, il est resté presque une demi-heure seul sans bouger d'un pouce.

Depuis le sas d'observation, Céline cherche la faille mais n'en trouve aucune. Tout ce qu'elle parvient à lire en lui est de la soumission, un complexe d'infériorité et ce calme inébranlable qui met tout le monde sur les nerfs. Impossible de percer cette coquille dans laquelle il est installé depuis plusieurs dizaines d'années, pas plus que d'obtenir la moindre information utile ou quoi que ce soit d'autre.

« Comment tu le sens ? demande Seth. Tu veux le chauffer un peu avant que je rentre ?

— C'est une solution, répond-elle. Je joue à la prise de témoignage gentille et parfaitement inoffensive. Si je sens qu'il veut me la faire à l'envers, tu viendras lui signifier sa garde à vue et tu auras tout le temps pour le cuisiner à la dure, lui presser l'âme et en tirer tout le jus, comme tu sais si bien le faire.

— Combien de temps il te faut, au maximum, pour savoir si un suspect est bien ton coupable ? Trois quarts d'heure ? Une heure ?

— Je n'ai jamais été certaine à cent pour cent tant qu'un point du dossier n'est pas venu renforcer mon impression. Pourquoi cette question ?

— Au bout de dix minutes avec un suspect, je sais s'il est coupable. Même si la personne ne dit pas un mot.

— Alors tu viendras me remplacer en cas d'impasse.

— Oui, on peut faire comme ça, répond-il. Préviens-moi si c'est nécessaire.

— D'accord. En attendant, *let's go* ! C'est parti pour essorer cet infirme un peu trop docile. Je vais voir comment il me répond, résume la capitaine Fauvel. Signal habituel quand tu devras reprendre la main.

— Fais-toi plaisir. Je te regarde depuis le sas. »

La capitaine va ranger son arme de service dans son tiroir de bureau et se décide donc à entrer dans la salle avec très peu de cartes en main. Elle veut tenter une approche consistant à le faire discourir juste avec des informations basiques.

« Monsieur Jacob Mercati, commence tranquillement Céline, vous êtes né le 16 juin 1970 à Paris, et vous résidez au 56, avenue des Nations-Unies, à Meudon. C'est bien cela ?

— C'est exact.

— C'est votre seul domicile ?

— Oui, le seul, répond-il avec un sourire. Même si, d'après certains collègues et connaissances, j'aurais aussi quelques châteaux en Espagne. »

Céline sourit pour la forme, mais elle reste concentrée. Il ne faut pas qu'elle prenne cet homme en pitié pour pouvoir rester objective et impartiale.

« Vous travaillez au service des espaces verts de Meudon. Je dois avouer que cela m'étonne. Avec votre handicap, je n'imaginais pas possible que vous effectuiez ce type de travaux physiques.

— Oh non ! Je ne fais rien qui demande trop d'efforts. Je conduis la balayeuse ou la motocrotte. Vous savez, le petit chariot électrique pour ramasser les excréments des chiens. J'ai des commandes au volant. C'est simple, ça me plaît bien !

— Avez-vous des frères ou des sœurs ?

— Non, pas à ma connaissance. Vous savez, j'ai grandi au sein de l'assistance publique. Mes parents ont perdu ma garde et je ne les ai même jamais rencontrés à l'âge où les premiers souvenirs se gravent. Mais ils ont pu refaire leurs vies et j'ai peut-être des demi-frères et des demi-sœurs. Mais pas de frère ou de sœur de sang, c'est certain. J'étais leur seul enfant et ils se sont séparés juste après mon placement.

— Est-ce que le nom d'Esaïe Landernau vous dit quelque chose ? demande Céline.

— Non, absolument rien. Pourquoi ?

— Pour l'instant, c'est moi qui pose les questions, vous pourrez m'en poser ensuite si vous le voulez, à votre tour.

— Entendu. »

Aucun signe de duplicité, pas le moindre effort postural ; l'homme a l'air aussi paisible qu'un koala. Toujours cette soumission et cette passivité quasi maladives.

« Vous ne regardez pas les actualités, monsieur Mercati ?

— Non, très peu. La télévision me fait mal aux yeux. Et je n'achète jamais le journal.

— Avez-vous déjà entendu parler de vos parents ?

— Oui, mais seulement pour des raisons médicales. On m'a expliqué que mes handicaps ne venaient pas de l'alcoolisme de mon père, mais du fait que ma mère prenait de l'héroïne et d'autres drogues pendant sa grossesse. J'ai appris la mort de mon père en début d'année, mais c'était un inconnu pour moi. Quant à ma mère, j'ignore si elle est encore vivante.

— Bien ! conclut Céline. Ce sera tout pour le moment en ce qui me concerne. Vous avez des questions ?

— Oui, j'en aurais une.

— Alors posez-la. C'est tout à fait normal.

— Pourquoi suis-je ici ?

— Pour vérifier une correspondance biologique par comparaison de l'ADN avec une personne qui, justement, pourrait être votre demi-frère. Mais les tests nous le diront. Nous vous avons suffisamment dérangé, monsieur Mercati. Nous allons vous faire raccompagner et nous vous tiendrons au courant de la suite. »

Céline demande à Marine Cardamone et Guy Monnier, de la section technique et scientifique dirigée par Karine Perrin, de reconduire Jacob Mercati chez lui. L'infirme se dirige vers les ascenseurs en boitant, comme affaissé sur un côté, et sourit poliment en croisant Paul. En le voyant, le chef de brigade a l'impression que toute la misère du monde pèse sur ses épaules.

« Qu'est-ce que tu en penses ? » demande Céline à Seth.

Le commandant se gratte la tête et met un petit morceau de cuir chevelu à vif avant de répondre :

« Franchement, je ne peux pas donner d'avis objectif, je n'étais pas avec lui, dans la salle, face à face. En revanche, je ne risque pas grand-chose en avançant que ce n'est pas notre nouveau *Danseur*. La taille des cheveux aurait déjà pu me le confirmer. Mais après cet entretien, il n'y a presque plus aucun doute.

— Ce qui veut dire qu'Esaïe Landernau a un autre demi-frère quelque part, forcément plus jeune que lui. Ça peut aussi bien être un coup d'un soir qui a fait tilt. Il est même envisageable que Sylvain Eringer ait semé à tout va un peu partout dans la région.

— Et les deux frères se seraient rencontrés ? Pourquoi pas. Arrivés à l'adolescence, les enfants qui ne connaissent pas leur père commencent à questionner leur mère.

— Ça se tient.

— Mais Jacob, lui, n'a visiblement pas renoué avec qui que ce soit. C'est un autre frère qui mène la danse depuis le départ, d'où les messages écrits de la même main. On est dans le flou complet, là !

— On lance le test ADN quand même ? demande Kohl à Paul. Est-ce vraiment utile si on sait que ce n'est pas lui ?

— On le fait quand même, confirme Baptista. Je veux être certain à cent pour cent qu'il est hors de cause et, par la même occasion, que Sylvain Eringer était vraiment son père.

— Et en attendant, on fait quoi ? demande Céline. On n'a plus aucune piste !

— On patiente ! répond Seth. Il n'y a malheureusement que ça à faire pour l'instant. »

Céline acquiesce et charge un subalterne d'aller traiter la demande d'analyse du prélèvement d'ADN de Jacob Mercati, puis retourne devant le mur couvert des gravures d'Holbein, de photos des scènes de crime et d'autres documents qui s'étalent autour de la carte de la région parisienne. Passablement inquiet, Seth la rejoint et reste à son côté pour garder un œil sur elle. Il a remarqué à quel point celle-ci a le visage creusé aujourd'hui, ce qui est plutôt rare.

Cette enquête pousse la jeune femme à bout. C'est devenu un casse-tête qui la torture psychologiquement, un vrai défi pour ses capacités d'analyse. À l'instar de tous les membres de l'équipe, elle ne tient encore debout que parce que ses nerfs la portent.

Elle est consciente de vivre l'enquête la plus difficile de sa vie, et que tout ça la pousse dangereusement à ses limites. Mais peu importe : elle ne capitulerait pour rien au monde.

9

Mercredi 14 septembre 2016
21 h 12 – Sèvres

Marcus de la Verrière, de son vrai nom Jacques Girardon, travaille dans son cabinet quand on frappe à la porte de manière énergique. Il décide de ne pas ouvrir et de continuer la rédaction de l'horoscope de la semaine qui paraîtra lundi dans l'hebdomadaire *Voilà*.

La chance sourira au taureau, se dit-il. Cela tombe bien, puisque c'est son propre signe zodiacal. En revanche, sale temps pour les vierges et les capricornes. Il rédige ses résumés en atténuant un peu leurs malheurs.

Nouveaux tambourinements, encore plus forts.

Il souffle et finit par se lever, repliant la carte céleste avec précaution.

Il ouvre la porte et tombe nez à nez avec un grand gaillard aux cheveux longs qui tient un carton entre les mains.

« Merci, mais je n'ai besoin de rien ! » dit immédiatement l'astrologue, pensant avoir affaire à quelque vendeur parasite faisant du porte à porte. Il se prépare à refermer quand l'homme le détrompe :

« Vous ne comprenez pas, monsieur ! Je suis livreur et ce colis vous a été adressé.

— Qui peut bien m'envoyer ça ? se demande l'homme à voix haute. Je n'ai rien commandé. Qui est l'expéditeur ?

— C'est vous l'astrologue, monsieur, lâche le livreur. Vous n'avez qu'à demander aux étoiles. »

Vexé, Marcus de la Verrière attrape le colis d'un mouvement sec avant de refermer la porte brusquement. Comme elle claque au visage de ce plaisantin de mauvais goût, Marcus ne peut réprimer un sourire satisfait.

Intrigué, il inspecte le carton qui est assez lourd. Il le secoue légèrement près de son oreille et n'entend rien du tout.

Il semble contenir un objet assez gros et massif, se dit-il. *Peut-être un cadeau envoyé par l'un de mes clients.*

Il pose délicatement le colis et le déballe minutieusement, coupant la ficelle qui l'entoure à l'aide d'une paire de ciseaux. Lorsqu'il l'ouvre, un cliquetis résonne dans l'appartement silencieux. Un morceau de métal est attaché au couvercle.

Une goupille.

Dans la boîte, une grenade est calée entre des bocaux remplis de vis, de clous, de boulons et d'autres pièces métalliques de toutes sortes. Jacques reste pétrifié cinq secondes de trop, et lorsqu'il court vers la sortie pour échapper à la mort, la grenade explose et se fragmente, laissant voler partout dans la pièce des éclats brûlants, des fragments de verre et des projectiles par centaines.

Il est littéralement déchiqueté au niveau du dos et de l'arrière du corps. Le crâne est criblé de morceaux de métal. Le corps est projeté contre la porte d'entrée et retombe sur le sol carrelé. Le pauvre homme cherche à crier et à ramper, mais la douleur est plus forte et le néant l'aspire lentement.

Il lui faut presque cinq minutes d'agonie pour rendre l'âme et lâcher son dernier souffle.

10

Jeudi 15 septembre 2016
01 h 35 – Sèvres

« Bonne nouvelle ! annonce Karine Perrin à Seth Kohl. Nous avons deux empreintes bien nettes sur les résidus de la boîte. L'index droit et le pouce gauche. Il y a aussi une empreinte partielle de ce qui semble être un auriculaire droit, mais je n'en suis pas encore certaine. »

Sur place depuis près d'une heure, les hommes du groupe Perrin, ainsi que Paul et Asia Baptista, travaillent dans la pièce dévastée par l'explosion. Seth et Céline sont également présents, ils voulaient voir les lieux au plus vite. Les parois sont trouées de partout et le mobilier a été ravagé.

« Je sèche complètement, avoue Seth. J'ai comme un arrière-goût amer dans la bouche.

— Pas mieux pour moi, rétorque Paul. J'ai l'impression que quelqu'un est en train de jouer avec ma queue, et ce n'est pas moi. Ma sœur va tout faire pour nous débrouiller un peu ce qui s'est passé ici. Mais la question la plus importante reste sans réponse.

— Qui est ce type qui vient de prendre le relais de Landernau ? lâche Kohl en secouant la tête. J'ai l'atroce impression d'être revenu en arrière. »

Asia Baptista a été analyste de terrain spécialisée dans les explosifs. Elle a travaillé pendant presque dix ans pour la Sous-direction antiterroriste, à Levallois-Perret, et avait la réputation d'être la meilleure dans son domaine d'activité. Ce type de scène de crime lui est aussi familier, voire plus, que les précédentes. Elle attire l'attention générale en reconstituant le mécanisme qui s'est avéré fatal à son destinataire :

« La boîte était remplie de bocaux pleins de vis et de boulons, calés par du coton pour une meilleure stabilité. Au centre, votre tueur a placé une grenade à fragmentation dont il a fixé la goupille au couvercle à l'aide d'un morceau de fil de pêche. Quand la victime a ouvert, il a donc dégoupillé cette grenade très violente. La cuillère a volé, propulsée par le ressort. Il avait une petite dizaine de secondes pour réagir et a tenté d'atteindre la porte. Mais bien trop tard... »

Céline se remémore le dessin d'Holbein qui représente la figure de *L'Astrologue*. Sur cette gravure, *La Mort* tend un crâne à l'astrologue et l'invite à le prendre.

Quel est le lien avec un colis piégé ? se demande-t-elle. *À moins que les règles aient changé suite à la mort de Landernau.*

Elle fronce les sourcils et s'approche du corps au-dessus duquel une silhouette est penchée. L'homme est attentif et méticuleux, comme à son habitude. Céline est très heureuse qu'il ait pu se libérer au plus vite, c'est le plus qualifié et il connaît bien l'affaire pour l'avoir suivie de près.

« Désolée de vous déranger, Dr Tournel, s'excuse-t-elle. Est-ce que vous pouvez déjà savoir si cette personne est morte sur le coup ? »

En pleine réflexion, le légiste semble chercher les mots justes. Au bout de trente secondes, il secoue la tête, sûr de lui.

« Non, malheureusement, il a agonisé pendant plusieurs minutes, annonce-t-il. S'il s'était trouvé face au colis piégé, il ne se serait aperçu de rien et serait mort instantanément. Mais il devait être en train de tenter de s'éloigner quand l'explosion a eu lieu. Le pauvre a eu tout l'arrière du corps haché par les éclats de la grenade et toutes ces pièces d'acier qui ont fait office de shrapnel. »

Il secoue à nouveau la tête et conclut :

« Il a rampé sur presque trois mètres, ce qui est une distance impressionnante vu son état. C'est ce qui explique cette épaisse traînée de sang sur le sol, derrière lui. »

Le légiste se relève et retire son gant droit pour remonter ses lunettes sur son nez avant de conclure.

« Sa mort a été des plus violentes. Il n'a pas rampé dans un but ou une destination précis, mais par réflexe. C'est instinctivement qu'il s'est mis à se déplacer, en mobilisant ses dernières forces, comme pour tenter de fuir la douleur, d'en sortir.

— C'est un phénomène fréquent ? demande la capitaine. Parce que c'est la première fois que je vois ça.

— C'est très courant en réalité, mais ça peut se manifester de nombreuses façons différentes. J'ai travaillé sur une enquête où un tueur empalait ses victimes par voie anale. Le pal s'enfonce lentement dans le corps à cause du poids de la victime. Si le pal a été taillé avec précision, la mort ne vient pas immédiatement. Les organes sont déplacés par un bout émoussé et les hémorragies internes sont contenues par le bois. Les victimes se griffaient la poitrine, s'arrachaient les cheveux, se mordaient la langue. Ici, c'est le même principe. Vu les blessures, ce pauvre homme a dû chercher à échapper à la douleur comme si c'était une entité physique, d'où ces traces de sang. Il a dû souffrir le martyre avant de partir pour de bon. »

Le Dr Tournel a parlé de façon détachée et sans affect apparent, mais les informations qu'il a données sont glaçantes et Céline cherche à vider sa tête des images qui s'y sont formées. Elle empoigne les éléments déjà recueillis sur le défunt et se plonge dans le passé de cette nouvelle victime de la *Danse macabre*.

Jacques Girardon, surnommé Marcus de la Verrière, était astrologue et tenait une chronique dans un hebdomadaire féminin. Son travail se limitait à proposer des petites formules suffisamment vagues pour que les lectrices (et quelques lecteurs) puissent les interpréter à leur gré. Depuis un peu plus de trois ans, un équivalent masculin, titré *Bogoss*, vendait ces mêmes prédictions, tournées différemment, sous un autre nom d'emprunt : L'Oracle Bayrolles.

Mais le plus gros de son travail était de réaliser le thème astral journalier approfondi de quelques riches clients, moyennant une coquette rétribution : entre cent et trois cents euros. Prédire l'avenir à des privilégiés férus d'ésotérisme, à l'aide de l'étude des astres, lui permettait de gagner assez d'argent pour se consacrer à sa passion. Depuis dix ans, selon les documents déjà trouvés, il était prestataire de service et autoentrepreneur et vivait très confortablement.

Mais il ne pouvait en aucun cas prévoir qu'il serait la seconde victime du nouveau Danseur, se dit Céline. *Pour un total de dix-neuf vies volées, en comptant celles qui ont précédé L'Enfant.*

La jeune femme est désespérée. Elle ne dispose pas du moindre indice lui permettant d'avancer ni de comprendre qui se cache derrière ce deuxième mouvement de la *Danse macabre*. Elle sait déjà que les empreintes ne seront pas les mêmes que celles des premiers crimes signés par Esaïe Landernau, pas plus que celles de Jacob Mercati, qui n'a rien à voir avec cette histoire.

Aucune piste, juste des corps sans vie qui soulignent leur échec, comme des bornes kilométriques auxquelles les enquêteurs arrivent toujours avec un temps de retard.

Comme elle est sur le point de fondre en larmes, elle sort précipitamment de la pièce, retire sa combinaison blanche et s'engouffre dans sa voiture.

Elle craque. De lourdes larmes se mettent à couler en pensant à tous ces innocents tués, du petit Gabin Schwartz à Marcus de la Verrière, en passant par Abdel et Danilo.

On ne fait que piétiner, constate-t-elle avec amertume. *Et pourtant, il y a forcément un lien, mais je n'arrive pas à le trouver. Il n'y a qu'une seule personne qui puisse m'aider, me conseiller au mieux. Elle nous permettrait de gagner un temps fou.*

Mais elle refoule immédiatement cette idée, ainsi que l'image de celle à qui elle a pensé. Aller la voir serait bien trop éprouvant, trop douloureux et trop triste à la fois.

Pourtant, dans une petite partie de son inconscient, l'idée a germé. La possibilité demeure, silencieuse, discrète, mais néanmoins sournoise et présente. Elle s'insinuera désormais sans cesse dans la tête de la capitaine Fauvel.

À chaque obstacle, elle reviendra avec force, et avec l'arrogance de celle qui sait qu'elle seule peut stopper enfin la danse.

11

Dimanche 18 septembre 2016
15 h 15 – Clamart

Ce dimanche, Céline n'a pas quitté le salon de Seth où tout ce qu'ils avaient décroché des murs a retrouvé sa place. Deux nouvelles figures sont apparues, deux meurtres imputés à un second *Danseur*. Elle tente de faire l'esquisse du profil de ce tueur dont l'image est encore très abstraite, à la fois proche et différente de celle d'Esaïe Landernau.

Le problème, c'est qu'elle manque de données pour établir ne serait-ce qu'une ébauche du profil psychologique de ce nouveau tueur. Les résultats du laboratoire sont tombés. La séquence ADN de Jacob Mercati prouve qu'il est bien le fils de Sylvain Eringer, tout comme Esaïe Landernau et le nouveau tueur qui vient de reprendre la danse. Mais s'il y a des similitudes prouvant que les trois individus ont le même père, d'autres éléments indiquent qu'ils ont été mis au monde par des femmes différentes.

Et c'est là que ça ne colle pas.

Si Landernau n'a pas écrit la première lettre, c'est que le tueur actuel a sans doute écrit les deux. Cette théorie implique un contact entre les deux individus depuis le début.

Mais qui est ce troisième fils ? se demande-t-elle. *Quand est-il né ? Qui est sa mère ? Quel type de relation les deux assassins entretenaient l'un envers l'autre ? Le tueur actuel jouait-il la musique sur laquelle dansait Esaïe avant sa mort ? A-t-il décidé de reprendre le flambeau et de danser sur sa propre mélodie à présent qu'il est seul ?*

Autant de questions insolubles qui tournent dans l'esprit de la jeune capitaine, s'entremêlent ou entrent en collision. Dans le chaos de ces pensées bouillonnantes naissent d'autres questions.

Comment retrouver cet autre fils qui, comme les autres, n'a pas été reconnu par le père ? Ce troisième frère est-il le fruit d'un adultère, alors que Sylvain Eringer était encore avec la mère d'Esaïe, ou bien un enfant né après les deux autres ? Mais dans ce cas, pourquoi n'était-ce pas l'aîné qui dominait la relation ?

Il n'est sans doute pas beaucoup plus jeune que ne l'était Esaïe, pour avoir réussi à mener la danse ! se dit alors Céline. *Et il doit être très charismatique et maîtriser la suggestion pour avoir pu dominer un caractère aussi fort que celui de son aîné.*

Comme une forme spectrale, le troisième frère flotte dans la tête de Céline. Elle discerne des cheveux longs et une carrure athlétique. Le même genre que Landernau, déterminé et mentalement déviant, voire clairement dérangé. Mais avec une foi aussi inébranlable que pathologique.

Céline se souvient du corps allongé de Landernau à l'Institut médico-légal et de son torse tatoué d'un énorme crucifix. Cette croix marquée dans la chair, de façon symétrique sur le dos et l'avant du corps, comme un parfait symbole de ce qu'Esaïe avait en tête ; de même pour les stigmates de son autoflagellation.

Céline fronce les sourcils et passe la main dans ses cheveux. Elle sait qu'ils vont devoir regarder les cadavres se succéder avant de pouvoir identifier et traquer le nouveau *Danseur*. Tout juste pourront-ils rester en alerte, prêts à capter le moindre signe, la plus petite faille.

La maison est d'un calme un peu trop froid, une fausse quiétude qui semble cacher un lourd secret. Elle n'avait encore jamais ressenti cela. Mais Seth n'est toujours pas rentré, et cela la déconcerte.

Depuis le soir de la fusillade, son amant s'absente régulièrement, souvent accompagné de Paul. Comme leur relation naît tout juste, elle ne s'est pas permis de lui demander des comptes. Ce serait prématuré, intrusif et maladroit de sa part.

Elle tente de ne pas y penser, d'ignorer ce rapprochement entre le nouveau chef de groupe et celui qui lui a cédé sa place. Ces entrevues dans le bureau de Paul, des conversations à voix basse qui les éloignent tous deux de l'affaire.

Elle va devoir taire sa curiosité et accepter le caractère secret de cette relation entre les deux hommes. Elle ne peut pas se permettre de se laisser déconcentrer. Et puis, si son histoire avec Seth est belle et intense, elle est aussi très récente. L'homme en lui-même est une énigme vivante, et il est inutile d'avoir un master en psychologie pour deviner que son amant a de profondes fissures et zones d'ombre dans son âme déchirée. Il a besoin de son jardin secret et surtout de pouvoir se dévoiler progressivement.

Il faut impérativement qu'elle occulte ce qu'elle a vu le jour de la fusillade, alors que toute l'équipe allait fêter la clôture de l'instruction. Seth était prêt, comme s'il savait que cela pouvait arriver à tout moment. Surtout, il y a eu ce dernier tir, alors que le passager se rendait, mains sur la tête, tenu en joue par Kurt Baptista. Il l'a pourtant abattu froidement, détruisant l'unique piste qui aurait permis d'en savoir plus. Qui était visé ? Qui était le commanditaire et quelles étaient ses motivations ?

Paul l'a compris lui aussi : Seth a clairement voulu éliminer toute possibilité de répondre à ces questions. Pourtant, depuis ce déploiement de violence, après que Seth et Paul ont passé la nuit en tête à tête, le sujet n'a plus jamais été évoqué.

Seth est un mystère et ça fait partie de son charme. Mais qui sait ce par quoi il est passé ? Pourquoi son regard se perd-il parfois dans le vide, chargé d'émotions contenues ? Qu'est-ce qui provoque ces épisodes d'hypervigilance, tellement marqués qu'ils pourraient correspondre à un symptôme de stress post-traumatique ? Pour quelle raison cette maison est-elle froide, vide, comme dépouillée de son âme ? Pourquoi laisser le terrain à l'abandon, livré aux mauvaises herbes, aux ronces et aux orties ? Pourquoi n'utiliser que le grand salon et la chambre adjacente et laisser tout le reste de la maison inoccupé, sans jamais ouvrir une porte ?

Il m'en parlera quand il se sentira prêt, se résigne-t-elle. *Certains souvenirs sont trop pénibles pour être partagés. Il faut du temps et de la confiance.*

12

Lundi 19 septembre 2016
19 h 04 – Orsay

Comme tous les jours, le Dr Jean-Louis Blois est en retard sur son planning. Le dernier patient avait rendez-vous à 17 h 45 et il vient juste de finir avec Mme Chancis et ses problèmes d'arthrite. Il raccompagne cette octogénaire adorable mais bavarde. Toutes les occasions de briser la solitude sont des moments précieux pour elle. Elle le remercie alors qu'il lui tient la porte pour enfin pouvoir ouvrir celle de la salle d'attente où M. Galline attend impassiblement, sans paraître s'offusquer de ce long retard. C'est un grand gaillard robuste, aux cheveux longs et sombres, qui le suit dans son cabinet. C'est la première fois qu'il voit ce patient.

« Que puis-je pour vous, jeune homme ?

— J'ai du mal à respirer depuis quelques jours. Je m'inquiète parce que j'ai déjà eu pas mal de problèmes respiratoires. Bronchites et bronchiolites à répétitions, une pleurésie il y a huit ans, et une autre il y a trois ans. Je dois avoir des poumons fragiles.

— Vous n'avez pas de médecin traitant ?

— Non. J'ai emménagé dans le coin il y a peu et c'est la première fois que j'ai un problème de santé depuis.

— Est-ce que vous êtes fumeur ?

— Oh non ! Je n'ai jamais fumé. Mon système respiratoire est bien assez fragile comme ça. Mon père fume deux paquets par jour et n'a même jamais eu une mauvaise toux. Parfois, le sort s'acharne sur les mauvaises personnes. »

La pointe d'humour qu'il décèle dans cette dernière remarque fait sourire le médecin. Il se lève et contourne son bureau pour ausculter ce patient.

« D'accord, monsieur Galline, dit le thérapeute. Suivez-moi en salle d'examen, on va voir tout ça et essayer de trouver une solution à long terme, ou au moins un traitement préventif. »

Le médecin fait installer le jeune homme sur la table de travail et lui demande de retirer son T-shirt à manches longues avant de lui passer le stéthoscope sur le dos.

Lorsqu'il repasse devant lui pour poser le bout de son instrument sur sa poitrine, il ne voit pas la seringue que son patient tient dans sa main. C'est d'un geste assuré et à une vitesse imparable que le faux malade la lui plante dans la gorge avant de pousser sur le piston.

Cent milligrammes de Loxapine en intraveineuse directe : l'effet est foudroyant. Le médecin tombe au sol, sonné, laissant échapper un long souffle plaintif.

Le Danseur le soulève comme un mannequin et l'allonge sur le divan. Il sort de ses poches de nouvelles seringues, sept au total, et les lui plante une à une dans la gorge avant de pousser sur les pistons, envoyant leurs contenus dans son organisme.

MDMA. Héroïne. Cocaïne. Diazépam. Flunitrazépam. Clonazépam. Métamphétamine.

Le cocktail est plutôt relevé et le médecin généraliste semble lutter en convulsant et en poussant des petits cris étranglés alors que tout son corps est envahi par les produits. Les soubresauts vont croissant jusqu'à en faire vibrer le mobilier. Ses yeux se révulsent et ses mains se tordent étrangement.

Puis il retombe.

Quand tout s'arrête, le tueur prend à son tour le stéthoscope et vérifie que sa proie est bien morte. Dans la cage osseuse de sa poitrine, plus rien ne bat, plus rien ne vit.

Un silence total accompagne le départ du médecin dans l'au-delà.

13

Lundi 19 septembre 2016
21 h 34 – Bobigny

Ce soir, la ville est calme. Il y a peu de circulation, et les passants ne sont pas très nombreux à arpenter les trottoirs.

La porte n'a l'air de rien. Aucun élément ne la distingue des autres, bien au contraire : on aurait tendance à ne pas la remarquer en passant dans la rue. Seul le judas rectangulaire très sombre pourrait trahir ce qui se passe derrière.

C'est sans doute le but, se dit Kohl. *De cette façon, il n'y a que les initiés ou les invités qui peuvent savoir exactement où frapper.*

Après trois coups à la porte, Seth baisse la tête et lisse son costume Armani et sa chemise Hugo Boss qu'il porte sans cravate, avec deux boutons défaits. Il a sorti les habits du dimanche, ceux qu'il garde pour les mariages, les funérailles, les baptêmes et qu'il aura probablement sur le dos quand on scellera son cercueil.

Après un bruit de frottement, un éclat lumineux vient éclairer son front, et c'est la raison pour laquelle il se tient l'échine courbée : ne pas être aveuglé.

« Montre-moi un peu ta tronche, mec ! lâche un black par le judas ouvert. Tu crois que je vais ouvrir si tu... »

Le geste de Kohl est d'une précision chirurgicale, aussi imparable qu'une attaque de serpent. En une fraction de seconde, il a saisi l'avant de la gorge du gorille qui respire difficilement et ne parvient qu'à émettre un petit couinement.

« C'est très simple, lui dit froidement Seth. Soit tu ouvres la porte sans faire d'histoire et tu suis le mouvement des gonds, soit je t'arrache la gorge et je rentre quand même en ouvrant ce verrou très facilement une fois que ta gueule ne sera plus devant. »

Un bruit mécanique indique que l'homme a pris la décision la plus sage. La porte tourne, et celui qui en a la garde se retrouve vite coincé entre le mur et le panneau de bois massif. Une silhouette cagoulée, très svelte et légère, s'avance vers l'entrée avec un automatique rallongé d'un silencieux qu'il tient le long de la cuisse. Il vient de s'extirper d'une 206 garée en double file, mais il n'y a rien à craindre quand on sait que c'est Asia au volant.

« Lâche-le ! » ordonne Paul.

Kohl obtempère et laisse le gros black reprendre son souffle. Mais sitôt fait, le commandant Baptista lève sa main gantée et tire deux balles en plein front du portier.

Un très court silence s'abat sur les deux hommes. Seth arrondit ses yeux pour signifier son étonnement. Paradoxalement, Paul lève les sourcils et les épaules pour inviter son subordonné à lui expliquer ce qui le tourmente.

« Donc, c'est ta façon à toi de dire que le thème de la soirée sera le bain de sang ? demande Kohl en lâchant un rire nerveux. Rassure-moi : on ne va quand même pas buter tous ceux qui sont à l'intérieur ? »

Après avoir jeté un œil dans toutes les directions, s'assurant qu'aucun témoin gênant ne se trouve dans les parages, Paul retire sa cagoule et la passe à sa ceinture. Sitôt fait, il pose une main ferme dans le dos de son ami, l'invitant avec fermeté à ne pas s'éterniser dehors.

« Si, c'est exactement ça qu'on va faire, dit-il. Ce local sert de point de vente éphémère. Ceux qui viennent se servir ici sont des petits négociants qui effectuent des transactions en dessous d'un kilo. Ce ne sont que des pourris qui se font du blé sur le dos de leurs clients, en leur tenant fermement les couilles avec cette putain d'addiction. Personne ne va les pleurer du bon côté de la ligne qu'on vient tous les deux de franchir ce soir. Pour moi, ce qu'on s'apprête à faire n'est rien de plus que de l'élimination de nuisibles.

— Bon… Dans ce cas, je comprends mieux et je te suis. Pas de problème ! Après tout, je ne vais pas les pleurer non plus. Mais tu te souviens qu'on est ici pour obtenir une information capitale, quand même ?

— Bien sûr ! Tu crois que j'ai Alzheimer ?

— Absolument pas ! Je veux simplement être certain que tu gardes l'essentiel en tête !

— Ne t'inquiète pas, on obtiendra la position de ce gros tas de merde, assure Paul en refermant la porte et le judas avant de boucler le verrou. Tu pourras te venger de ce fumier. Mais pour l'instant, c'est *tabula rasa* !

— Reçu ! Mais on fait comment pour…

— On va arrêter de palabrer et descendre finir le boulot ! » coupe Paul.

Comme ils s'en sont assurés auprès des archives de la mairie de Bobigny, l'escalier qui, à l'étage, donne accès à des appartements actuellement en rénovation, dessert aussi, au niveau inférieur, le vaste espace qui les intéresse ce soir.

Paul retire la goupille d'une grenade offensive, aux fonctions aveuglantes et étourdissantes, avant de la jeter en bas de l'escalier. Quand l'objet atteint le sol, trois flashs sont visibles depuis le point de lancer, tandis qu'une forte détonation fait tomber le crépi des murs et du plafond.

Comme s'il aidait une personne un peu lente ou infirme à une caisse de supermarché, Paul fait signe à Seth de le suivre sans tarder. Un portique a été installé pour l'occasion, à côté duquel deux paniers contenant déjà des téléphones et des armes indiquent le nombre de clients actuellement présents. Un grand type en chemisette blanche met une seconde de trop à réaliser ce qui se passe, les tympans comprimés par la détonation, les yeux arrondis. Il lâche son détecteur manuel au sol pour tenter de saisir son arme, mais Paul lui tire deux balles dans le cœur et une en plein dans le nez, éclatant les cartilages pour se loger dans le cerveau. Juste derrière, sur deux longues tables, les produits achalandés, exactement comme sur un étal de marché. L'un des deux clients est au sol et cherche à se relever péniblement. Le second met les mains sur la tête et se prépare à poser un genou à terre, mais Paul lui tire une balle dans la tempe avec une froideur glaçante, comme s'il venait de cracher un chewing-gum.

L'attention de Seth se fixe alors sur un Turc énorme, une véritable montagne de muscles. Il a le crâne rasé à blanc et une barbe épaisse qui lui descend presque jusqu'à l'abdomen. Il chancelle et ses paupières s'ouvrent et se ferment à une vitesse incroyable, mais il parvient malgré tout à attraper un Uzi. Il n'a pas le loisir de le pointer sur qui que ce soit : une balle dans l'épaule droite et une autre dans le biceps gauche réduisent ses chances de riposte à zéro.

Paul s'occupe à présent d'un petit gaillard, sans doute un gitan, qui vient de dégainer et de tirer. Mais l'homme de main est sérieusement désorienté. Il peine même à simplement tenir debout, la balle s'est enfoncée dans le plafond. Le commandant Baptista, en revanche, ne le rate pas et lui fait un beau trou bien net au centre du front.

En arrivant au niveau des tables, ils voient le troisième homme. Il s'agit d'un grand type aux cheveux plaqués en arrière assis sur une chaise tout au fond, juste devant une porte coupe-feu qui doit donner sur l'arrière du bâtiment. Dans une boîte métallique bleue placée à sa gauche, les billets sont rangés soigneusement. Seth en déduit qu'il est chargé des encaissements, ce qui fait de lui le responsable en cas de perte d'argent ou de marchandise. Avec un patron comme Alexandre Licco, il doit être conscient qu'aucune circonstance atténuante ne lui sera accordée. Déjà les mains en l'air, le front bas et les jambes tremblantes, il pense qu'il s'agit de rivaux dans le business. Seth avance vers lui en le braquant alors que Paul, avec un calme terrifiant et sa grâce habituelle, s'approche du second client qui se met à pleurer :

« Non ! Je vous en supplie, gémit-il. Je n'ai rien à voir avec tout ça. Vous n'êtes pas…

— … obligés de faire ça ! termine Paul en secouant la tête. Un peu d'originalité, mon vieux ! Et un brin de dignité quand même. On ne meurt qu'une fois, alors autant faire ça bien. »

Sur quoi il lui fait éclater le dessus du crâne d'un double tir qui le scotche au sol.

Après avoir sauté par-dessus les tables pour aller chercher le Turc réfugié dans un coin, Paul avance dans sa direction et lui sourit, canon tendu. Un masque de terreur tapisse le visage barbu de cet homme de main, sans doute ici pour assurer la sécurité du point de vente éphémère. Il a les bras croisés sur la poitrine et tente de limiter la perte de sang par des compressions sur les points d'entrée des balles. Sa combativité est définitivement anéantie.

« Bon, on ne va pas y aller par quatre chemins, annonce Seth aux deux survivants. J'ai besoin de pouvoir localiser votre patron : donc je veux toutes les infos que vous avez sur lui.

— L'un de vous va devoir se dévouer, ajoute Paul. Sinon on vous fume tous les deux et on passe à l'adresse suivante. On n'a rien de mieux à foutre cette nuit.

— Moi, je sais tout ! répond spontanément le caissier. Je vous assure que je vous aiderai. »

La docilité et la coopération immédiates du responsable de ce point de vente mettent l'homme de main blessé dans une colère noire. Assis sur la dalle en ciment, il l'insulte en turc entre deux râles de douleur. Il bave de rage, les dents serrées et les sourcils froncés quand Paul se tourne vers lui pour lui annoncer son sort.

« Désolé, mais tu ne nous sers plus à rien. »

Deux balles dans le cœur et une troisième au-dessus du sourcil droit. Son corps massif semble s'incruster dans le mur avant de glisser lentement sur le sol.

Paul se retourne ensuite vers le caissier et fait quelques pas dans sa direction. Seth est déjà face à lui, son arme braquée au niveau du front.

« Bon, c'est quoi ton nom ?

— Je m'appelle Jean-Marc, répond-il dans un souffle. Jean-Marc Bessans. Je vous aiderai à trouver mon boss.

— Je sais bien que tu vas nous aider, rétorque Baptista avec un sourire en coin. Je ne me fais aucun souci pour ça. Mais je vais te demander de prendre ton flingue en douceur avec l'index et le pouce gauches pour le lancer vers moi.

— De toute façon, je suis mort si je rentre sans rien, dit le trésorier en exécutant l'ordre. Alors autant chercher un moyen de m'en tirer vivant.

— Tu as bien raison de prendre des précautions. On voit tellement de héros dans les cimetières ! D'ailleurs, nous-mêmes prenons aussi des dispositions pour éviter les surprises. Pose tes mains à plat sur la table. »

Puis, tournant la tête vers Seth, il lui donne des instructions précises avec une voix calme.

« Fais donc une palpation à monsieur, s'il te plaît. Il faut que nous puissions être certains qu'il n'a pas d'autre arme dissimulée sur lui. »

Kohl acquiesce et fait le tour de la table. En prenant son temps, il vérifie que rien de dangereux n'est caché. Au final, mis à part un stylo et un petit couteau à cran d'arrêt qu'il jette au sol, il ne reste à l'homme que son portefeuille, deux téléphones et ses clefs de voiture. Il fait un signe de tête à Paul pour lui indiquer que tout risque est écarté.

« Voilà qui nous mettra à l'aise, déclare-t-il en empoignant l'arme par le canon. Mais on va tout de même rester prudents. »

Sans ciller, avec une violence froide, il écrase la main droite d'un puissant coup de crosse, relève le flingue et fait de même pour la gauche.

Le type pousse un hurlement de douleur strident et regarde alternativement les chairs déchirées et les fragments d'os qui en sortent.

« Voilà, c'est fait ! Le plus dur est passé, dit Paul en lui donnant de petites tapes dans le dos. Ne tourne pas de l'œil, mon garçon. C'est vraiment pas le moment. »

Comme Jean-Marc commence à pâlir et vacille dangereusement, Baptista lui colle une gifle.

« Allez, tu en as vu d'autres. Maintenant, reprends-toi ! On va t'emmener avec nous dans un endroit sûr, le temps de préparer notre rencontre avec ton employeur.

— Putain, merde ! gémit-il. Mes mains. Tu m'as bousillé les mains !

— T'es pianiste ? » lui demande Paul.

Sans oser soulever ses paumes, le caissier gémit en continu en regardant alternativement ses mains écrasées.

Paul lui colle une petite claque sèche derrière la tête et insiste.

« Je t'ai posé une question ! Est-ce que tu es pianiste ?

— Non !

— Bon ! Alors tu vois, ce n'est pas si grave. Allez, on ne va pas traîner. Nous serions contrariés qu'il arrive quelque chose à notre nouveau partenaire. »

En retenant des cris de douleur, le seul survivant garde le regard bas. Il redoute d'autres sévices s'il bronche ou tente quoi que ce soit, si bien qu'il reste aussi immobile qu'il le peut.

« Quelles sont les consignes en cas de descente de police ou d'attaque de la concurrence ? demande Paul. Qu'est-ce que tu es censé faire précisément ?

— Ben, ça dépend, répond-il avec la voix tremblante. Vous êtes des flics ou des ennemis de Licco ?

— Considère qu'on est des ennemis de ton patron, lui répond Kohl. Tu dois faire quoi dans ce genre de cas ?

— Je dois m'enfuir par l'escalier de secours, celui qui est juste derrière moi. Ça donne sur un petit parking où ma caisse est garée. Je dois prendre le fric et tout ce que je peux sauver comme marchandise avant de me tirer.

— Alors c'est ce qu'on va faire, décide Baptista avant de s'adresser à Seth. Ramasse la poudre et le fric. Ce serait con que tu aies des ennuis. Et après, qu'est-ce qui est prévu ?

— Je dois aller me planquer et envoyer un code par SMS sur un numéro d'urgence. Ensuite, je dois attendre les consignes avant de sortir ou que quelqu'un vienne me chercher.

— Eh bien suivons ces instructions à la lettre, conclut Paul. Ne commets pas l'erreur d'envoyer un message d'alerte ou de nous faire un coup tordu du genre.

— Non, je vous jure que vous pouvez compter sur moi.

— C'est bien, tu es un bon garçon. Si tu obéis bien et que tu fais tout pour nous aider, je te promets que tu n'auras plus jamais à avoir peur de ton boss. »

14

Mardi 20 septembre 2016
08 h 16 – Orsay

C'est la femme de ménage qui a retrouvé le corps du Dr Blois en ouvrant le cabinet, à sept heures. Depuis, les hommes de la gendarmerie d'Orsay sont arrivés et, sans toucher à rien, ont prévenu l'état-major qui a transmis les informations à la Brigade criminelle.

Céline en est à un point où elle ne s'étonne plus de rien, et la mort du médecin lui paraît être dans l'ordre des choses. La suite de la *Danse macabre* qui a débuté il y a déjà un bon moment.

La gorge de l'homme est hérissée de sept seringues, les aiguilles sont plantées dans les veines jugulaires et une autre est brisée sur le sol couvert de linoléum clair.

Le constat du Dr Tournel ne surprend personne : « Il est mort par surdose médicamenteuse, mais je pense qu'il y avait plusieurs produits et, plus que les doses, c'est le mélange qui a causé la mort.

— Et ça colle avec Holbein, ajoute Céline. *Le Médecin* est harcelé par *La Mort* qui oblige sa victime à avaler ses propres remèdes et produits pour l'emporter dans l'au-delà. Le squelette qui représente la faucheuse tient un patient par la main, ce qui laisse supposer que c'est ainsi qu'il a approché le généraliste, en prenant rendez-vous et en se faisant passer pour un patient. »

Elle va consulter l'agenda du médecin et lit :

« 17 h 45 : M. Galline. C'était son dernier rendez-vous. À vérifier, mais je pense que ce sera un nouveau patient, venu pour un premier rendez-vous. Il ne sera donc pas encore fiché ici. Il n'y a d'ailleurs aucune autre indication. Je ne prends pas trop de risques à affirmer qu'il s'agit d'un faux nom. »

Karine Perrin intervient en changeant de sujet :

« Les seringues sont couvertes d'empreintes ! Je les ai passées au crible et j'ai trouvé les pouces, les index et les majeurs. Le tout est parfaitement net. »

C'est à ce moment-là que le juge Raffin fait son apparition, suivi par sa greffière, aussi discrète que son ombre. Costume gris clair et cravate noire sur chemise blanche, le petit homme est particulièrement élégant. Il s'arrête sur le pas de la porte et pose sa sacoche en cuir au sol. Il prend ensuite le temps d'enfiler une combinaison et des surchausses pour pouvoir pénétrer dans le cabinet sans risquer de contaminer la scène de crime, et rejoint enfin l'équipe en évitant soigneusement les balises.

« Capitaine Fauvel, commissaire Baptista, salue-t-il. Alors, a-t-on de nouvelles données ici ?

— Des empreintes digitales et un crime particulièrement déviant, annonce Asia sans ménagement. Il a été victime d'une importante surdose d'un cocktail de différents produits. Sans analyse toxicologique, on ne peut pas s'avancer sur le contenu de ce mélange, sauf qu'il était conçu pour tuer. Sur ce point, notre tueur s'est donné beaucoup de mal, tout comme pour la mise en scène qui a suivi.

— Quand saura-t-on avec quels produits il avait rempli les seringues ? demande le magistrat. Cela pourrait nous donner des indices sur le tueur. »

Comme la commissaire ne semble pas saisir l'argument du juge, celui-ci précise sa pensée.

« L'utilisation de certaines substances rares, ou fortement réglementées, va peut-être nous orienter vers une profession ou un domaine d'activité. Et nous pourrons aussi solliciter les fabricants et les distributeurs.

— J'ai déjà fait porter les tubes de sang au laboratoire, avec le statut prioritaire dont nous bénéficions. Si un ou plusieurs des contenus venaient à nous ouvrir des pistes, vous seriez le premier à être au courant.

— Je vous remercie, commissaire.

— De notre côté, pas de surprise, précise Seth. Le mode opératoire reste cohérent avec les gravures d'Holbein le Jeune. Sur celle qui représente *Le Médecin*, celui-ci se voit forcé par *La Mort* d'absorber son propre remède. Bien sûr, il y a une volonté de choquer qui pousse l'image le plus loin possible dans la violence, mais le symbole est là. Il va sans dire que c'est bien notre second *Danseur* qui a agi ici.

— Cette instruction tourne au désastre ! soupire le magistrat. J'imagine que vous n'avez pas plus d'éléments tangibles que le bilan toxicologique à venir. Les empreintes digitales et génétiques ne donnent aucune correspondance avec une personne fichée ?

— Malheureusement, répond Céline. Mais grâce à cela, nous avons pu déterminer que ce nouveau tueur est le même depuis la reprise des meurtres. Surtout, on sait qu'Esaïe Landernau et lui sont liés par le même géniteur.

— Et au niveau de l'état civil, ça ne donne rien ?

— Non, rien. Je sais que c'est rageant, mais hélas, ça n'a rien d'étonnant. Sylvain Eringer, le père, n'a jamais reconnu ses enfants. Aucun d'entre eux, pour ce qu'on en sait. Son parcours a été chaotique. En 1970, il a eu un premier enfant qui lui a été retiré ; sa compagne de l'époque, Patricia Mercati, était toxicomane, et lui alcoolique. Jacob, leur fils, est d'ailleurs né handicapé. Le couple s'est séparé quand, en 1974, la garde leur a été retirée. »

Elle laisse tomber un silence et observe le corps du praticien piqué d'aiguilles avant de reprendre :

« Il a ensuite rencontré Odette Landernau avec qui il s'est installé. De cette nouvelle union est né Esaïe. La mère est sans doute battue et s'en va alors que son fils est encore jeune. Ce dernier quitte la maison à dix-huit ans pour s'engager dans la Légion étrangère. Quand le père s'est retrouvé seul, le gouffre s'est ouvert sous ses pieds.

— C'est à cette époque qu'il se retrouve à la rue ? demande le juge. Ça sent la fin de la route.

— Oui, mais durant ces années, entre 1970 et 1993, il a pu avoir un autre enfant, peut-être même sans le savoir et surtout sans l'élever. C'est lui que nous cherchons. Mais il n'y a aucune trace à l'état civil.

— Et les affaires du père ?

— On a bien essayé de les retrouver mais comme personne n'est venu les réclamer, ça a dû se perdre ou être détruit. La morgue n'a pas été capable de nous dire où tout ça a bien pu être stocké.

— Je vais voir ce que je peux faire de ce côté-là, assure le juge. Mais bon, n'y comptez pas trop. La meilleure option reste de parvenir à démasquer et à coincer ce malade avant qu'il ne remette ça.

— C'est mon souhait le plus sincère, répond Seth. On a déjà eu le premier, on aura celui-là aussi. D'autant qu'il s'agit visiblement de la tête de l'opération. Les deux lettres étaient rédigées de sa main.

— Je compte sur vous, monsieur Kohl. Les médias sont surexcités et j'ai peur de la psychose de masse. De plus, le ministère commence sérieusement à grincer des dents. Des échos et autres bruits de couloirs indiquent qu'ils envisagent de mettre la Direction centrale du renseignement intérieur sur le coup.

— Vous pouvez compter sur nous tous, monsieur le juge, assure Paul. Nous ne traquons pas un fantôme, mais bien un être humain. Nous allons l'avoir tout comme nous avons eu ce psychopathe mystique qu'était Esaïe Landernau. »

Ils se quittent après une poignée de main franche et Céline retourne voir le corps piqué de seringues. Elle sait qu'ils ne pourront pas faire grand-chose pour la prochaine cible : *La Vieille Dame,* une pure formalité pour le nouveau *Danseur*. Malgré tous leurs efforts, les membres du groupe d'investigation se trouvent à une étape difficile et impossible à anticiper. Seuls des indices sur le suspect pourraient ouvrir une piste sérieuse.

Il faudrait un énorme coup de chance pour lui tomber dessus avant la mise à mort de la prochaine figure, se désole la capitaine Fauvel. *Il y a trop de proies potentielles et faciles à neutraliser.*

Même si Céline se bat pour refouler l'image et l'idée, celle qui pourrait les aider se fraye un chemin et fait une courte apparition dans son esprit. Sa capacité d'analyse est d'une telle puissance…

Mais la jeune femme tient le coup et refuse de céder à la facilité.

Il lui serait trop pénible de devoir lui faire face.

15

Mercredi 21 septembre 2016
20 h 08 – Bièvres

David Archonde brosse ses longs cheveux foncés devant la glace quand les voix viennent le surprendre. C'est à chaque fois au moment où il s'y attend le moins qu'elles apparaissent, graves et douces à la fois. Toutes parlent en chœur, et le résultat est étrangement persuasif et puissant :

« *C'est le moment, David ! Le plan doit avancer. C'est l'heure de* La Vieille Dame, *David !* »

Alors il se prépare.

Le Seigneur a parlé à travers lui, une fois encore, et il doit terminer ce qu'Esaïe a commencé. Le plan doit aller jusqu'à son terme. Rien ne peut se dresser contre la volonté divine.

Encore moins contre Sa colère.

« *Tu es un messager, David !* »

Il se regarde dans le miroir et voit le visage du Christ se superposer au sien l'espace d'une seconde. C'est furtif, mais d'une netteté absolue.

Pendant un moment, il est tenté de prendre ses médicaments, ce traitement antipsychotique qui lui est prescrit depuis ses seize ans pour traiter sa schizophrénie.

Mais la voix revient, plus ferme, autoritaire.

« *Non, David ! Qu'est-ce que ces pilules font de toi ? Tu sais qu'elles t'empêchent d'être toi-même et de nous entendre. Ne fais pas ça, David ! Un tel potentiel se dégage de toi. Tu es notre messager, tu es l'élu des anges et ainsi l'élu du Seigneur, sa propre main ici-bas, sur terre. Va faire ce qui doit être fait !* »

Il comptait aller se coucher mais la mission ne peut attendre. Les ordres venus d'en haut sont une priorité absolue. Il se dirige vers la penderie, sort un pantalon, une chemise et une veste sombres qu'il enfile rapidement, de même que ses chaussures dont il noue soigneusement les lacets. Il ferme ensuite la porte de l'appartement, en prenant soin de laisser le téléviseur et deux lumières allumés.

Enfin, il descend à sa voiture qu'il démarre sans tarder.

Il se souvient très bien du dessin d'Holbein.

Il lui suffira d'emmener *La Vieille Dame* vers le lieu de son dernier repos.

Rien de difficile, en somme.

Rien de plus naturel.

Pourtant, une angoisse le prend à la gorge quand il pense à l'ange surpuissant qu'ils sont parvenus à terrasser. Ils l'ont abattu comme un chien enragé. Alors il doit se montrer très prudent, car si ces gens ont été capables de tuer un ange du Seigneur, ils pourraient recommencer avec un second.

16

Mercredi 21 septembre 2016
22 h 26 – Clamart

Malgré la fatigue qu'elle ressentait en fin de journée, Céline n'arrive pas à trouver le sommeil.

Une fois encore, elle est toute seule chez Seth. Celui-ci a été sollicité à la dernière minute par Paul et Asia Baptista. Ils avaient besoin de lui pour revoir toutes les preuves recueillies par la section technique et scientifique du groupe dirigé par Karine Perrin. Même si elle sait que ce genre de tâche peut facilement devenir chronophage, ça lui semble bien long. Elle a envie de lui envoyer un message mais se ravise.

Céline profite de la fraîcheur de la pièce principale de la maison. Elle examine la carte sur laquelle sont punaisés les endroits où les victimes ont été retrouvées. Cette fois, le champ se rétrécit et se trouve plus à l'ouest de Paris, dans le sixième arrondissement, à Sèvres et à Orsay. Un triangle dont le centre se trouve aux alentours de Châtenay-Malabry.

Pendant un instant, Céline ne peut s'empêcher de penser à la proximité avec Meudon, mais les deux policiers placés en surveillance en bas de l'immeuble de Jacob Mercati attestent qu'il n'est pas sorti et qu'il n'a reçu aucune visite le 14 septembre, le jour du colis piégé chez l'astrologue. Malgré tout, avec l'autorisation de Paul, Seth a décidé de maintenir cette surveillance. D'après lui, il aurait tout aussi bien pu passer par un coursier afin de déposer le paquet. Mais il n'a pas non plus mis le nez dehors et n'a reçu personne hier soir, au moment du meurtre du médecin. Il semble être assez casanier et ne sort guère de chez lui, si ce n'est pour son travail.

On devine qu'il ne doit pas avoir d'amis, ni même de simples camarades, de contacts ou de proches. Il inspire la pitié et donne envie de lui tendre la main, sans une once de méfiance.

Pour sa part, Seth ne peut réprimer de la suspicion envers cet étrange personnage. Il le perçoit comme le stéréotype trop idéal de l'être accablé par la vie, la victime angélique du système. Il y a quelque chose de caricatural à le voir traîner de la patte et porter sur ses épaules tout le poids de son existence. D'après lui, Jacob Mercati est un peu trop parfait dans son rôle. Tout est un peu trop lisse. Il a même envisagé de demander une commission rogatoire au juge pour une garde à vue à son encontre, histoire de creuser un peu le personnage et tout ce qu'il pourrait cacher.

Mais Céline lui a dit ne pas voir quels motifs valables évoquer. Les liens de parenté avec les deux tueurs ne suffisent pas. Être le demi-frère de deux assassins ne fait pas systématiquement de lui le troisième, pas plus qu'un complice potentiel de ces meurtres brutaux et sauvages. Seth a dû se faire une raison : cette absence d'élément à charge ne permettra jamais d'obtenir l'appui du juge d'instruction, même sur la base d'une intuition légitime.

Reste ce troisième homme, cette ombre encore très floue qui occupe l'esprit de Céline comme celui de tous les membres de l'équipe qui travaillent sur ce dossier. Mais comment retrouver un enfant non reconnu, issu d'un couple qui n'a jamais rien eu d'officiel ? En effet, si Sylvain Eringer n'était pas un adepte de la contraception, il l'était encore moins des liens sacrés du mariage. Pour ce qui est de la reconnaissance de sa progéniture, il devenait un véritable fantôme.

Le seul embryon de piste, pour l'instant, c'est le périmètre des recherches, aux alentours de Versailles, Sceaux, Palaiseau ou dans l'ouest de Paris ; mais la zone à couvrir est immense.

Céline ne se fait pas d'illusions et ne compte sur aucun miracle. Elle sait déjà que personne ne pourra empêcher le meurtre de *La Vieille Dame* qui constitue la prochaine étape du tueur.

Suivront *La Nonne, Le Moine, Le Prêtre* et *Le Prédicateur*. Une séquence religieuse qui se traduira sans doute par une succession de morts violentes, presque aussi difficiles à prévoir et à anticiper. La frustration de ne rien pouvoir faire d'autre qu'informer les patrouilles est difficile à encaisser.

Lassée de faire les cent pas devant le mur, elle commence à flâner dans les autres pièces de la maison. Lorsqu'elle arrive dans la grande salle faisant office de cuisine et de salle à manger, un vent frais lui provoque des frissons dans le dos. Elle remarque rapidement la vitre cassée, certainement par cet ancien collègue de Seth lorsqu'il est entré par effraction pour tenter de le tuer. Les impacts de balles sur les deux parois espacées de presque dix mètres le lui confirment. En observant leur hauteur et leur espacement, elle parvient à peu près à reconstituer les échanges de coups de feu qui ont mis un terme à l'existence de l'agresseur.

Même si Céline a tenté de le questionner sur les raisons de cette tentative de meurtre, Seth s'est refermé comme une huître à chaque fois, refusant d'aborder le sujet. Quoi qu'il en soit, elle ne parvient pas à détecter chez son amant le moindre fragment de malveillance. S'il a tiré sur cet homme, c'est que celui-ci ne lui a laissé aucun autre choix.

Cet imbécile a voulu jouer avec le feu et il a perdu, se dit-elle. *Quelle que soit la raison, je ne peux pas le plaindre : c'est lui qui est venu s'introduire ici avec les pires intentions. Comment pourrait-on reprocher à Seth d'avoir défendu sa vie ?*

Après avoir chassé ces pensées de sa tête, la jeune femme ouvre la porte qui donne sur le jardin. Seth n'a pas pris la peine de la faire réparer correctement. Un morceau de carton rigide et du ruban adhésif colmatent simplement le trou dans la vitre que l'intrus a brisée pour pouvoir entrer. Après avoir allumé la lumière de la terrasse, elle finit par sortir sur le terrain derrière la maison.

Ce qu'elle découvre la désempare. Les herbes hautes, les plantes et les buissons de toutes sortes ont envahi cet espace et rendu cette partie du terrain à la nature. Son angoisse augmente, oppressante, mais elle ne peut pourtant pas reculer. Même si tous ses instincts lui commandent de faire demi-tour, elle ne peut s'y résoudre. C'est avec un courage qu'elle n'aurait pas soupçonné elle-même que ses pas la poussent plus en avant dans cette brousse urbaine, dissimulée à tous les regards.

En continuant son exploration, elle finit par remarquer une balançoire autour de laquelle une plante grimpante semblable à du lierre s'est répandue, s'entortillant sur toute la structure dans une constriction à l'apparence contre-nature. Elle entrevoit aussi un petit toboggan qu'on ne peut que deviner, avalé par cette jungle. Le désordre végétal qui a pris le pouvoir sur cette partie du terrain semble chercher à se répandre et à avaler tout ce qui s'y trouve.

À force de marcher en poussant branches et feuillages, elle manque de tomber dans un trou. Sa surprise est grande lorsqu'elle se rend compte qu'il s'agit d'une piscine vide, envahie d'autres plantes. Certaines variétés de buissons à racines épaisses ont poussé en soulevant et brisant les petits carrés blanc et bleu qui recouvraient les bords, les côtés et le fond.

Il y a eu de la vie ici, se dit Céline qui sent une boule de chagrin et de mélancolie la submerger, tandis qu'une autre, plus viscérale et instinctive, tournoie dans son abdomen. *Mais elle s'est éteinte sous le poids du temps, de l'oubli et de la tristesse.*

Elle se décide à rentrer pour chasser le spleen qui s'est emparé d'elle.

Comme elle l'a perçu il y a encore peu de temps, Seth n'est sans doute pas prêt à se confier.

Vraisemblablement, et même si elle ne connaît aucun détail, il a eu droit à sa part de pain noir. Il mérite un peu de calme et de répit. La route qui lui permettrait de rejoindre la lumière et de trouver le pardon est encore trop éloignée. Elle le restera tant qu'il ne se débarrassera pas de ses stigmates. Et la seule façon d'y parvenir, ce sera de s'y confronter.

17

Mercredi 21 septembre 2016
23 h 21 – Chevreuse

David Archonde se gare devant le cimetière de Chevreuse et tire le frein à main. Il s'extirpe de l'habitacle et fait le tour du véhicule pour ouvrir la porte passager et sortir la vieille femme presque inconsciente, étourdie par la morphine qu'il lui a injectée. Il doit la porter et l'asseoir contre le mur d'enceinte pendant qu'il se hâte de crocheter la serrure d'un portillon situé à l'opposé de l'entrée principale. Un peu nerveux, il sue à grosses gouttes et vérifie plusieurs fois la petite rue en espérant qu'aucun véhicule n'arrive par l'un ou l'autre côté. En pleine nuit, les phares d'une voiture révéleraient sa présence.

Une fois cette tâche accomplie, il reprend sa proie sans défense qui ne pèse quasiment rien. Elle cherche à crier mais sa voix presque éteinte ressemble à un murmure traînant.

« Non… Par pitié… Non… »

Ignorant les implorations de cette femme au seuil de la mort, il la porte le long des allées en cherchant un nom sur les pierres tombales avec une petite lampe de poche. Il lui faut presque une demi-heure pour trouver la tombe de Robert Rossé. C'est sur la plaque de marbre du monument gris clair qu'il dépose cette frêle silhouette. Allongée, elle ne parvient que difficilement à bouger et ne peut absolument pas se relever.

Il pense d'abord à l'étrangler, mais il remarque une statuette d'angelot, un beau chérubin en pierre. Il le prend, le soupèse et juge que ça sera amplement suffisant ; il a presque l'impression que cette masse de pierre se trouvait là pour ça. Amusé par cette pensée, il sourit et se met à frapper la vieille femme au visage.

Une fois.

Deux fois.

Trois fois.

Le crâne est brisé, le front enfoncé, les orbites en miettes et le nez broyé. Une bouillie épaisse s'est répandue sur la dalle et la stèle du monument.

David se signe et se prépare à faire demi-tour quand la lumière d'une lampe torche vient lui éclairer le visage. Par réflexe, il porte ses mains devant ses yeux et perçoit une voix qui tonne dans la nécropole, brisant soudain le silence qui règne entre les sépultures.

« Qui êtes-vous ? Qu'est-ce que vous faites ici en pleine nuit ? Je vais immédiatement téléphoner à la police ! »

L'homme est sans doute le gardien du cimetière. Il s'est probablement avancé discrètement car il est déjà très proche, à une vingtaine de mètres. La lampe Maglite qu'il tient dans sa main peut aussi bien servir de matraque, et il semble plutôt costaud. Mais quand il éclaire la pierre tombale, il pâlit instantanément et se met à courir vers son logement, une petite maisonnette au fond du cimetière, l'écran de son téléphone luisant dans le creux de sa main.

Il m'a vu, putain ! peste intérieurement David en ne sachant pas comment réagir. *Ce con m'a vu, et il appelle les flics. Ça me met en danger. Ça pourrait même tout compromettre. Je dois absolument agir.*

Il hésite à le suivre pour régler son cas mais trouve cette option finalement assez risquée. De toute manière, il fait noir et l'homme ne doit pas avoir vu grand-chose de lui, mis à part des jeux d'ombre et de lumière.

Il décide donc de faire demi-tour et de rejoindre sa voiture pour rentrer chez lui sans traîner, mais discrètement. Il y a laissé son téléphone portable qui est activé, les lumières et le téléviseur sont restés allumés, de sorte que les voisins pensent qu'il n'a pas quitté son domicile.

Il se garera suffisamment loin pour ne pas attirer l'attention et même si les flics venaient fouiller de son côté, en questionnant les autres résidents du quartier et en vérifiant le bornage de son mobile, tout viendra confirmer qu'il est resté dans son appartement toute la soirée et toute la nuit.

18

Mercredi 21 septembre 2016
23 h 53 – Trappes

Silencieuse, assise au volant de la voiture de Jean-Marc Bessans, le caissier du point de vente de drogue à Bobigny, Asia Baptista observe la rue. À sa gauche, son frère est tout aussi concentré. À l'arrière, Seth est assis à côté de leur otage aux mains bandées.

« Encore cinq minutes, dit Paul en regardant l'heure sur l'horloge du tableau de bord. Il n'y a presque personne dans la rue, ça arrange bien nos affaires.

— Préparez tout de même les cagoules, réplique Asia. On ne sait jamais. Ça pourrait changer au dernier moment. Il suffit qu'un voisin décide de promener son chien quand vous sortirez, et ce sera le bordel.

— Ce serait ballot, répond Paul. Mais tu as raison, on ne peut pas se permettre d'être vus par un civil. On pourra toujours le neutraliser le temps de faire le taf, mais il ne doit pas être en mesure de nous reconnaître. »

Seth est pensif et a du mal à rester concentré. Il entend plus qu'il n'écoute la conversation. Il serre les dents et fixe la porte d'entrée qui mène aux étages du local commercial entièrement vide. Ça ne fait que quelques heures qu'il sait que le dernier jour d'Alexandre Licco est enfin arrivé.

En fin d'après-midi, alors qu'il se préparait à rentrer à Clamart avec Céline, Paul l'a prévenu qu'il avait besoin de lui pour faire un point sur toutes les preuves récoltées par Perrin et concernant Esaïe Landernau, le premier *Danseur*.

Seth a immédiatement compris le message caché derrière cette demande : Alexandre Licco a envoyé un SMS à l'homme qu'ils ont arraché du point de vente à Bobigny deux jours auparavant.

En entrant dans le bureau du chef de brigade, il a constaté qu'Asia Baptista était là aussi. Elle allait donc une fois de plus agir à leurs côtés. La mine dure, elle a écouté les explications de son frère.

« C'est bon ! Notre petit caissier a enfin reçu des nouvelles. Il attend des instructions pour cette nuit. On n'a donc plus qu'à le retrouver dans la planque où il poireaute bien sagement.

— Tu as déjà un plan en tête pour parvenir à entrer et neutraliser tout ce petit monde ? a demandé Seth. Je ne pense pas que le caissier représente un risque mais on ne sait pas ce qui va se passer ensuite.

— Ne te fais pas de souci, a répondu Paul. Ce sera comme la dernière fois. Mains gantées, armes de poing facilement dissimulables et impossibles à tracer. On va prévoir les cagoules en cas de besoin. Pour le reste, on va rester souples et s'adapter à la situation.

— Ça me va. En revanche, il faudra que ce soit moi qui m'occupe de Licco. C'est vraiment très important.

— Je me doutais un peu que ce serait le cas. J'imagine aussi que tu devras lui faire cracher le nom du pourri de l'IGPN et de toute autre personne impliquée avec Maxime Levant.

— Bien entendu. Il est hors de question que je laisse ces crimes impunis. Ça me rend malade de savoir que ces enculés respirent le même air que moi. »

Ils se sont ensuite rendus dans une planque des Baptista, un petit studio à Trappes où deux Serbes engagés par Paul jouaient aux cartes tout en gardant un œil sur Jean-Marc Bessans. Seth a immédiatement remarqué que celui-ci avait les traits tirés par la fatigue et la peur qui le dévorait de l'intérieur depuis quarante-huit heures. Assis par terre, menotté par la cheville à un tuyau de radiateur, il les a regardés avec des yeux arrondis par la surprise. Ses mains bandées posées sur les genoux, il ne savait visiblement pas s'il devait s'inquiéter ou se réjouir de revoir les deux pilleurs du point de vente dont il était responsable.

Après trois bonnes heures d'attente, un message codé est finalement arrivé sur le téléphone de leur prisonnier.

« Bon, tu vas me traduire ça et m'expliquer exactement ce que ça veut dire, a ordonné Paul en lui montrant l'écran. Sois très précis, sinon c'est toi qui vas payer.

— Oui, je vais vous expliquer, a répondu le malfrat. Il me dit de le rejoindre à minuit dans sa planque de Montreuil. C'est juste au-dessus d'un local commercial qu'il a acheté. Il compte sur moi pour venir avec la came et le cash.

— Il faut s'attendre à quoi pour la surveillance des locaux ? a demandé Seth en le regardant froidement. Des caméras ? Des hommes armés ?

— Il n'y a pas de caméras pour le moment. L'accès se fait par une porte avec un digicode juste à côté de la vitrine. Il a acheté toute la bâtisse, mais il n'occupe que le premier étage. Il sera au minimum avec Goran et Malik, ses porte-flingues, et Niko, son bras droit.

Il aura sûrement mis deux autres hommes pour gérer l'entrée.

— Et il fait quoi là-dedans ? a demandé Asia. J'imagine que ce n'est pas sa résidence officielle.

— Je ne sais pas où il habite, mais je sais ce qu'il fait quand il est à cette adresse. Ce local leur sert à couper et emballer de la marchandise.

— Qui s'occupe de ça, en principe ? a-t-elle insisté. Et qui les surveille pour éviter que quelques dizaines de grammes ne disparaissent ?

— Il y aura quatre filles qui feront leur taf dans la première pièce. Pour la surveillance, les gars qui gèrent la porte s'occupent de ça aussi.

— Bon, on parlera de la suite sur le chemin, a finalement décidé Paul. On ne peut pas manquer cette fenêtre de tir et il faut qu'on repère les lieux et qu'on s'organise si on veut être efficaces. »

Ils sont désormais sur place depuis un bon moment, les détails de l'offensive ont été réglés et chacun sait ce qu'il a à faire.

Seth se prépare à un face-à-face avec l'un des principaux responsables du massacre de sa famille.

Entre ses mains gantées, un pistolet semi-automatique rallongé d'un silencieux que Paul lui a passé. Il a déjà pris le temps d'inspecter l'arme et de vérifier sa fluidité mécanique. À présent, il enfile et ajuste sa cagoule, imité par ses deux complices qui, comme toujours, sont d'un calme inquiétant.

Kohl n'attend plus que le signal pour passer à l'action.

*
* *

Assis dans son bureau, un verre de scotch à la main, Alexandre Licco rumine. Goran et Malik, ses deux gardes du corps, lui font face, assis sur des chaises. Ils accompagnent leur patron avec une canette de bière. Niko, son bras droit, se tient debout à sa gauche, appuyé sur le mur avec sa bouteille de Leffe dans la main droite et un flingue dans l'autre.

« Il ne devrait plus tarder à arriver, dit le caïd en consultant sa montre Piaget hors de prix. On va avoir le fin mot de cette histoire. J'espère qu'il va me donner assez d'informations pour que je puisse savoir qui doit payer pour avoir osé attaquer le point de vente de Bobigny. »

La porte entre son bureau et la pièce dans laquelle travaillent les filles est restée ouverte.

Ce soir, équipées de masques chirurgicaux, elles s'occupent de la coupe de dix kilos de cocaïne quasiment pure sous les regards attentifs de Laurent et Tonio.

En entendant la porte du bas grésiller, ce dernier se lève et approche de l'accès au hall et aux escaliers. Il colle son œil au judas, la main droite déjà posée sur le verrou, et attend de voir qui va se présenter.

« C'est bon, patron. C'est bien Jean-Marc ! » confirme-t-il en déverrouillant et en ouvrant largement.

Mais en voyant apparaître son revendeur dans le chambranle de l'entrée, parfaitement alignée avec la porte de son bureau, Licco arrondit les yeux. Le temps qu'il comprenne que les bras armés tendus ne sont pas ceux de Bessans, une volée de balles est déjà partie.

Les silencieux atténuent les détonations qui sonnent comme des souffles brefs et lourds, touchant Goran à la tempe, Malik dans le dos et Licco à l'épaule droite. Niko se place de l'autre côté de la table couverte de came, devant son boss, pour le protéger et riposter, trouant Jean-Marc de plusieurs tirs.

Derrière leur otage aux mains menottées dans le dos, Paul et Seth sont collés l'un à l'autre et font feu de chaque côté de ce bouclier humain.

Tonio est touché au foie et se vide d'un sang presque noir sur le sol. Il riposte mais ne parvient à toucher que Bessans. Quand Paul et Seth avancent, les filles courent se mettre à l'abri dans un coin de la pièce avec des hurlements suraigus.

C'est à ce moment-là qu'Asia apparaît : elle a pris de l'élan sur le palier et glisse depuis le hall jusqu'à l'intérieur, couchée au sol. Une balle en plein sternum achève Tonio, après quoi elle tire trois balles dans le cœur de Laurent qui vient de se décaler et de tendre son arme vers le visage de Seth. Celui-ci ne s'est pas rendu compte qu'il est passé si près de la mort. Il était en train de viser l'œil gauche de Malik, déjà sévèrement touché, qui s'apprêtait à sauter à couvert derrière la paroi en placoplatre.

Paul se dégage sur la gauche et touche Niko sous la clavicule droite, à la gorge et en pleine tête, éliminant ainsi le dernier danger. Il ne s'est passé qu'une poignée de secondes et la zone est sécurisée.

Asia se place devant la porte de la cuisine et garde les filles en respect, leur faisant signe de se taire. Son frère, quant à lui, s'occupe de refermer la porte d'entrée.

Comprenant que le moment de rencontrer Alexandre Licco est arrivé, Seth laisse tomber la carcasse trouée du caissier qui est passé de vie à trépas sous les balles de ses collègues. Ce morceau de viande n'est plus d'aucune utilité à présent.

Sans détour, il se dirige vers le bureau où le caïd est le dernier survivant. En le voyant au sol, tentant d'ouvrir le tiroir central avec sa grosse main aux doigts boudinés, sans doute pour saisir une arme, le flic tire dessus, arrachant le majeur et l'annulaire du baron de la came. Licco recule en criant, tête baissée. Il finit adossé au mur ; ses hurlements de douleur n'attendrissent pas Kohl qui peut alors retirer sa cagoule.

« Alors, espèce de grosse merde ! attaque le flic en refermant la porte derrière lui. Tu me reconnais ?

— Dis-moi ce que tu veux, tu l'auras ! tente le trafiquant en regardant ses doigts sur le sol. Du fric si tu veux... plein de fric ! De la coke et de l'héro pure, putain ! T'as juste à me dire ce que tu veux et je te le donne.

— T'es sourd ou alors t'es juste un gros con ? grince Kohl. Je te demande si tu me reconnais !

— Oui, je sais qui tu es, admet Licco. Mais ce n'est pas moi le coupable des saloperies qui te sont tombées dessus. Alors ne fais pas le con, je t'en supplie. Ne me tue pas, merde !

— Ben si je peux avoir ce que je veux, je vais te demander de me rendre ma famille. Tu peux faire ça pour moi ?

— Non, bien sûr que non. Tu sais bien que c'est pas possible. Mais je peux t'aider à trouver et à faire payer le vrai responsable.

— La suite va dépendre de ce que tu vas me dire, du coup. Tu viens d'éveiller ma curiosité, alors je te conseille de ne pas la laisser se rendormir.

— Je peux te permettre de te rendre justice, de t'occuper de la bonne personne ! Je suis en mesure de t'offrir l'occasion de le faire payer, je te le jure !

— File-moi les infos et je verrai ensuite.

— Le vrai salopard, dans cette histoire, c'est un flic. Il s'appelle Stéphane Marle et il est commandant pour l'IGPN. Tu peux prendre mon carnet, celui qui est posé entre l'écran et l'imprimante. Adresse, numéro de téléphone, lieux fréquentés, famille, amis : tu trouveras toutes les infos sur cette pourriture. Fais-toi plaisir !

— Ce n'est pas suffisant. Il va falloir faire mieux que ça pour espérer survivre à notre rencontre. Parce que l'équipe de flingueurs qui a tenté de me dessouder, c'était un cadeau qui venait de toi.

— Parce que Marle le voulait ! couine Licco en croisant les bras devant son visage. Mais il m'a refilé les dossiers de tous ceux qui sont impliqués dans cette affaire. C'est moi qui ai rendu publiques toutes les preuves incriminant Tarascon quand tu l'as fumé. Ce n'est pas pour rien si tout a été servi sur un plateau d'argent.

— Continue, tu m'intéresses, dit Kohl d'une voix glaciale. Tu as des informations compromettantes sur qui d'autre ?

— Maxime Levant, l'actuel directeur du quai des Orfèvres, mais surtout Stéphane Marle ! Il a tout avoué, avec des détails impossibles à inventer. Je connais les rentrées d'argent extorquées sur ton taf, la tentative de meurtre sur toi, quand il a voulu te tuer et qu'il s'en est pris à ton frère, ta femme et ta môme !

— Tu n'oserais pas tenter de brouiller les pistes et de gagner du temps, quand même ?

— J'ai la vidéo des aveux de cette enflure ! Il est venu rendre des comptes et il m'a supplié de ne pas le buter pour s'être trompé de cible.

— Et c'est où, tout ça ? Pas dans ton imagination, j'espère ? Si tu me dis qu'on doit se déplacer où que ce soit pour aller chercher la vidéo, je te fais sauter les deux rotules. Un type comme toi garde toujours ce genre de moyen de pression sous la main, avec des copies en lieu sûr.

— Bien vu ! Je l'ai sur moi en ce moment, sur mon trousseau de clés. C'est une clé USB avec des documents, des photos et des vidéos. J'ai aussi un enregistrement récent où il m'aide à faire arriver ma marchandise jusque dans mon entrepôt en évitant une intervention à la con ou un contrôle imprévu. On le voit même donner un coup de main à mes gars pour décharger. Tu le tiens par les couilles avec ça !

— Alors qu'est-ce que t'attends pour me la donner, sac à merde ? »

Tandis que Seth avance vers lui, Licco se contorsionne pour prendre ses clés dans sa poche droite avec sa main gauche, puis les donne au flic en tendant le bras. Il enroule ensuite le bas de sa chemise autour de sa main mutilée.

« Voilà ! Tout est là. Avec ça, tu tiens le directeur du 36 et surtout Stéphane Marle, cet enculé de l'IGPN. Tu as tout ce dont tu as besoin, je suis même prêt à venir témoigner aux assises si ça peut t'arranger.

— Je dois avouer que tu m'as été très utile. Je te félicite.

— Tu vas me laisser en vie, hein ? demande le truand en tremblant. Je t'ai aidé mais je peux encore être utile.

— Je ne peux raisonnablement pas te tuer, répond Seth en rabaissant sa cagoule. Après avoir montré autant de bonne volonté pour me servir et me balancer tout le monde, ce serait injuste. »

Quand Seth se dirige vers la sortie, c'est Asia qui s'avance de cinq longues enjambées.

« En revanche, ce n'est pas le cas de tout le monde, lui dit-elle, le visage plein de mépris. J'ai été touchée par les hommes que tu avais engagés pour fumer Kohl. Mais ils ont surtout abattu l'un de mes collègues. Alors tu n'as aucune chance de t'en tirer vivant. »

Elle lâche son semi-automatique au sol et tire un revolver Taurus Raging Bull chromé coincé à l'arrière de son jean. Cette machine de mort est monstrueuse, un calibre .45 Colt, le genre d'arme capable de stopper une voiture. Le barillet est rempli de cinq cartouches à têtes plates. Elle le tient à deux mains et braque Licco qui s'arrête de respirer en voyant la gueule du canon. D'un mouvement du pouce, Asia tire le marteau en arrière et vise l'épaule gauche de sa cible. Quand l'index vient presser sur la queue de détente, le projectile part avec une détonation qui fait trembler les vitres. Le bras est presque arraché au niveau de l'articulation ; le baron de la came hurle de douleur. Il commence à tourner de l'œil quand une autre balle vient se ficher au niveau du nombril et crève sa bedaine en provoquant une éventration. Quasiment inconscient, Licco tend sa main gauche devant lui.

« Non... Arrête ! parvient-il difficilement à articuler. Je peux te donner... je peux avoir du fric... alors arrête... Pitié !

— Pas de pitié pour toi, sale lâche. Je vais t'envoyer *ad patres*, comme tu le mérites. »

La dernière balle traverse la paume et arrache le pouce avant de pénétrer son crâne juste au-dessus du sourcil gauche. Avec la force de l'impact, la tête est rejetée en arrière et le corps s'écroule sur le dos. Derrière sa dépouille, le mur est tapissé de fragments d'os, de cervelle et de sang.

Alors que Seth et Paul viennent de se débarrasser de leurs armes, les laissant simplement tomber au sol, Asia se dirige vers la cuisine pour gérer les filles en pleine panique. Le visage toujours masqué, elle distribue des consignes très strictes en posant un minuteur sur le sol carrelé. Tandis que le bruit régulier égraine les secondes, elle leur explique comment se sortir de là au mieux.

« Dans quinze minutes, cet appareil sonnera. Vous pourrez alors quitter cet endroit sans risque. On n'a absolument rien contre vous, alors ne mourez pas bêtement. Ne sortez pas de cette pièce avant le signal et évitez les gestes brusques, sinon les explosifs que nous avons posés en montant ici vont vous mettre en pièces. »

Effrayées et dociles, presque aussi immobiles que des statues, elles fixent cette silhouette noire et cagoulée, avec cet énorme revolver au bout de son bras. Après avoir la certitude que les filles ne tenteront rien, croyant dur comme fer à cette mystification, elle ouvre le barillet du flingue qu'elle vide des cartouches et des douilles vides avant de le lancer dans le bureau, près des cadavres des hommes de main qui baignent dans des litres de sang se répandant lentement sur le parquet.

Alors que Paul est déjà sur le seuil, Seth laisse passer Asia et la suit de près dans les escaliers.

« Tu crois qu'elles sont assez connes pour penser que ce minuteur de cuisine est vraiment relié à une bombe et équipé d'un détecteur de mouvements ? lui demande-t-il. Parce que c'est un peu gros, quand même.

— Plus c'est gros, mieux ça passe, répond-elle en arrivant sur le trottoir. Elles ont assisté à un massacre bien réel, alors elles sont prêtes à gober n'importe quoi, pourvu qu'elles puissent quitter les lieux en vie. »

Marine les voit sortir et avance la voiture au plus près pour faire grimper tout le monde au plus vite. Moins de dix secondes plus tard, ils ont déjà tourné au coin de la rue. Concentrée sur la route, la jeune femme ne pose aucune question, visiblement habituée à assurer sa part de travail en ignorant tout de ce qui s'est déroulé. Néanmoins, quand tous les trois retirent leurs cagoules, elle remarque les airs à la fois durs et satisfaits affichés sur les visages.

Le trousseau de Licco en main, Kohl est impatient d'examiner les fichiers chargés sur la clé USB.

Sa croisade se déroule comme prévu, et il a bon espoir qu'après l'étape de ce soir, il disposera de toutes les informations nécessaires pour exterminer les autres responsables du massacre de sa famille.

19

Jeudi 22 septembre 2016
05 h 26 – Chevreuse

Le meurtre de *La Vieille Femme*, la figure suivante dans la chronologie de la *Danse macabre*, est sur le point de devenir la tragédie la plus importante de cette deuxième partie de l'enquête.

Malgré l'obscurité, Serge Kuder, le gardien du cimetière, a pu voir et mémoriser le visage du tueur grâce à la puissance de sa lampe torche. Malheureusement, il est encore sous le choc après avoir vu le crâne défoncé de Madeleine Rossé, la victime. Paul Baptista l'a néanmoins emmené rejoindre Emma Cardot afin de tenter d'établir un portrait-robot à chaud.

Devant la stèle du caveau familial, sous laquelle Raymond Rossé, l'époux de *La Vieille Femme*, repose depuis un peu plus de dix ans, Asia Baptista parle avec la capitaine Fauvel. Elle lui expose les résultats des analyses toxicologiques effectuées sur le sang extrait du corps du Dr Blois, la précédente victime du second *Danseur*, celui qui représentait *Le Médecin* dans l'œuvre d'Holbein.

« Je vais vous transmettre mon rapport, mais je peux déjà affirmer que le tueur lui a injecté de quoi tuer plusieurs familles d'éléphants d'Afrique. Un cocktail mortel, même pour les plus aguerris et les plus résistants des toxicomanes. On a des produits pharmaceutiques, comme du diazépam, de la morphine, et illégaux aussi, comme de la cocaïne, de l'héroïne et de la *crystal meth*. Bref, huit produits différents dont, en premier lieu, de la loxapine pour le sonner et le maîtriser : des traces de cette substance pharmaceutique ont été trouvées dans la seringue brisée au sol.

— Aucune chance de survie, j'imagine.

— Aucune, en effet. Le pire, c'est que certains antagonismes dans les produits ont fait qu'il n'est pas mort tranquillement. Ce n'est pas comme quand un médecin pousse la pompe à morphine de son patient agonisant pour l'aider à partir doucement. C'est bien plus vicieux, et même carrément tordu pour tout te dire.

— Pourquoi ? s'enquiert Céline. Je pensais que le type de produit importait peu, que la mort par intoxication de n'importe quelle substance provoquait à peu près le même résultat.

— Pour le coup, tu simplifies trop, lui répond la commissaire. Il y a à peu près autant de façons de mourir d'overdose que de produits stupéfiants, contrôlés ou illicites. La cocaïne et la métamphétamine dans son sang ont dû provoquer une forte tachycardie et tenir la victime éveillée durant toute sa période d'agonie en surdose massive. En même temps, l'héroïne et la morphine, deux opiacés, ont paralysé lentement le système respiratoire. Bref, j'en passe mais, au final, cet homme était parfaitement conscient au moment de partir et a certainement morflé comme il faut au passage. »

Accablée à la pensée des souffrances du médecin et par l'image de la tête écrasée de Madeleine Rossé, Asia laisse tomber un blanc. Il lui faut un moment avant de parvenir à reprendre sur un ton plus détaché :

« Sinon, rien à voir, mais on a trouvé quelques poils d'animal sur la chemise et le pantalon du docteur, et il se trouve que nous avons les mêmes sur la robe de chambre de cette pauvre petite dame.

— On sait quelque chose sur cette bête ?

— Ce sont des poils noirs et fauves, courts et solides. Le meurtrier aurait vraisemblablement un chien. Si je devais parier, je pencherais pour un berger allemand. On va essayer de creuser avec le labo.

— Et pour notre victime ici présente, vous pensez que cette marque sur sa gorge pourrait indiquer une injection ? »

Céline se baisse et éclaire avec sa torche une trace de perforation très nette et déjà presque cicatrisée en surface, que Karine Perrin lui a signalée à son arrivée.

« C'est ce que je pense, oui ! répond Asia. L'hématome tout autour nous donne une information importante.

— L'injection a été faite un bon moment avant la mise à mort, devine Céline. On pourrait définir un temps de trajet et avoir une donnée supplémentaire.

— C'est très probable, convient la commissaire. Mais le Dr Tournel et les analyses toxicologiques des prélèvements de sang confirmeront tout ça. En tout cas, une chose est sûre, c'est que l'injection ne l'a pas tuée : c'est la statuette qui a servi d'arme contendante pour pulvériser l'avant du crâne.

— J'avais cru comprendre, oui.

— En revanche, on n'a vraiment rien d'autre. Pas la queue d'un indice. »

Céline reste une longue minute silencieuse, avant de lancer sans transition :

« À présent, il va vouloir s'en prendre à une nonne. S'il continue de suivre l'œuvre d'Holbein le Jeune, il l'attaquera quand elle fera ses prières.

— Je commence à me dire qu'il serait peut-être temps de lâcher l'info sur Holbein, intervient Seth en approchant. Ce pourrait être un moyen d'inciter tout le monde à la prudence. Surtout, on va pouvoir avertir les personnes concernées au fur et à mesure.

— En effet, c'est pas con, dit Asia. Ça risque de provoquer des coups de panique chez les individus ciblés, mais au moins, ils resteront en alerte. De plus, l'information de la présence d'un tueur en série actif en région parisienne est déjà tombée.

— Oui, mais j'ai besoin du feu vert de ton frère.

— Je vais lui téléphoner, décide Asia en lançant déjà l'appel. Je pense qu'il sera d'accord. »

Elle s'éloigne un moment et Céline, seule avec Seth, n'ose pas lui faire remarquer qu'il est rentré très tard la veille. Elle dormait déjà mais il devait être plus d'une heure du matin. Réveillée par son téléphone à 2 h 30 pour se rendre d'urgence ici, elle l'a trouvé au salon, encore habillé, un verre de scotch à la main et le regard vide, son ordinateur ouvert devant lui avec les motifs psychédéliques de l'écran de veille pour seul éclairage. Elle n'a pas posé de questions. Elle est allée se doucher et a entendu le signal d'un message sur son mobile, sans doute le même que celui qu'elle venait de recevoir.

Malgré elle, le souvenir de la visite de l'IGPN juste avant l'arrivée de Seth à la tête du groupe revient parasiter son esprit. Elle se prépare à lui demander s'il va bien, histoire d'amorcer le dialogue, quand Asia Baptista revient avec une réponse.

« C'est bon pour la publication du portrait en priorité pour Jebelle demain, mais il veut qu'on l'envoie aussi aux autres quotidiens et aux chaînes de télé un peu plus tard.

— Parfait ! lâche Kohl en sortant son mobile. Je la contacte tout de suite.

— Non ! Je ne t'ai pas tout dit, l'arrête-t-elle. En ce qui concerne Holbein le Jeune et son œuvre, il doit y réfléchir. Il te donnera sa décision dans la journée.

— Je peux quand même fixer un rendez-vous à Jebelle ?

— Oui, bien sûr. Mais reste vague pour le moment.

— Compris », dit-il en commençant à taper son message.

Pour sa part, Céline n'est pas convaincue, mais elle décide de garder ses doutes pour elle. Elle observe son chef de groupe et amant envoyer un SMS à Florence Jebelle, ignorant les convenances et l'heure un peu trop matinale. Il semble étanche à tout ce qui l'entoure, complètement absorbé par l'enquête.

Après avoir rangé son portable, Seth salue vaguement tout le monde et retourne vers sa voiture. Le voyant s'éloigner en oubliant même de lui proposer de rentrer au bureau avec lui, elle se dirige vers Asia. Les silhouettes blanches des hommes du groupe Perrin s'activent encore sur la zone entourée de cordons de délimitation du périmètre, dans la lumière artificielle des projecteurs.

Kohl démarre sa voiture alors que la pluie commence à tomber. Le ciel anthracite est sombre, comme chargé d'ondes négatives. De l'électricité semble parcourir l'air, entre le sol et les nuages.

On pourrait croire qu'il s'agit d'une sorte d'avertissement, une menace qui pèse sur chacun d'entre eux, ou encore un signal sibyllin à interpréter. Mais pour Kohl, cela reflète parfaitement son état d'esprit. Il a eu le temps de visionner les documents contenus sur la clé USB de Licco.

C'est peu dire que le commandant Stéphane Marle, ce pourri de l'IGPN, se trouve au centre de ses pensées ; son image refuse de quitter son esprit qui élabore des centaines de façons de le torturer, toujours très longues. Kohl veut lui faire endurer les pires souffrances imaginables, jusqu'à ce que ce fils de pute implore la fin de son calvaire.

Il va devoir prier et me supplier de l'achever, se dit le Zombie entre deux idées de supplices à lui infliger. *Mais je n'abrégerai rien : c'est sous mes mains et mes instruments de torture qu'il lâchera son dernier souffle.*

20

Vendredi 23 septembre 2016
09 h 10 – Versailles

Le texto de Seth Kohl a surpris Florence Jebelle. Au premier contact, le commandant s'était montré carrément hostile à sa présence, et plus généralement à toute intervention des médias dans les affaires dont il a la charge.

Mais le message qu'il lui a envoyé semble marquer un tournant dans leurs relations.

> *Demain à mon bureau, neuf heures. J'ai un scoop plutôt intéressant à vous livrer, ainsi que le portrait du tueur. Soyez discrète en entrant dans les locaux.*
>
> *Commandant Seth Kohl*

La proposition est aussi formidable qu'inespérée. Une jeune journaliste comme elle n'aurait pas pu rêver mieux. Elle aura l'exclusivité de la diffusion du portrait du tueur.

Mieux : grâce au scoop sur le lien entre les victimes et *Les Simulacres de la Mort* d'Hans Holbein le Jeune, dont la diffusion a été validée par la Brigade criminelle du SRPJ de Versailles, elle sera celle qui sait tout avant tout le monde, y compris les cadors de l'information écrite et télévisée. De plus, elle sera en mesure de partager en temps et en heure la progression de l'enquête.

Une fois le *deal* conclu avec le commandant Kohl, il lui faut un moment pour réaliser à quel point sa carrière s'apprête à décoller. Elle n'a aucun doute sur ses compétences et se sait capable d'assurer la couverture d'une affaire de ce calibre en respectant les consignes de la police. Bien sûr, elle va distiller une information à la fois fouillée et personnalisée, avec des liens sur des vidéos où les passionnés des crimes sériels en auront pour leur curiosité malsaine, sans que ceux qui réclament une mise en avant des victimes n'y trouvent à redire.

Face à Kohl, elle se fait violence pour cacher sa joie et maintenir le masque sérieux et affligé qu'elle se doit d'afficher, même si ce n'est que pure comédie.

« Nous serons parfois contraints d'occulter certaines données, avertit le commandant. N'ayez crainte, nous ferons en sorte que cela ne vous porte pas préjudice. Mais j'y reviendrai plus tard.

— Ça coule de source, assure-t-elle. Je me ferai un devoir de me servir de cette relation de confiance pour participer à l'avancée de la traque. Il y a déjà eu trop de morts. Ça doit cesser.

— Très bien, parce que c'est essentiel. On prend un énorme risque en vous offrant l'exclusivité, il faut que ce soit utile à l'enquête.

— Bien sûr ! Plus vite ce monstre sera en prison, mieux je me porterai, ment-elle. Personne ne peut vivre sereinement avec un tel prédateur dans la nature. »

En réalité, elle ne risque rien, et elle le sait : il n'y a ni *Journaliste*, ni *Colporteuse*, ni *Messagère*, ni *Scribe*, ni *Copiste* et encore moins de *Journaliste* dans la *Danse macabre* d'Holbein le Jeune. Elle espère donc que cela se poursuivra aussi longtemps que possible.

Chaque nouvelle victime est du pain bénit pour ses affaires et sa notoriété.

« Paul Baptista et moi aurons un droit de regard sur vos articles avant parution, ainsi que l'assurance de pouvoir les corriger si cela s'avérait nécessaire, reprend Seth Kohl. Sans cette garantie, rien de tout cela ne sera possible.

— Je n'y vois aucun inconvénient », confirme Florence.

Le commandant tend le bras pour sceller leur pacte par une poignée de main.

« Bien entendu, ajoute-t-il, je m'attends aux foudres de vos collègues et je devrai organiser une nouvelle conférence de presse en fin de semaine. Et je veux impérativement lire votre article en fin de journée, avant l'envoi à votre rédaction. Ce n'est pas négociable.

— Ce sera fait. »

Tandis que la journaliste quitte la salle de travail et se dirige vers la sortie, Seth fait un signe de tête à Céline pour lui demander de le rejoindre.

« Voici le portrait-robot réalisé par Emma Cardot », lui dit-il en tendant la feuille de papier à sa seconde de groupe.

L'homme a le visage fermé, d'épais sourcils froncés, un début de barbe aussi sombre que ses cheveux. Sa tignasse lui tombe bien en dessous des omoplates et lui avale une bonne partie du visage, dont les oreilles. On peut tout de même noter une bouche charnue et un nez large mais droit.

« Je suis très contente de ne pas travailler avec un portrait réalisé par informatique, cela donne toujours des visages artificiels qui manquent cruellement d'humanité. Avec Emma, on ressent davantage de choses. Elle est vraiment douée.

— C'est vrai, admet Seth, mais il y a un revers à la médaille : elle est très sollicitée, et pas seulement en région parisienne. Des collègues de toute la France réclament ses services, d'après ce que Paul m'a dit.

— La rançon du succès. Est-ce que le témoin a vu comment le tueur était vêtu, malgré la nuit ?

— Oui, une chance pour nous. Il était habillé tout en noir et le gardien du cimetière a indiqué qu'il pouvait avoir entre vingt-cinq et trente ans.

— Rien de plus précis ?

— Non. On y a pourtant passé du temps, mais on n'a rien obtenu d'autre. Mais entre l'obscurité et la fuite rapide du meurtrier, c'est déjà un vrai miracle qu'on ait autant d'indications.

— Je comprends. Bon, je voulais aussi te prévenir que j'ai donné mon feu vert à Florence Jebelle pour qu'elle lâche l'info sur la *Danse macabre*.

— Tu es obstiné ! On en a parlé hier soir et tu m'as promis d'y réfléchir.

— C'est ce que j'ai fait, réplique-t-il. J'y ai repensé un bon moment pendant que tu dormais. J'ai pesé le pour et le contre et la balance penchait clairement du côté du oui.

— Et tu as décidé ça sans en informer ton supérieur ? Je ne sais pas comment Paul va le prendre. Ce n'est pas parce qu'il est souriant et chaleureux qu'il apprécie de se faire court-circuiter.

— Paul m'a donné son feu vert pour la diffusion du portrait hier matin, et il m'a aussi envoyé un courriel cette nuit. Pour la *Danse macabre*, il hésitait encore. Je lui ai répondu en lui expliquant les avantages et les risques, et il a validé. C'est incontestablement l'option la plus raisonnable. Paul, tout comme moi, veut que les individus concernés soient en alerte maximale.

— Et la parano générale ? Tu y as pensé ?

— Oui, c'est un risque que j'assume. L'essentiel, c'est que tout le monde soit sur ses gardes. En plus, le portrait d'Emma Cardot va nous permettre de limiter les pertes de temps liées aux appels stériles et aux requêtes farfelues. »

Seth se lève et pose une main apaisante sur l'épaule de Céline avant de se diriger vers la porte. Mais au dernier moment, il marque un temps d'arrêt et revient vers elle pour ajouter une dernière chose.

« Tu sais qu'Emma Cardot fait indirectement partie de la famille de Paul et Asia ?

— Non, avoue-t-elle. Je n'étais pas au courant.

— Paul et Asia ont le même père et la même mère. Leur demi-frère, le lieutenant Kurt Baptista, sniper pour le RAID, a le même père, mais une mère différente. Il se trouve que la mère de Kurt est également celle d'Emma Cardot, qui travaille au siège d'Interpol, à Lyon. Et même s'ils n'ont pas de lien de sang, Paul et Asia la considèrent comme une sœur, et inversement. Il y a pas mal d'affect entre eux. S'en prendre à un membre de cette meute, c'est risquer de les avoir tous les quatre sur le dos.

— Je ne connais pas beaucoup Kurt ni Emma, mais s'ils sont aussi têtus et directs que Paul quand on fait du mal à ses proches et aussi brutaux qu'Asia peut l'être quand elle est sérieusement contrariée, je n'aimerais pas être dans leur collimateur. »

21

Samedi 24 septembre 2016
10 h 30 – Sèvres

C'est en sortant promener son chien que David Archonde aperçoit un exemplaire de *Libération* traînant sur une table à la terrasse d'un café, abandonné entre deux tasses et un cendrier. Dès qu'il voit la une du quotidien, instinctivement, il remonte la capuche de son pull et se hâte vers le kiosque le plus proche. Il ressort le journal à la main et se dirige vers un banc auquel il attache Viktor, son berger allemand, pour lire l'article qui le concerne directement.

Son cœur cogne trop vite et trop fort.

> *Nouveau visage pour un nouveau tueur*
>
> *Après la mort d'Esaïe Landernau, l'affaire dite du « Danseur », que l'on croyait terminée, voit un nouvel acte macabre s'ouvrir. Des traces d'ADN retrouvées sur les lieux de quatre meurtres supplémentaires laissent penser que le second tueur serait le demi-frère du meurtrier abattu, résolu à achever ce que le premier avait commencé.*
>
> *Les commandants Paul Baptista et Seth Kohl, respectivement chef de la Brigade criminelle du Service régional de Versailles et chef du groupe d'enquête en charge de l'affaire, ont mis à jour*

que cette fratrie monstrueuse et très portée sur le mysticisme s'est lancée dans la reconstitution d'une Danse macabre dessinée par Hans Holbein le Jeune au XVIe *siècle.*

Originellement gravées ou peintes en fresques sur les murs des cimetières et des églises, les danses macabres sont...

Le journal dans la main, serré entre ses doigts, David est soudain pris de violents vertiges. En plus, les voix reviennent à l'assaut, comme c'est souvent le cas dans les moments de stress intense. C'est un concert de voix différentes, dont les tons varient de la moquerie à la colère, du calme à l'angoisse :

« *Ils te tiennent ! C'est fini.*

— *Non, ce n'est pas terminé. Ta mission n'est pas achevée et il est hors de question de stopper maintenant.*

— *Tu peux encore faire marche arrière !*

— *C'est trop tard, des gens sont morts. Tu les as tués, et la justice sera sans pitié !*

— *Oui, mais c'est le commandement de Dieu. Tu es la main par laquelle doit se répandre la colère divine.* »

David couvre ses oreilles, secoue la tête et se met à hurler.

« Stop ! Taisez-vous ! »

Les rares passants tournent discrètement la tête vers lui, à peine une seconde, puis continuent leur route. David, lui, se hâte de regagner son appartement. Sa priorité absolue est de prendre son traitement pour faire taire les voix.

Sitôt chez lui, il se saisit des boîtes de cachets, les ouvre et en brise les opercules, cherchant à étouffer les conflits qui éclatent à l'intérieur de son esprit.

Mais c'est à ce moment-là qu'elle descend lentement des cieux et l'apaise comme personne ne peut le faire. Elle est douce, pareille à celle d'un ange, et sait comment calmer son esprit :

« *Non, ne fais pas ça ! C'est le moyen qu'ont trouvé les hommes pour faire taire ceux qu'ils perçoivent comme des menaces. Ils brisent ton don avec ça et si tu cèdes, nous n'aurons plus de contacts, tous les deux. Ils veulent t'éloigner de moi. Mais tu ne le souhaites pas, n'est-ce pas ? Tu dois terminer ta mission. Tu dois aller jusqu'au bout pour prévenir les hommes que ma colère s'abattra aveuglément sur eux s'ils continuent sur cette voie, celle de la déchéance !* »

David se met à pleurer et jette ses cachets dans le lavabo avant d'y faire couler de l'eau.

« D'accord ! dit-il en se regardant dans le miroir. J'irai jusqu'au bout ! »

Pour la première fois de sa vie, il lui est donné de pouvoir faire quelque chose d'important.

Lui, le fils de pute que sa mère n'a élevé que pour le principe.

Lui, à qui elle a appris la mort de son père avant même de le lui avoir présenté.

Lui, le bon à rien, comme elle le disait à qui voulait l'entendre.

Lui, le malade mental, étiqueté par les psychiatres comme affligé d'une malédiction qui le rend incompatible avec le monde qui l'entoure.

Lui le bâtard, le maudit, est aujourd'hui un élu de Dieu Tout-Puissant.

Le tonnerre gronde au fond de lui comme si sa poitrine était la cage d'un animal débordant de rage et s'attaquant à sa prison intérieure.

Rien ne saurait l'arrêter.

À partir de ce jour, il n'est plus *David le bon à rien*, ni *David le schizophrène* ; il est celui que tout le monde craint.

Il est l'ange exterminateur.

Et le monde ferait bien de commencer à trembler devant lui et son pouvoir, car il est à présent la Main de Dieu, le Seigneur, le Tout-Puissant qui guide la sienne et qui transmettra aux pécheurs du monde entier un message de colère infinie.

Il prend le journal, le place à côté de son visage et s'observe dans le miroir. C'est finalement assez ressemblant. Le gardien du cimetière, en plus de posséder une bonne mémoire photographique, est aussi dangereusement physionomiste.

« Tremblez ! dit-il à voix haute. Tremblez et priez, parce que j'arrive à vous ! »

Il sort la tondeuse électrique et commence à se raser consciencieusement le crâne.

22

Samedi 24 septembre 2016
14 h 33 – Joux-la-Ville

Dans la salle des visites de la prison de Joux-la-Ville, Céline patiente déjà depuis un bon moment, un café froid posé devant elle.

Le dossier commençait à devenir trop lourd. Au terme d'un long combat personnel, elle a pris l'initiative de venir consulter celle qu'elle redoutait tant de revoir.

Quand la prisonnière arrive, habillée d'un jean clair surmonté d'un top blanc laissant ses épaules nues, une paire de Converse aux pieds, Céline est saisie d'un malaise diffus. Escortée par deux matons, Cécile est restée la même. Pas de cernes qui soulignent ses yeux, le teint toujours aussi radieux et mat ; la détention n'a pas été trop sévère pour le physique de la commissaire Sanchez. Comme elle n'est même pas menottée, Céline comprend que la prisonnière bénéficie d'une certaine confiance et d'un traitement de faveur au sein de cet établissement.

« Alors là, je dois avouer que je suis étonnée que tu viennes me rendre visite, dit-elle en s'asseyant. Comment va mon ancienne seconde par ces temps difficiles ? »

Elle fixe le dossier posé sous le coude de Céline et sourit en coin avant d'ajouter :

« Je me doutais bien que ce n'était pas une visite de courtoisie. Tu as apporté des devoirs et tu penses que je vais t'aider à prendre un peu d'avance. Je me trompe ? »

Aphasique et prisonnière du regard de l'ancienne chef de la section spéciale de l'OVRVP, l'Office central pour la répression des violences aux personnes, Céline n'arrive pas à décrocher un mot.

En quittant la Brigade de lutte contre le proxénétisme, attirée par des places vacantes au sein de cette unité spéciale que la commissaire Cécile Sanchez dirigeait, la jeune capitaine avait postulé sans trop y croire. Cette cellule, chargée des homicides déviants ou à caractère sériel, l'intéressait particulièrement. Contre toute attente, Céline a réussi à obtenir un entretien pour finalement intégrer ce groupe confronté aux dérives les plus atroces de l'âme humaine.

Son bonheur était sans réserve et elle attendait de cette affectation un contact direct avec les prédateurs humains les plus tordus et les plus dévastés, autant de cas d'école passionnants pour quelqu'un qui, comme elle, était féru de psychologie.

Elle a pu s'élever et apprendre auprès de celle qui était considérée comme l'un des meilleurs éléments de la police judiciaire de France. Il n'a pas fallu longtemps pour que la jeune capitaine en fasse son modèle, avec une confiance totale et une fascination qui l'ont aveuglée au moment où s'effondrait l'esprit de son mentor. C'est à cette époque qu'elle a rencontré Paul Baptista, avant qu'il ne demande sa mutation et intègre la Crime du SRPJ de Versailles en tant que chef de groupe, laissant le poste de second de la cellule spéciale vacant. Céline, sur décision de Sanchez, en a hérité.

Malheureusement, Cécile était hantée par l'affaire Borderline[1], la plus dure et éprouvante de toute sa carrière. Elle s'absentait de plus en plus souvent. C'est durant cette période que Paul a demandé à partir. Sans que Céline ne puisse le deviner, les problèmes ont commencé pour la commissaire. Lorsque l'enquête sur elle a été annoncée, les informations principales tournaient déjà dans les couloirs de la direction. La capitaine Fauvel a été comme frappée de plein fouet. Ça lui a fait l'effet d'un choc frontal avec une locomotive en train de sortir de ses rails. Elle refusait d'y croire, tentant de trouver de quel sombre complot son mentor était la victime. Mais quand les accusations et les preuves sont arrivées, par vagues successives et toujours plus claires, Sanchez a été rayée des cadres de la police. Ensuite est venu le temps du procès, qui a scellé son destin : une peine de dix ans de réclusion criminelle aux assises, pour dissimulation d'informations et plusieurs homicides, dont un seul a pu être prouvé.

« Tu cherches un professeur efficace pour prendre des cours de danse, petite ? la pique Cécile pour briser le silence. Il paraît même que ton équipe et toi en êtes à votre second cavalier et que la mesure est de plus en plus difficile à suivre. Ça m'évoque Jacques Brel, tiens ! »

Elle rit à son trait d'humour et se met à chantonner doucement :

« Une valse à cent temps
Une valse a cent ans
Une valse ça s'entend
À chaque carrefour

1. Voir, du même auteur, *La Trilogie des ombres* (I – *Sa Majesté des ombres*, II – *Les Anges de Babylone*, III – *Le Sacre des impies*).

Dans Paris que l'amour
Rafraîchit au printemps

Une valse à mille temps
Une valse a mille temps
Une valse a mis le temps
De patienter vingt ans
Pour que tu aies vingt ans
Et pour que j'aie vingt ans »

Faute de réaction, Sanchez arrête de fredonner et ricane devant le mutisme de la petite femme frêle qui voudrait l'être encore plus pour mieux se dissimuler.

« Quoi qu'il en soit, chapeau bas, c'est un bal magnifique qui dure et va *crescendo* depuis des semaines.

— Tout le monde n'a pas la chance d'avoir un cerveau comme le tien, avec accès à une base de données complète et à un logiciel d'analyse du comportement.

— Arrête de me passer de la pommade, Céline. Tu devrais te considérer comme mon égale à présent. Tu n'as plus rien à me prouver.

— Tu sais bien que ce n'est pas le cas. Ça ne l'a jamais été, d'ailleurs. Je sais de quoi tu es capable et jamais je ne prendrais le risque d'essayer de me mesurer à toi ! »

Cécile sourit en coin et abaisse un peu son front, faisant scintiller ses yeux noisette. Elle attend la suite avec patience car elle, contrairement à sa jeune visiteuse, a tout son temps. De plus, elle veut mesurer la progression de celle qui a été à la fois son élève et son amie.

« En effet, Cécile, je viens te voir pour l'affaire de la *Danse macabre*, avoue Céline. Visiblement, tu es au courant.

— Oui, j'ai accès à la presse, et je peux surfer sur la toile quelques heures par semaine. J'ai deviné à quoi vous aviez affaire à l'annonce du meurtre de la duchesse Marguerite de Bourbon-Siciles. Il ne m'a pas fallu longtemps pour rattacher cette farandole aux sept crimes commis précédemment par le premier *Danseur*. Même si, je l'avoue, c'était un vrai challenge de parvenir à les relier avant de connaître de très près *Les Simulacres de la Mort* d'Holbein le Jeune.

— Comme tu l'imagines, nous sommes complètement bloqués sur ce dossier. Le tueur a été abattu et pourtant les meurtres ont repris peu de temps après, exactement là où le premier s'était arrêté. Depuis, c'est le brouillard. Ton regard pourrait nous permettre d'en sortir.

— Je vais t'aider à comprendre tout ce merdier, décide Sanchez. Laisse-moi une petite heure pour trouver la solution, et on se revoit après. En revanche, ne t'attends pas à ce que je t'écrive les informations sur un morceau de papier. Tu vas devoir venir les chercher dans ma tête.

— Alors autant que je reparte bredouille, ça reviendra au même. Comment tu veux que je te décrypte ?

— Sois bonne joueuse, petite capitaine ! ricane la détenue. Je vais te laisser des indices. Mais j'ai besoin d'exercer mon cerveau. Vu le niveau moyen de celles qui sont enchristées ici avec moi, je dois dire que je m'ennuie terriblement. »

Après une courte réflexion sous le regard inquisiteur de l'ancienne commissaire, Céline décide de jouer son jeu.

« Bon, c'est d'accord. Je vais confier cette copie du dossier à l'un des matons qui t'ont accompagnée. Tu retournes en cellule pour essayer de trouver des pistes possibles. De mon côté, je préviens le gardien-chef et on se revoit ici dans une heure pile pour la distribution des résultats. Est-ce que ça te convient ?

— Tout ce qui me sort de mes habitudes et me permet de tuer l'ennui me convient, répond Sanchez. Alors oui, je suis partante. »

Céline devrait se réjouir, mais le contexte l'en empêche. Elle a tant admiré cette commissaire brillante, à présent déchue ! Ses sens affûtés, sa connaissance de la psychologie, de la criminologie et de la victimologie, lui ont permis de démêler de nombreuses situations. Son flair inégalable et les affaires légendaires qu'elle a pu résoudre : tout contribuait à en faire une personnalité que les autres services appelaient sur les cas désespérés.

Quand des groupes d'enquête se trouvaient dans une impasse, ou lorsqu'un vice de procédure était sur le point de servir de porte de sortie à un coupable, elle trouvait une faille et s'y engouffrait. Sa connaissance de la synergologie, l'étude du langage non verbal et des microexpressions, lui permettait même de percer le mutisme de suspects qui refusaient de prononcer le moindre mot.

Mais Sanchez a dépassé la ligne jaune, cette limite que tous les fonctionnaires de police effleurent régulièrement ou dépassent de quelques pas dans des cas difficiles. Elle a été bien trop loin, ravagée par ses pires traumatismes, envoyée à la dérive par une situation qui a réveillé ses propres démons.

Bien entendu, Céline a compris que le hasard et les circonstances accumulées avaient mis le feu à l'esprit de Cécile. Consciente qu'elle-même aurait peut-être été encore plus loin, ou alors aurait perdu pied face à une telle situation, Céline s'en veut de n'avoir rien vu venir à l'époque. Si elle avait été plus attentive, si elle avait perçu les nombreux signes qui ont précédé cette catastrophe, elle aurait pu lui venir en aide, lui parler, l'écouter, la soutenir activement.

C'est cette culpabilité qui l'a empêchée de trouver le courage de venir lui rendre visite ces dernières années.

*
* *

Une fois le délai d'une heure passé, il faut encore attendre que Sanchez soit accompagnée de sa cellule à une salle qui sert habituellement pour les entretiens entre les détenues et leurs avocats. Si les matons peuvent surveiller ce qui se passe à l'intérieur par une vitre sur la porte, aucun son ne peut en sortir afin de respecter la confidentialité des entrevues.

Céline vient de rencontrer Claude Mourey, le directeur de la prison. D'une courtoisie exemplaire, il a accompagné la capitaine jusqu'à la salle d'entretien et a profité de cette balade entre les couloirs et les alignements de cellules pour avertir Céline des dangers de toute entrevue avec Cécile Sanchez.

« C'est une véritable machine à fouiller les esprits, apte à faire de tout interlocuteur non averti une vraie marionnette. Elle a presque réussi à s'évader l'an dernier, en prenant le contrôle de trois gardiens. Il faut toujours être vigilant avec elle. Si vos pensées deviennent confuses, si vous sentez qu'une sorte de brouillard s'empare de votre esprit, il faut se défaire de son emprise et sortir immédiatement de la salle des visites. Ne prenez surtout pas de risques. »

Céline acquiesce sans même avoir écouté. Elle connaît le risque de toute entrevue avec cette machine analytique qu'est son ancienne supérieure.

Elle se trouve dans la salle depuis cinq minutes lorsque Sanchez arrive à son tour, toujours flanquée de deux matons, et s'installe en face d'elle. Elle n'a pas davantage de menottes que lors de leur première rencontre.

Une fois les deux gardiens hors de la pièce, le visage de Cécile change. Elle affiche un sourire en biais impossible à déchiffrer.

« C'est seulement pour ça que tu es venue demander mon aide ? lui balance-t-elle en introduction. Je pensais que ton sens de l'analyse serait beaucoup plus aiguisé après tout ce temps à travailler à mes côtés.

— Je n'ai aucune honte à te dire que mon équipe et moi sommes dans une impasse dont toi seule est capable de nous sortir. Avec ton concours, nous pourrions nous appuyer sur une autre analyse, différente mais solide et fiable.

— Je dois aussi avouer que je suis surprise de te voir ici, à demander mon aide alors que tu ne m'as jamais rendu visite. Pas même un coup de téléphone.

— Tu es tout à fait en droit de m'en vouloir pour ça, réplique Céline en baissant les yeux. Mais je suis certaine que tu sais parfaitement pourquoi je n'ai jamais eu la force et le courage de venir. Je sais que tu peux le comprendre, si ce n'est pas déjà le cas.

— Bien entendu. Mais tu aurais pu travailler un peu sur toi pour te sortir de cette culpabilité mal placée. Parce que lorsque tu as besoin de quelque chose, tu ne te gênes pas.

— Je savais que cette visite pourrait t'embarrasser, et moi aussi par la même occasion. Si je n'avais pas été bloquée, je ne serais jamais venue te voir, Cécile. Tu peux considérer que la seule raison de ma présence est la conscience que tu disposes de capacités qui me font défaut.

— Bon, n'en parlons plus, décide Sanchez. On va passer directement à mes conclusions. Avec ces nouvelles informations dont je ne pouvais pas disposer dans la presse, j'ai de nombreuses idées quant à ce qui se trame en coulisse. Quel point est le plus sombre pour toi ? Où se trouve la racine du problème ?

— Les liens familiaux, sans hésiter. On dénombre trois demi-frères avec un père en commun. L'un d'eux est mort, l'aîné est lourdement handicapé et on n'a pas l'identité de celui qui est actif en ce moment.

— Alors comment expliquer cette reprise des crimes ? Il y aurait la piste de la suggestion, mais à moins que *Le Danseur* actuel ne dispose d'une aura magnétique incroyable ou d'un talent de manipulation qui frise le génie, ça ne tient pas. Esaïe Landernau n'avait rien d'une marionnette malléable.

— Alors quoi ? demande Céline. Un quatrième frère ? Et comment tout ce petit monde se serait retrouvé ? Un miracle ?

— Pour moi, il y a aussi et surtout une zone d'ombre autour de Sylvain Eringer, le procréateur. Ce type a semé des gosses un peu partout. Mais pour l'instant, d'après ce dont vous avez connaissance, il a généré deux psychopathes et un handicapé : belle performance.

— En effet, oui. Mais ça ne mène nulle part.

— Espérons qu'il n'en ait pas fait plus, sinon on peut se demander ce qui vous attend encore, dit Sanchez sur le ton de la plaisanterie. Parce que pour engendrer, c'était vraisemblablement la quantité qui primait sur la qualité.

— Tu as raison. Mais bon, le concernant, ce problème est réglé. Il ne risque plus d'engrosser d'autres femmes, il est mort et enterré.

— Tu viens de répondre à l'une des questions qui te ronge le plus, Céline.

— Comment ça ? Je ne comprends pas ce que tu cherches à me dire.

— Sans même t'en rendre compte, tu as mis le doigt sur la façon la plus probable dont les frères se sont retrouvés. D'ailleurs, on le sait tous : il y a certaines occasions où on revoit des proches, qu'on le veuille ou non.

— Comme les baptêmes ou encore les mariages ? demande Céline. Mais il n'y a rien eu de tout ça dans cette affaire. Dans ce qu'on exhume du passé, tout est bien plus sordide.

— Justement, pense à toutes les possibilités. Je ne vais quand même pas te donner la réponse comme ça. Je t'ai connue plus combative. »

Alors que ses yeux se mettent à briller, la capitaine tape dans ses mains avant de crier victoire.

« Les funérailles ! lâche-t-elle en se levant brusquement de sa chaise. Voilà le point à côté duquel on est tous passés. »

Avec un sourire amusé, Cécile regarde son ancienne protégée. Elle se souvient de cette énergie positive dont elle rayonne quand une révélation soudaine l'anime. Ce côté enjoué et radieux qui se saisit d'elle quand elle vient de trouver des informations importantes. Sous les yeux de celle qui a été son mentor, elle fait les cent pas en énumérant toutes les interrogations que cette réponse soulève.

« Y a-t-il eu une cérémonie ? Était-ce un enterrement ou une crémation ? Y avait-il une assemblée, même réduite ? Si oui, qui était présent ? Pour un indigent comme lui, ayant fini à la rue, il serait étonnant que beaucoup de monde soit venu lui dire adieu, si tant est qu'il y ait eu la moindre personne. S'il y a eu une messe, étant donné sa foi, on peut imaginer qu'Esaïe y était, mais qui d'autre ?

— Tu viens de nous trouver une piste possible pour sortir de l'impasse, souligne Cécile. Tu devrais prévenir Paul aussi vite que possible. Tu peux le faire d'ici, il n'y a que les détenues qui n'ont pas droit au téléphone. »

D'un coup, Céline s'immobilise. Le commandant Paul Baptista était le second de la Section spéciale de l'OCRVP. Il connaissait bien Cécile et a demandé sa mutation quand il a compris que Sanchez partait sur un chemin plus que périlleux. C'est lui qui a fait jouer son influence afin qu'elle accède au poste de seconde au sein du groupe dont il avait la charge.

Pour sa part, Céline ne s'est douté de rien avant l'arrestation de la commissaire. C'est Paul qui lui a avoué avoir vu Cécile se perdre dans la colère, la rancune et des sentiments confus. Il n'imaginait pas que ça puisse aller aussi loin, mais il ne pouvait plus travailler avec elle, côtoyer sa détresse et sa fureur.

« Qu'est-ce qui se passe ? demande Cécile. Tu imagines bien que je suis au courant pour la promotion de Paul à la tête de la brigade.

— Comment le sais-tu ? C'est pourtant tout récent. On parle de nous derrière ces murs ?

— Non, ma belle, c'est tout simplement lui qui me l'a dit lors de sa dernière visite. »

En voyant Céline blêmir, la détenue se met à sourire en la fixant droit dans les yeux avant de s'expliquer.

« Tu sembles un peu confuse. J'en déduis que tu ignores que Paul passe me voir une à deux fois par mois. Je comprends mieux pourquoi il n'est pas venu avec toi. Mais c'est sans doute toi qui as caché ta venue, parce que je sais que vous êtes très proches tous les deux et qu'il tient beaucoup à toi. Il s'est donné pour mission de te protéger. »

Nouveau silence. Cécile se lève de sa chaise elle aussi et empoigne le dossier avant de le tendre à son ancienne seconde, tout en lui souriant.

« Je vais t'épargner le malaise de ta sortie, conclut-elle. Tu as ce qu'il faut pour reprendre la main sur ton tueur. De mon côté, j'ai visionné et mémorisé tous les documents. J'ai donc de quoi réfléchir. Si quelque chose me vient, je vous le transmettrai. Maintenant, tu vas te retourner et partir sans un mot de plus. Comme tu ne peux rien faire pour changer les choses, ce sera beaucoup plus simple pour toi. »

Céline, une fois le dossier en main, acquiesce et fait volte-face. En frappant au carreau, elle signale au gardien qu'elle a terminé son entretien et qu'il peut donc lui ouvrir la porte.

C'est sans tourner la tête, les larmes aux yeux, qu'elle longe le corridor qui mène au pavillon de l'administration où elle pourra récupérer son arme de service, sa carte de réquisition et les affaires qu'elle a laissées dans un panier à son entrée. Son cœur est lourd, l'angoisse lui prend la gorge.

Il est grand temps pour elle de quitter cet endroit.

23

Samedi 24 septembre 2016
19 h 57 – Pontoise

Sur le chemin du retour, vu les circonstances, Céline a décidé de se rendre directement chez Seth pour y passer la nuit. Elle était encore chamboulée par ces retrouvailles et a été obligée de s'arrêter à plusieurs reprises pour ne pas faire un malaise au volant. Quand elle est arrivée chez lui, Seth a immédiatement remarqué ses yeux cernés, la pâleur de son visage et ses mains tremblantes.

Il l'a soutenue par une épaule jusqu'au salon et l'a aidée à s'allonger sur le canapé. Après lui avoir fait avaler deux sucres et un grand verre d'eau, il a pris son pouls et est resté près d'elle en lui tenant la main. Quand elle s'est enfin sentie un peu plus stable, elle s'est assise et a parlé à son amant de cette visite à Joux-la-Ville.

Comme de nombreux officiers de police judiciaire de Paris et sa couronne, Kohl a déjà vu Sanchez au travail. Elle avait été appelée par un groupe des Stups sur une garde à vue compliquée. Les médias ont largement couvert son arrestation et il a suivi l'affaire alors qu'il s'était déjà perdu en marge de la société. En revanche, il ignorait que Céline et Paul avaient travaillé sous les ordres de cette commissaire légendaire.

« Alors, cette visite t'a apporté quelque chose ? lui demande-t-il. Sanchez a pu t'orienter sur des solutions possibles ? Parce qu'il serait temps qu'on puisse enfin sortir de ce marasme qui commence à me peser sérieusement.

— Oui, on peut le dire. En fait, c'est tellement évident que je ne comprends pas comment on a pu passer à côté.

— Arrête le suspense et dis-moi de quoi il s'agit.

— Tu vas bientôt le savoir, répond-elle. Je vais appeler Paul pour l'en informer. Tu le sauras en même temps que lui.

— Alors arrange-toi pour éviter qu'il ne devine qu'on est un peu plus que de simples collègues. Il n'est pas du genre à balancer ça à la hiérarchie, mais je sais qu'il est très protecteur avec toi. J'éviterais volontiers de devenir le responsable de tous les aspects de ta vie.

— Je comprends, dit-elle en riant. On aura juste à dire qu'on est au bureau.

— D'accord. Vas-y.

— Je devrai simplement lui parler un moment de ma démarche et de ce parloir avec Cécile. Je préfère qu'il ne sache pas que je t'ai tout raconté avec autant de précision. »

Seth acquiesce et Céline saisit son téléphone en s'éloignant dans le couloir. Une fois seule, elle appelle Paul Baptista qui répond au bout de trois sonneries :

« Oui, allô ?

— Paul, c'est Céline. Je suis désolée de te déranger, mais j'ai une piste qui pourrait nous permettre de sortir de l'impasse dans l'affaire des Danseurs.

— Raconte, ça m'intéresse. Ce fiasco ne peut plus durer.

— Tout d'abord, je dois te dire que je me suis fait aider, prévient-elle. Ce n'est pas venu tout seul.

— Tu joues aux devinettes ? Alors si je dois deviner qui t'a donné un coup de pouce, je dirais Seth, ou peut-être Karine.

— Non, une aide bien différente. La meilleure qui soit, et de loin. »

Un blanc s'installe sur la ligne. Une poignée de secondes s'étirent avant que Paul ne réponde, sans que sa voix ne laisse transparaître la moindre hésitation.

« Tu as été voir Cécile ? Tu ne lui as jamais rendu visite depuis qu'elle est emprisonnée, mais là tu vas la voir pour lui demander de l'aide ?

— Je sais que ce n'était pas correct, avoue-t-elle d'une voix tremblante. Mais toi, tu y vas régulièrement et je n'en savais rien. Tu aurais pu m'en parler, juste pour me tenir au courant.

— C'est complètement différent. Je la connaissais depuis très longtemps et, comme tu le sais, j'ai demandé à être muté quand j'ai vu venir les premiers signes. Mais j'ai continué à la voir, en dehors du boulot, et j'ai tenté de l'aider. Tu sais comment ça s'est terminé.

— Oui, je ne le sais que trop bien.

— Comment a-t-elle réagi à ta visite surprise ?

— Quelques piques, un brin de cynisme et l'impression d'être scannée en permanence. Mais il s'agit de Cécile, je ne m'attendais pas à moins. Attends, je vais rejoindre Seth, maintenant. »

De retour dans le salon, elle active le haut-parleur de son téléphone qu'elle pose sur la table basse avant de s'installer à côté de son amant sur le canapé. Elle s'éclaircit la voix et reprend.

« Voilà, on est en mode conférence à présent. Je vais vous expliquer ma visite et ce qui en est sorti. Cécile a digéré la totalité du dossier en une heure et m'a aiguillée sur une piste importante à côté de laquelle on est tous passés.

— Laquelle ? demande Seth en fronçant les sourcils. Parce que je ne vois pas du tout de quoi il pourrait s'agir.

— Les funérailles de Sylvain Eringer. C'est certainement à cette occasion que les frères se sont rencontrés ou revus.

— Mais oui, putain ! Comment on a pu ne pas penser à ça ? lâche Kohl. C'est pourtant tellement évident quand on l'a sous le nez.

— Il faudrait qu'on s'organise pour retrouver le prêtre qui s'est chargé des funérailles du père, explique-t-elle.

— Je valide sans hésiter, confirme Paul. En espérant qu'il y ait eu au moins une bénédiction. Ça peut nous permettre de glaner quelques infos, même si rien n'est certain.

— En effet, on n'a aucune certitude, mais on n'a rien à perdre et peut-être beaucoup à gagner, ajoute Céline. Ce serait trop bête de ne pas explorer cette piste.

— C'est une très bonne idée. Je m'en charge au plus vite. S'il le faut, je passerai par le juge Raffin pour lui demander une commission rogatoire.

— Si on arrivait à l'avoir en début de semaine, ce serait vraiment l'idéal.

— Tout à fait d'accord. En revanche, une question me trotte dans la tête. Vous êtes encore en plein travail à cette heure-ci, un samedi ?

— Oui, on essaie d'emboîter quelques pièces du puzzle, bredouille Kohl. C'est aussi l'occasion de passer tous les éléments du dossier en revue.

— Ah ! Vous êtes toujours au bureau ?

— Oui, on ne va pas tarder à rentrer à présent, ment Céline. Mais tu te doutes bien qu'on n'est pas restés pour déclarer des heures supplémentaires.

— C'est quand même étrange, finit par dire Paul. Je suis au bureau moi aussi, mais je ne vous vois pas. Vous jouez à cache-cache ? »

Comme un silence vient plomber la conversation, le commandant Baptista se met à rire.

« Je vais vous laisser continuer à emboîter des pièces de puzzle, leur dit-il avec un ton amusé. Mais faites attention à ne pas vous froisser un muscle ! À lundi, les tourtereaux ! »

Il raccroche. Seth et Céline se regardent en souriant.

« Bon, ça c'est fait ! dit Céline, le cœur battant la chamade. On est officiellement grillés.

— Tu crois que ça craint ? s'enquiert Seth. Il ne risque pas de nous demander de régulariser la situation ?

— Ce n'est pas son genre, répond Céline. En revanche, il en parlera à Asia. Ils sont pires que des jumeaux, ils ne se cachent rien et chercheront à nous protéger, et surtout moi. Malgré tout, on doit redoubler de prudence avec qui que ce soit d'autre. »

Kohl décide d'ouvrir une bouteille de vin blanc, un Bâtard-Montrachet 2007, et propose de trinquer à ce qui lui paraît être la meilleure raison de le faire.

« À ton idée qui devrait nous donner une chance de reprendre la main », lance-t-il avant de faire tinter les verres.

Céline n'est pas peu fière d'elle. Elle tient peut-être une solution pour avancer enfin dans cette traque de l'horreur absolue.

24

Lundi 26 septembre 2016
14 h 10 – Versailles

Le père Jean-Marie Baerchi arrive dans les locaux de la Brigade criminelle du SRPJ de Versailles en tout début d'après-midi. Paul, Seth et Céline le reçoivent sans tarder dans le bureau du chef de brigade. Tous les trois ont eu un dimanche chargé, mais ils sont parvenus à retrouver le prêtre qui s'est occupé des funérailles de Sylvain Eringer.

Pour ses soixante-dix ans, le prêtre est un homme encore vif et en bonne forme physique. Il est habillé en civil : un pantalon beige en velours côtelé et une chemise gris cendre, comme ses cheveux légèrement dégarnis sur le haut du crâne. Sa mine radieuse est soulignée d'un sourire franc et sincère, plein de bienveillance, qui fait plaisir à voir. C'est tout à fait le genre de personne qui distribue des ondes positives partout où il passe.

Paul fait le tour de son bureau et s'avance pour saluer l'homme d'église d'une poignée de main énergique :

« Bonjour, mon père ! Merci d'avoir fait si vite. Je suis désolé de prendre sur votre temps libre.

— C'est tout naturel, mon fils. Si je peux éviter les meurtres d'une nonne, d'un moine et d'un prêtre, qui pourrait d'ailleurs très bien être moi, je réponds présent. Trêve de plaisanterie, cette affaire est assez horrible pour être prise très au sérieux. Dites-moi en quoi je pourrais vous être utile.

— Vous êtes bien le seul responsable de la paroisse de Villejuif ?

— Oui ! assure-t-il. Depuis maintenant presque quarante ans, je suis toujours fidèle au poste.

— Je sais que ce que je vais vous demander est difficile, mais vous souvenez-vous des funérailles d'un certain Sylvain Eringer ?

— Oui, je m'en souviens. C'était courant mars, si ma mémoire est bonne.

— C'est exact, répond Kohl. Est-ce bien vous qui étiez présent et qui vous êtes occupé de cet homme ?

— Tout à fait !

— Pourriez-vous faire appel à votre mémoire pour tenter de vous souvenir des personnes présentes au cimetière ce jour-là ? demande Céline. Parce que, si j'ai bien compris, il n'y a pas eu de messe à l'église.

— En effet, pas de messe. Une simple bénédiction avant la mise en terre. Je me souviens qu'il y avait très peu de monde. Moins de dix personnes.

— Si je vous montre des visages, pourriez-vous me dire s'ils étaient présents ?

— Je ne peux rien vous garantir, mis à part que je ferai de mon mieux ! »

Céline commence par Esaïe Landernau.

Sur la photo, il a l'air de débarquer tout droit d'un bataillon de la Légion étrangère pour une permission, ou de sortir du bagne après une lourde peine.

« Oui, il était là. Je m'en souviens très bien. Il y a des physiques qu'on n'oublie pas. C'était un grand gaillard qui m'a remercié chaleureusement et a fait un don plutôt conséquent à la paroisse.

— Vous rappelez-vous le montant ? demande Paul. Si ce n'est pas trop indiscret, bien entendu.

— Je peux bien vous répondre, dit le père Baerchi en réajustant ses lunettes. Ce monsieur m'a confié une enveloppe après la cérémonie. Il s'est excusé de ne pas pouvoir donner davantage. Imaginez ma surprise en découvrant qu'il y avait huit cents euros à l'intérieur.

— En effet, c'est une somme importante, confirme Seth. Mais sa foi, même si elle était à un degré de fanatisme intolérable, était sincère.

— Je le pense aussi », dit tristement le prêtre.

La capitaine Fauvel enchaîne en lui montrant le portrait-robot du deuxième fils, le seul dont ils n'aient pas la photo.

« Et lui ?

— Il était bien là, lui aussi. Tout comme le précédent, celui-ci a également un physique dont on se souvient forcément. Les cheveux longs, habillé tout en noir avec un long manteau en cuir. À peine moins grand que le premier, mais un sacré costaud quand même. En revanche, il avait l'air ailleurs, comme déconnecté de la réalité. J'ai pensé que ça pouvait être dû au choc, mais il n'est pas impossible qu'il souffre de problèmes de santé mentale.

— Et vous souvenez-vous de quoi que ce soit de particulier chez les autres personnes présentes ?

— Il y avait bien trois ou quatre hommes qui sont restés tout au long de la petite cérémonie et qui sont venus bénir le cercueil avant la mise en terre. Sûrement des sans-logis dont les visages ne m'étaient pas forcément inconnus. Mais je ne connais malheureusement pas les noms de ces pauvres âmes qu'il m'arrive d'aider avec les fonds de ma paroisse.

— Y en avait-il qui sortaient du lot ? demande Kohl. Peut-être par un comportement singulier, ou parce qu'ils seraient entrés en contact avec les hommes dont nous vous avons montré le portrait ?

— Non, c'était plutôt le contraire. Ils se tenaient bien à part, en arrière. Il est très probable qu'ils aient vécu dans la rue avec le défunt.

— C'est tout ? » lui demande Baptista, omettant volontairement de lui présenter une photo de Jacob Mercati.

Le prêtre réfléchit, fronce les yeux qui vont se perdre en haut à gauche, signe que l'homme fait un réel effort de mémoire. Il se passe quelques secondes puis il secoue la tête :

« Il y avait aussi un petit gars plutôt discret et fluet. Il portait un costume noir et boitait. Il avait une béquille et semblait souffrir d'une infirmité. Sans doute un problème à la jambe ou à la hanche.

— Vous êtes sûr ? insiste le commandant Baptista. C'est très important pour nous.

— J'en suis absolument certain. Je m'en souviens car il a discuté avec les deux autres après la cérémonie. »

L'ambiance devient tout à coup chargée d'une intense et sombre énergie. Quand Paul pose une photo de Jacob devant le père Baerchi, un tirage photo pris sur la vidéo de son témoignage, la réponse tombe immédiatement.

« C'est bien lui. Sans l'ombre d'un doute.

— Et vous nous dites qu'il a parlé avec les deux autres ? Avec ceux que je vous ai montrés ?

— Oui, l'homme de la photo et celui du portrait-robot. répond-il. C'était bien eux. À la fin, ils sont d'ailleurs repartis ensemble. »

Le cœur de Céline semble s'arrêter net. Seth et Paul échangent un regard entendu. Jacob Mercati était présent aux funérailles de son père, et il y a rencontré ses deux demi-frères.

Il a donc menti.

« Ça va, mon enfant ? » demande le prêtre à Céline qui est pâle comme un linge.

Comme elle reste absente un bon moment, le prêtre s'inquiète et pose une main bienveillante sur son épaule.

« Oui, ça va aller, le rassure-t-elle. Désolée, j'étais juste prise dans mes pensées.

— Vous venez de nous rendre un grand service, mon père, assure Seth. Grâce à vous, nous pourrons peut-être empêcher la mort violente de plusieurs personnes, ça n'a pas de prix.

— Alors j'en suis ravi.

— Nous allons devoir vous laisser entre les mains de l'une de nos collègues, annonce Paul. Nous avons beaucoup de travail, comme vous devez vous en douter. La capitaine Fauvel va vous présenter le lieutenant Cardamone. Elle sera chargée de consigner officiellement votre déclaration afin de l'ajouter au dossier.

— Entre autres choses, notre collègue va reprendre ce que nous venons de faire afin que ce soit officiel et filmé. Elle vous montrera également deux vidéos. L'une a été filmée ici, dans nos locaux, pendant un entretien de routine. L'autre provient du dispositif de surveillance urbain de Paris. Si nous ne faisons pas fausse route, vous serez en mesure de confirmer les correspondances. Ensuite, elle se chargera de vous reconduire à votre véhicule. Merci mille fois pour votre aide si précieuse.

— Si j'ai pu aider, c'est l'essentiel.

— Vous n'imaginez pas à quel point. »

L'homme de foi est raccompagné dans la salle d'attente. Sans perdre un instant, Céline se rend dans l'espace de travail pour aller chercher Marine.

Paul se prépare à regagner son bureau quand Seth le rattrape dans le couloir.

« Est-ce qu'on peut se parler en privé ? lui demande-t-il. Ce ne sera pas long.

— Bien sûr, répond le commandant. Tu n'as qu'à me suivre dans mon bureau. »

*
* *

« On va avoir besoin d'une commission rogatoire pour une garde à vue et une perquisition au domicile de Jacob Mercati. Je n'aime pas être insistant, mais il faudrait qu'on puisse agir rapidement.

— Bien entendu, dit Paul. Je vais immédiatement appeler le juge Raffin pour qu'il nous donne tout ce dont nous aurons besoin. Tu auras les coudées franches. »

Le visage de Paul se fige dans une mimique dubitative que Seth remarque immédiatement.

« Qu'est-ce qu'il y a ? interroge-t-il. Si ça te pose un quelconque problème, je préfère que tu me le dises. On peut dire qu'on a dépassé le cadre des formalités, toi et moi.

— Non, ce n'est pas ça du tout. Ça n'a absolument rien à voir avec ta demande.

— Quoi, alors ?

— Eh bien je dois t'avouer que quelque chose m'étonne franchement, répond Paul avec un air absorbé. Je n'arrive pas à comprendre. »

Sur ces mots, il passe une main dans ses longs cheveux sombres et s'adosse à son fauteuil avec un soupir.

« Comment Mercati a-t-il réussi à mentir à Céline avec autant d'aplomb sans qu'elle ne s'en aperçoive ? reprend-il. Je la connais depuis des années. Elle a appris avec le meilleur mentor qui soit : Cécile Sanchez. Ça ne lui ressemble pas du tout.

— Je sais, j'ai assisté à leur entretien. Il a systématiquement tout ramené à son infirmité, à son enfance difficile et à toutes les misères qui lui pèsent sur les épaules, explique Kohl. Mais c'est de la poudre aux yeux.

— Tu penses que c'est un simulateur ? Parce que si c'est le cas, il est convaincant. On ne mystifie pas Céline aussi facilement.

— J'ai ma théorie sur la question.

— Je t'écoute. Parce que moi, je suis dans le brouillard.

— Les bases de son discours étaient vraies. Mais cette façon de mettre tout ce qu'il a vécu de pire en avant était le stratagème idéal pour titiller l'empathie chez une personne trop humaine.

— Tu penses pouvoir faire mieux ? demande Paul en fixant Kohl. Si oui, tu t'y prendrais comment ?

— Je vais te poser une question que j'ai déjà posée à Céline. Combien de temps tu as besoin d'interroger un gardé à vue avant d'être absolument convaincu de son innocence ou de sa culpabilité ?

— Je ne sais pas trop, ça dépend des clients. C'est trop vague comme question.

— En moyenne, précise Seth. Sans qu'il ne passe forcément aux aveux. Je parle juste d'avoir l'assurance de sa culpabilité.

— Douze heures au maximum, j'imagine. Mais c'est difficile à affirmer. Pourquoi cette question ?

— Ne prends pas ça comme de la vantardise, mais il ne m'a jamais fallu plus de dix minutes pour être convaincu à cent pour cent de la culpabilité d'un suspect. Bien entendu, le travail de fond pour obtenir des aveux, lui, est plus compliqué.

— C'est impressionnant, mais où veux-tu en venir ?

— Je vais la jouer franchement, Paul. Je ne me laisserai pas abuser par son handicap, son passé et sa malchance, pas plus que je ne vais le plaindre pour tout ce qu'il a vécu et la douleur qui en résulte. Je pourrai même m'appuyer là-dessus si c'est nécessaire.

Je n'aurai aucun scrupule à bousculer son esprit pour qu'il crache le morceau.

— Céline est trop sensible, c'est ça ?

— Exactement. Elle est trop humaine et ça pourrait être le frein qui permet à Mercati de placer ses mensonges comme il le veut. Mais il ne m'aura pas comme ça, jamais. Et après les dix premières minutes en tête à tête, je vous dirai s'il faut insister fermement ou laisser tomber et passer à autre chose.

— Tu ne cherches quand même pas à me parler de sévices physiques ? demande Baptista. Parce que je ne cautionne pas ce genre de moyen, surtout sur un dossier aussi sensible. Si un avocat brandissait la carte des aveux sous la contrainte, je serais mis en pièces par la hiérarchie.

— Pas besoin d'en arriver aux sévices physiques, assure Kohl. En revanche, je vais m'enfoncer dans son âme et la fracturer au passage avant de lui arracher son masque de l'intérieur. Je te le garantis. En plus, j'ai à présent une certitude que je vais pouvoir retourner contre lui.

— C'est-à-dire ?

— On a la preuve qu'il a menti, insiste Seth avec un sourire en coin. C'est plus qu'il ne m'en faut pour faire une percée dans ses défenses psychiques, suivie d'un *Blitzkrieg* sans aucun ménagement. Quand j'en aurai terminé avec lui, tu pourras le finir de la façon qui te plaira. Mais quoi qu'il en soit, je pourrai vous dire avec certitude s'il est vraiment impliqué dans cette série de meurtres. »

IV – Amen

Les anges de la punition feront bonne garde et attiseront à l'intérieur le feu de leur punition.

Apocalypse de Pierre VII, 4

J'ai choisi le domaine de la douleur et de l'ombre comme d'autres celui du rayonnement et de l'entassement de la matière.

Antonin ARTAUD
Fragments d'un journal d'enfer

1

Mardi 27 septembre 2016
15 h 27 – Versailles

Toujours aussi calme et docile, Jacob Mercati n'a pas fait d'histoire pour son placement en garde à vue, ni même pour la perquisition de son domicile, commencée immédiatement et supervisée par Paul Baptista. Lorsque Seth l'a menotté en l'informant de ses droits, l'infirme a simplement haussé les épaules en répliquant avec un petit sourire en coin :

« Ainsi soit-il ! »

Son impassibilité au moment d'être transféré dans les locaux de Versailles a eu le don d'exaspérer Céline, à tel point que Seth a dû lui faire signe de se calmer par trois fois jusqu'à ce que Mercati soit installé dans la salle d'interrogatoire. À présent seul depuis bientôt une demi-heure, assis sur une chaise, fixant son reflet dans le miroir sans tain derrière lequel le binôme l'observe, Jacob Mercati n'a toujours pas affiché la moindre trace de nervosité.

Cette fois, même si elle serre les dents et fronce les sourcils, Céline le scrute avec autant de neutralité possible depuis le sas et cherche à comprendre pourquoi son jugement a été si facilement faussé.

Derrière le handicap, la soumission et le calme cachaient sans doute déjà les signes de duplicité qu'elle voit clairement à présent. Elle aurait dû les détecter dès son témoignage, mais la pitié et la compassion lui ont brouillé l'esprit et dissimulé l'essentiel.

« Je me suis laissée avoir comme une stagiaire, rage-t-elle. Je suis trop naïve.

— Ne t'en veux pas, lui répond Seth qui garde les yeux rivés sur le suspect. On va reprendre aujourd'hui et ce sera différent. Observe-le, il est déjà moins à l'aise à présent qu'il marine dans son jus depuis presque une demi-heure. »

Bien entendu, Céline sait qu'il n'est pour rien dans les meurtres barbares qui ont eu lieu. Il n'aurait pas pu, dans son état, terrasser un homme de la trempe d'Yvan Reboul. Même une personne âgée aurait pu se défendre contre lui. À moins, bien entendu, qu'il ne possède une arme à feu et s'en serve comme moyen de persuasion. Mais même avec cette explication, le scénario ne tient absolument pas la route.

Malgré tout, Mercati a menti sur un point important ; il a donc forcément quelque chose à cacher. Pourtant, même s'il sait qu'il va être questionné plus sérieusement cette fois-ci, le gardé à vue a renoncé à ses droits, affichant l'attitude d'un parfait innocent.

Dans la poche de sa veste, le téléphone de Céline vibre. C'est Paul qui l'appelle de Meudon ; elle active le haut-parleur pour que Seth puisse l'entendre aussi :

« RAS dans l'appartement. C'est vraiment le plus banal des logements de célibataire.

— Un crucifix quelque part ?

— Oui, dans la chambre, au-dessus du lit.

— Et est-ce qu'il y a une bibliothèque ?

— Oui, dans le salon.

— Quel genre de lecture ?

— Des polars, des livres de médecine, d'histoire, des biographies et pas mal de choses touchant à l'Antiquité et au Moyen Âge. Il y a aussi un volume sur les grandes hérésies de l'histoire.

— Je vois le genre, dit-elle en crispant les poings. Est-ce que tu vois une bible ?

— Oui, ainsi que la totalité des apocryphes chrétiens et des écrits intertestamentaires dans la collection de la Pléiade.

— Intéressant ! Sinon, vous n'avez trouvé aucune arme ?

— Rien ! *Nada*. Rien non plus à la cave. Je ne vois pas comment on pourrait creuser plus loin.

— Tu as raison, c'est inutile. Je vais pouvoir aller travailler au corps ce sale petit faux jeton.

— Non, pas cette fois, la contredit Paul. C'est Seth qui va commencer. Pour la suite, on avisera.

— J'ai fait quelque chose de mal ? demande-t-elle. Vous m'évincez de l'affaire ?

— Absolument pas, au contraire. Disons que c'est une sorte de pari entre lui et moi. Il n'en aura que pour un petit quart d'heure. »

Céline raccroche un peu brusquement, prise rapidement de remords pour avoir traité Paul Baptista de cette façon.

La jeune capitaine se promet de lui présenter ses excuses quand il sera de retour.

2

Mardi 27 septembre 2016
15 h 33 – Versailles

À peine entré dans la pièce, Seth pose un dossier épais sur la table et reste debout face au suspect. C'est sans introduction qu'il se prépare à commencer avec une question vicieuse. En s'y prenant de la sorte, le gardé à vue sera dans un état croissant de tension. En le poussant à la contradiction tout en le provoquant, il pourrait faire tomber son masque sur un coup de colère.

« Savez-vous pourquoi vous êtes là, monsieur Mercati ? » attaque le chef de groupe en le fixant.

Après un toussotement devant son poing fermé, Jacob pince un peu ses lèvres et relève le menton avant de répondre.

« Parce que vous êtes venus me chercher, rétorque-t-il en haussant les épaules. Pour le reste, j'ose imaginer que vous savez ce que vous faites. C'est votre travail, pas le mien. »

Seth sourit froidement et s'assoit face à Jacob. La caméra numérique est fixée sur un pied, juste au-dessus de son épaule.

« Il n'y a vraiment pas matière à plaisanterie ! souligne le flic. Vous êtes ici parce que vous avez dissimulé la vérité lors de votre dernier entretien avec la capitaine Céline Fauvel.

— On dirait bien que c'est sérieux. Vous croyez que je devrais demander l'assistance d'un avocat pour qu'il vienne me débiter toutes ces choses que je connais déjà ?

— Vous êtes le seul décisionnaire et comme je vous l'ai signifié avant de vous conduire ici, cela fait partie de vos droits. Mais vous êtes passé de témoin potentiel à suspect quant à votre implication dans une affaire qui concerne une série d'homicides. Ça ne vous inquiète pas plus que ça ?

— Si, répond l'infirme. Sans aucun doute. Mais je ne me rends pas bien compte. Si j'avais un flic avec des preuves solides et une accusation claire face à moi, il se pourrait que je commence à mesurer la gravité de mon cas.

— Mes collègues et moi aurons tout le temps pour nous entretenir avec vous.

— Je ne suis pas calé en droit, mais ça m'a tout l'air d'être anxiogène, dit Jacob en souriant. Je sens que je commence à avoir des vapeurs.

— Vous êtes vraiment dans une situation qui n'a rien d'enviable ou d'amusant, répond Seth en le fixant dans les yeux. La chance tourne toujours, comme vous devez le savoir.

— Non, je dois dire qu'elle n'a jamais vraiment tourné en ma faveur… rétorque-t-il sans abandonner son attitude soumise. Je suis censé frémir ?

— Non, vous n'avez pas à frémir, mais plutôt à chier dans votre froc, car ce qui vous attend, c'est la peine maximale. Vous êtes trop impliqué et il est trop tard pour faire marche arrière. Rendez-vous à l'évidence : vous êtes mouillé jusqu'au col.

— Ah bon ? Et pourtant, je n'ai toujours pas été informé de ce dont je suis suspecté. C'est vrai, qu'ai-je bien pu faire pour me retrouver là ? Le minimum serait de m'en aviser, non ?

— Faux témoignage et obstruction à une enquête portant sur plusieurs homicides commis par des hommes avec qui vous partagez une partie de vos données biologiques. Vous avez menti quand on vous a demandé si vous aviez des frères ou des sœurs. Vous avez répondu que vous n'en aviez pas connaissance. Or ces deux hommes, ces tueurs, sont vos demi-frères.

— Oui, en effet. Mais ce n'était pas un mensonge. J'ai dit la vérité : je suis fils unique et j'ai été placé à l'âge de quatre ans. J'ai même précisé à la jeune femme de l'autre jour, celle avec qui je communiquais, que mes parents avaient refait leur vie et, par conséquent, qu'il était possible que j'aie des demi-frères et demi-sœurs. Mais c'est tout, ça ne va pas plus loin.

— Vous comptez rester sur cette réponse ?

— Oui, bien entendu. C'est la vérité, alors pourquoi irais-je inventer une réponse farfelue ? Pour vous faire plaisir ?

— Vous maintenez que vous n'en savez pas plus ?

— Mon père et ma mère ont peut-être trouvé chaussure à leurs pieds pour attaquer une nouvelle vie. Je n'ai plus jamais eu de contacts avec eux, pas plus que je n'ai rencontré leurs autres enfants, s'ils en ont eu.

— Vous savez très bien que c'est de votre père que nous parlons ! C'est lui qui vous relie à eux. J'ai la déposition du père Jean-Marie Baerchi qui confirme votre présence lors de la bénédiction du cercueil et de la mise en terre de votre père au cimetière de Villejuif. »

La mimique assurée de Jacob Mercati s'efface l'espace d'une fraction de seconde. C'est très rapide,

souffler des réponses et des indices et aiguiser sa curiosité. Un stratagème astucieux pour se glisser dans les investigations avant d'en prendre partiellement le contrôle.

Paul et Asia continuent à évoquer d'autres points du dossier, comme si les informations tombaient aussi massivement que mystérieusement. Même si elle ne l'admettra jamais, Céline sait que l'initiative de Paul a eu pour effet de l'éclipser totalement. Il est passé par-dessus ses compétences en psychologie, préférant avoir recours à Cécile Sanchez comme consultante depuis sa geôle de Joux-la-Ville.

Lorsque la réunion se termine, chacun s'empresse de vaquer aux tâches distribuées par Paul et Asia. Le chef de brigade s'est gardé de tout dire, choisissant d'espacer les révélations, de les saupoudrer sur l'équipe d'enquête chaque fois que nécessaire.

Il a néanmoins quelques certitudes. Le fait, par exemple, que Jacob Mercati sache où habite son demi-frère ; Cécile lui a montré les microexpressions et signaux corporels révélant ses mensonges sur des captures d'écran de ses interrogatoires. Il sait aussi quels leviers seront les plus efficaces pour lui arracher les vérités de la bouche.

Sanchez, par retour de données sur un espace *cloud*, a pu fournir au commandant Baptista un nombre incroyable d'analyses documentaires portant sur des procès-verbaux et des prises de son ou d'images. Ses commentaires sont d'une qualité incontestable, qui frôle parfois la divination.

En revanche, il n'a pas besoin de faire face à Céline pour flairer que celle-ci se sent court-circuitée par son ancien mentor, même si c'est elle-même qui a tout déclenché en allant voir Sanchez au parloir.

Pour le moment, elle va être occupée. Elle va assister Seth Kohl pour ramener Mercati dans les locaux. Ensuite, elle s'attellera à lui faire vomir la vérité à tout prix. Cela lui donne assez de force pour se motiver et un objectif tangible auquel s'accrocher : faire enfin craquer ce petit bonhomme tordu.

Paul, naturellement, pourra leur envoyer ses consignes via le réseau interne.

Ce que Céline ne sait pas encore, c'est que le chef de brigade a demandé à Cécile Sanchez de l'assister tout au long de l'interrogatoire. Grâce à la collaboration du directeur de la maison d'arrêt de Joux-la-Ville et du juge Raffin, l'ancienne commissaire pourra participer activement à cette reprise de garde à vue et transmettre ses suggestions à Paul, via une discrète oreillette.

8

Samedi 1er octobre 2016
10 h 47 – Versailles

« Vous mentez, Jacob Mercati ! insiste Céline. Vous me mentez dans le cadre d'une enquête sur une série d'homicides. C'est ce qu'on appelle faire entrave à la justice. Consultez le Code pénal, si ce que je vous dis vous paraît fantasque : ça peut vous coûter très cher ! »

Sur ces mots, elle se saisit d'un exemplaire récent, la cent-treizième édition classique incluant les nouvelles dispositions en matière de terrorisme, et fait tomber le volume devant lui.

« Allez ! Regardez ce qui vous attend ! vocifère-t-elle. C'est mieux qu'une boule de cristal ! C'est votre avenir rédigé en toutes lettres que vous allez découvrir. »

Mais après l'avoir fixée pendant une dizaine de secondes, il se contente d'écarter le livre sur sa gauche, signifiant ainsi qu'il n'a aucune importance à ses yeux.

« Je ne mens pas, mademoiselle, articule-t-il avec calme. Je reste simplement sur ce que j'ai dit. On ne peut pas travestir la vérité. C'est tout bonnement impossible.

— Le père Baerchi assure que vous avez parlé à Esaïe et à votre autre demi-frère, celui qui sévit en ce moment et dont nous ne connaissons pas le nom. Ce prêtre affirme que vous êtes même repartis tous les trois : Esaïe Landernau, l'homme du portrait-robot et vous.

— Je vous le répète : deux hommes se tenaient effectivement devant le cercueil. Moi, j'étais resté un peu en retrait, par pudeur. À la fin, je leur ai demandé s'ils savaient quelque chose sur Sylvain Eringer. Les deux m'ont répondu qu'ils ne le connaissaient pas très bien. Mais en aucun cas je n'ai été plus loin, pas plus que je ne leur ai demandé leurs noms. Je ne vois d'ailleurs pas pourquoi je l'aurais fait. »

Chaque nuit, depuis son dernier interrogatoire écourté, la capitaine Fauvel a imaginé tous les scénarios possibles, anticipé chaque ruse de l'infirme. Pourtant, elle ne parvient pas à briser son calme.

La voix de Paul se fait entendre dans l'oreillette que porte Céline. Le commandant cherche à la guider au mieux :

« Il est très mal à l'aise et il commence à douter de la solidité de sa stratégie. »

Céline a été informée que c'est Sanchez qui donne le tempo. Elle pourrait se sentir vexée, mais ce n'est pas le cas. Elle est revenue à la raison et préfère mettre toutes les chances de son côté pour faire avouer ce manipulateur.

« Vous tentez de m'abuser, monsieur Mercati, lui lance-t-elle. Vous avez fait connaissance tous les trois après la bénédiction et la mise en terre de votre père. Si on attrape votre deuxième frère et qu'il s'avère que vous nous avez menti, vous serez complice. Quelques années de prison ferme. Sérieusement, vous vous imaginez en prison ? Esaïe aurait été dans son élément, lui, et sans doute aurait-il trouvé quelques faces à aplatir ; quant au plus jeune, il serait certainement interné en psychiatrie, dans une unité pour malades difficiles où il aurait régné en maître. Mais vous... Comment allez-vous gérer la suite ? »

« C'est très bien, Petshop ! l'encourage Paul. Tu dois continuer dans ce sens. Ta menace a fait mouche, Mercati montre des signes de peur. La détention l'effraie réellement. »

Céline jubile intérieurement.

« Réfléchissez bien ! reprend Céline après un silence délibérément long. Est-ce que ça vaut le coup de sacrifier votre liberté pour un nom ? Votre frère a perdu le contrôle. Il est en train de tuer de plus en plus vite. De massacrer des innocents sans se soucier de savoir à qui il s'attaque. Il agit aveuglément ! Alors si vous connaissez son nom ou quoi que ce soit d'autre sur lui, il faut nous le dire. »

Pour la première fois, Céline sent qu'elle prend le dessus sur Mercati. L'homme peine à conserver cette façade étanche derrière laquelle il se protège.

« Il est sur le point de craquer, lui confirme Paul. Il sera bientôt mûr pour tout balancer. »

Céline fait le tour de la table, silencieuse. Le bruit de ses chaussures est le seul son dans la pièce. Elle décide de ne rien faire, de voir si Jacob va craquer tout seul. Après à peine plus d'une minute, l'homme toussote pour s'éclaircir la voix.

« Et si je vous dis ce que je sais, que se passera-t-il pour moi ? demande-t-il. Je ne risquerai rien ?

— Il se pourrait qu'il ne se passe absolument rien, répond-elle. Mais seulement si l'information est réellement utile. Si vous comptez essayer de nous embarquer sur une fausse piste, personne ne pourra plus rien pour vous. »

La peur est là, omniprésente et lourde. Il tremble des genoux et des épaules en demandant une confirmation :

« Vous pouvez me l'assurer ?

— Oui, je vous l'assure, face à la caméra qui enregistre tout ce que nous échangeons. »

L'homme soupire et regarde ses pieds un moment avant de relever la tête pour s'expliquer :

« J'ai fait leur connaissance après la cérémonie, en effet. Le plus vieux, Esaïe, était un fou de Dieu, je l'ai remarqué tout de suite. Et même un aveugle l'aurait deviné : il n'avait que les mots *volonté divine* et *rédemption* à la bouche.

— Et l'autre ? s'impatiente Céline. C'est lui qui nous intéresse ! »

Jacob émet un claquement de langue et écarte le col de sa chemise avant de répondre :

« Le deuxième était visiblement un malade mental. On l'aurait cru échappé d'un asile. Esaïe a parlé de venger son père qui, soi-disant, aurait pu être sauvé mais a été ignoré par les services sociaux. L'autre s'est mis à claironner la même chose, plus par mimétisme que par réelle conviction, d'après moi. Il faut dire qu'Esaïe avait du charisme. Énormément de magnétisme, même ! Après ce qu'il a fait, je pense que c'est le moins qu'on puisse dire.

— Et comment se nomme l'autre ?

— Si je vous le dis, il faudra absolument m'assurer que jamais il n'apprendra que c'est moi qui ai donné son nom.

— Pourquoi cette crainte ?

— Au bar, après l'enterrement, ils m'ont proposé de les rejoindre dans leur quête ridicule. J'ai refusé. Ils m'ont clairement fait comprendre que je n'avais pas intérêt à révéler quoi que ce soit. Regardez-moi ! Je suis handicapé. J'ai eu peur et c'est toujours le cas. C'est pour ça que je n'ai rien osé dire !

— Son nom ! insiste Céline. Il me faut son identité complète et son adresse ! »

Elle lui fait face, debout devant lui, penchée au-dessus de la table. Bien décidée à ne rien lâcher, elle le fixe des yeux sans détourner le regard.

Au bout d'un moment, Mercati craque, se tient la tête entre les mains et laisse filer le nom dans un souffle mêlant du soulagement à une forte angoisse :

« Archonde… David Archonde. Il habite à Bièvres, tout près de chez moi. En revanche, je ne connais pas son adresse exacte. »

Immédiatement, Céline sort de la pièce et se dirige vers le sas d'observation où les autres, presque entassés, assistent à l'entretien depuis le début.

« Marine, priorité absolue ! ordonne-t-elle. Tu vas me chercher l'adresse de David Archonde, à Bièvres. Les autres, préparez-vous à aller l'interpeller sur le champ. »

Les mains tremblantes, Céline se remet de ce face-à-face avec l'infirme. Elle est satisfaite d'avoir enfin pu lui faire mordre la poussière.

Lorsque son oreillette grésille une fraction de seconde, elle sursaute, signe que son niveau de stress est un peu trop haut. Mais lorsqu'elle entend une voix féminine, elle se fige tout à coup, les yeux écarquillés par la surprise.

« Tu as été parfaite, ma belle, lui dit Cécile avec sincérité. Tu peux être fière de toi. Je sais à présent que tu aurais réussi même sans mon aide. Je te félicite. »

9

Samedi 1er octobre 2016
18 h 06 – Paris 1er

« Le temps de la révélation approche, il sera bientôt trop tard ! La nouvelle Babylone va tomber et les sept anges jetteront sur la terre les coupes remplies de la colère du Tout-Puissant ! »

Le flot d'utilisateurs du métro ne prend pas garde aux élucubrations de Thierry Heck, un SDF qui traîne souvent sa misère dans le huitième ou du côté de Châtelet-Les Halles.

Il prophétise la fin des temps depuis des années, exhibant des cartons couverts de délires mystiques aussi divers que chaotiques.

Aujourd'hui, il vaque dans les couloirs crasseux du métro, dont il a fait son église, sa chaire pour le long sermon par lequel il prévient l'humanité de l'approche de la fin des temps, et rien ne saurait le faire taire. Il délire sur la colère de Dieu et de ses soldats, sur le jugement dernier, sur le retour du Christ et sur l'avènement de la Bête. Des thèmes non dénués d'intérêt, si son délire ne venait pas tout embrouiller dans un flot de mots sans queue ni tête.

Il s'agit là de la retranscription des visions de Jean de Pathmos qui, malgré les nombreuses erreurs sur la question, n'avait rien en commun avec l'apôtre homonyme. Historiens et théologiens estiment qu'il a dû naître une centaine d'années après Jésus-Christ. Persécuté, comme beaucoup des siens, il était retenu prisonnier sur l'île de Pathmos à cause de sa foi en la parole de son Messie, d'où son patronyme.

Quant au titre du livre biblique – *Apocalypse* –, il prête à confusion dans la langue française. Il ne s'agit pourtant en rien d'une vision de la fin du monde. Selon l'étymologie, il s'agit plutôt des « révélations » faites à son auteur qui a tout consigné sous ce titre.

Malgré les désordres psychiques qui l'animent, Thierry Heck a une profonde connaissance des textes et aime partager sa foi avec qui veut bien l'écouter ou le subir. Mais la plupart des passants l'ignorent, quand ils ne se moquent pas de lui. Arrivé à midi, son taux d'alcool dans le sang pourrait faire rougir un Polonais.

« Et le premier ange partit et répandit sa coupe sur la terre : un ulcère malin et pernicieux frappa les hommes qui portaient la marque de la bête et qui adoraient son image. »

David Archonde s'approche de lui à grands pas, invisible dans le torrent humain, couvert par les bruits des pas et des bagages roulants. Il vérifie que sa capuche est correctement ajustée et se dirige droit vers le prédicateur. Il sort de sa poche un couteau à cran d'arrêt dont il retire le mécanisme de sûreté et presse sur le bouton qui libère la lame dans un petit claquement que lui seul peut percevoir.

L'illuminé lève les bras pour bien montrer les inscriptions sur son morceau de carton que tout le monde ignore superbement, avec un dédain typique des grandes villes.

« Le deuxième ange répandit sa coupe sur la mer, poursuit-il en élevant encore la voix. Elle devint comme le sang d'un mort, et tout ce qui, dans la mer, avait un souffle de vie mourut. »

David tient fermement le manche du couteau qu'il vient planter avec force et précision dans le bas du dos de ce prédicateur délirant. Trois coups rapides et nerveux qui donnent l'impression au tueur de percer une peau de tambour tendue. Ces trois blessures font pousser un cri aigu à la victime. Le foie est touché. Un sang presque noir s'écoule de la plaie ; aucune chance de survie sans une prise en charge immédiate.

L'homme se retourne, surpris, et lâche son carton sur lequel est écrit « *Voici venu le jour du jugement dernier !* » entouré par des lignes tracées au feutre fluorescent, comme s'il s'agissait d'un slogan publicitaire sur le marché ou pour « Chez Momo : le moins cher », un magasin devenu une attraction touristique, situé juste en bas de la gare de l'Est.

David, qui se trouve maintenant face au prédicateur, lui remet une bonne douzaine de coups dans l'abdomen, dispersés autour de l'ombilic. Une averse qui achève de le plier en deux et le fait s'écrouler, les mains couvertes de son sang en appui sur le ventre pour tenter, vainement, de contenir l'hémorragie et l'éventration due à l'acharnement. Il n'a même plus la force de crier et semble au seuil de l'inconscience quand *Le Danseur* se redresse.

Dans les couloirs du métro parisien, où des spectres d'hommes et de femmes passent par centaines, personne ne remarque quoi que ce soit et David Archonde compte bien s'en aller comme il est venu, en rangeant son couteau ensanglanté dans sa veste en cuir comme un simple stylo.

Il se remet en marche, se fond rapidement dans le flux des passants et presse un peu le pas pour rejoindre le quai le plus proche, celui de la ligne 7, en direction de Villejuif-Louis Aragon. À peine une minute plus tard, un train arrive. David monte dans le wagon le moins encombré, tout près de la porte pour pouvoir descendre le plus rapidement possible en cas de contrôle.

Une figure de plus vers l'achèvement de la danse ! se félicite-t-il sans desserrer les lèvres, après s'être signé discrètement. *J'espère que mon travail vous satisfait, mon Dieu, vous qui êtes juste mais capable de violences pour punir les impies, les apostats, les hérétiques et les athées. Aujourd'hui que ma foi a été remise à nu et renforcée pour poursuivre votre plan, je me tiens à vos côtés pour achever l'exécution de ce message. Je suis votre main gauche, mon Seigneur Tout-Puissant.*

10

Samedi 1er octobre 2016
19 h 29 – Bièvres

Le serrurier vient d'ouvrir la porte de l'appartement de David Archonde, dans un petit immeuble du centre-ville. Le magistrat instructeur, le juge Raffin, est là pour faire appliquer directement sa commission rogatoire. Sa greffière est tendue comme une crampe. Son visage sérieux, ravagé par la peur, se tord en une sorte de grimace qui pourrait faire rire les policiers si la pression n'était pas aussi forte.

Seth Kohl et Paul Baptista entrent les premiers. Ils vérifient, armes à la main, en position de tir réflexe, que tout est sûr.

Une fois certaine que l'appartement est vide, Céline fait signe au reste du groupe d'enquête que la voie est libre. L'odeur rend l'épreuve difficile à supporter. Le désordre qui règne ici est sans nom. Une montagne de sacs-poubelle pleins s'est accumulée dans l'entrée et le linoléum est poisseux. Les déchets et les tas d'habits jetés en vrac forment comme une autoroute ancienne qui doit avoir vu passer mille fois plus de blattes et autres insectes que le périphérique compte de véhicules chaque jour.

Entre la partie cuisine et le petit couloir, un berger allemand les observe, couché au milieu de cette crasse. L'un des hommes du second groupe de la Brigade criminelle, venu en renfort pour remplacer les absences glaçantes de Danilo Battaglia et Abdel Rahmane, s'avance vers l'animal. C'est un jeune un peu zélé, le genre à vouloir utiliser son arme, ignorant encore que si des coups de feu venaient à être tirés, il serait tétanisé par la peur.

Pourtant, son visage hautain se creuse d'un sourire quand il sort son arme, chambre une cartouche et tend le canon vers la tête de l'animal à moitié assoupi. L'échine basse, visiblement mal nourri, celui-ci ne cherche même pas à aboyer ni à fuir quand son bourreau approche avec des intentions hostiles.

Le jeune flic se réjouit : ce n'est certes qu'un animal, mais il va pouvoir donner la mort, enfin !

Il est prêt à presser la queue de détente quand il perd le contrôle de son corps, ne comprenant absolument rien à ce qui lui arrive.

Un coup du plat de la main à l'intérieur du coude droit, suivi d'un autre, plus violent, au poignet, le fait lâcher son Sig Sauer Pro ; l'arme tombe sur le sol couvert d'un mélange de poussière et de graisse. Un autre coup en haut du radius le fait pivoter et hurler de douleur, le plaçant face au visage hargneux de son assaillante : la commissaire Asia Baptista. Celle-ci poursuit son enchaînement avec une percussion rapide et sèche à la gorge, suivie d'un direct du gauche au plexus et d'un coup de genou entre les jambes qui fait se soulever le corps du minable qui finit couché au sol, groggy. Une plainte longue et aiguë s'échappe de ses lèvres entrouvertes.

« Qu'est-ce qu'il t'a fait, ce pauvre clebs ? vocifère-t-elle en le fixant. Est-ce qu'il a été agressif envers qui que ce soit ? Est-ce qu'il a montré les crocs en grognant ? S'est-il même seulement levé de la couverture rongée par les mites qui lui sert de paillasse ? »

Elle retrousse alors sa manche pour lui mettre un tatouage sous le nez. Le motif représente le logo de PETA : un lièvre sautant par-dessus l'acronyme de l'association anglophone *People for the Ethical Treatment of Animals*, le plus souvent traduit par les francophones par *Pour une éthique dans le traitement des animaux*.

« Tu te prends pour un bonhomme parce que tu sors ton calibre devant un chien en souffrance, espèce de connard ? attaque Asia. Tu aurais eu autant de couilles s'il avait été vraiment dangereux, les crocs dehors, prêt à t'égorger ?

— Je... Je ne...

— Ferme ta gueule, sombre crétin ! le coupe-t-elle. Tu n'as aucune putain d'excuse. Et attends que mon frère arrive. Il va en remettre une couche.

— Non, c'est pas...

— Ta gueule, je te dis ! coupe-t-elle à nouveau. Tu viens de déconner gravement ! Crois-moi, tu vas prendre très cher et tu n'es pas prêt d'oublier la leçon. »

Céline, qui se trouvait juste derrière Asia, marche alors sur la joue du jeune flic avec une habile rotation du talon. C'est ensuite le tour de Seth, qui lui envoie deux coups de la pointe du pied dans les côtes. Des craquements sinistres laissent deviner quelques fractures. Enfin, passant d'abord par-dessus le corps meurtri en prenant garde à bien lever la jambe pour ne pas le toucher, Paul envoie ensuite son talon vers l'arrière, infligeant un coup qui vient lui briser net le coccyx.

« J'attends ta demande de mutation sur mon bureau au plus tard lundi, lieutenant Lahr ! le prévient Paul. Que tu me surnommes la tantouse, la pédale ou l'enculé dans les vestiaires, en imaginant que je l'ignore et que j'en ai quoi que ce soit à foutre, passe encore. Mais que tu joues les durs en voulant tirer dans la tête d'un animal inoffensif, c'est un motif qui me permet de t'assurer que plus personne ne voudra voir ta sale gueule à Versailles. Je compte donc sur toi pour faire le nécessaire et dégager le plancher. »

Tous peinent à cacher leurs sourires satisfaits en regardant trembler ce tas d'os et de viande, l'esprit brisé et le corps plié en huit.

Mais en entrant dans le salon, un seul coup d'œil sur les murs suffit à imposer un silence total, immédiat, sépulcral.

Les visages se figent dans un mélange de peur et de fascination.

Comme chez Esaïe Landernau, des reproductions des dessins d'Holbein, commençant par *L'Homme riche*, sont scotchées au mur, de même que des photos des scènes de crime ou des victimes à venir, prises pendant la phase de surveillance. Sous la dernière gravure, une photographie de Jorge Mario Bergoglio, le pape François, confirme à quel point le second *Danseur* est déconnecté de la réalité. Pour la capitaine Fauvel, la thèse du psychotique est désormais une certitude.

C'est impensable d'être à ce point à côté de la plaque ! se surprend-elle à penser. *C'est à se demander comment j'ai pu ne rien voir avant.*

En observant la gravure qui représente *La Mort et le Prêtre,* Céline est parcourue d'un tremblement. Juste en dessous sont fixées deux photographies de Jean-Marie Baerchi, l'homme d'église qui s'est chargé de la bénédiction du cercueil de Sylvain Eringer. Sur la première, il se trouve sur le parvis de sa paroisse, l'église de Villejuif. Sur la seconde, il sort du SRPJ.

Normalement, c'est à son tour, sauf qu'ici, il a inversé les images du Prêtre *et du* Prédicateur, *de sorte que ce dernier devient la prochaine victime,* comprend-elle. *Sur les photos, l'homme a tout l'air d'un SDF délirant dans les couloirs du métro parisien. Ce qui est certain, c'est que* Le Danseur *accélère la cadence. Il change l'ordre logique et vient d'exécuter deux figures d'un coup : il devient instable et dangereusement imprévisible.*

C'est à ce moment que Céline sent son téléphone vibrer. Un coup d'œil sur l'écran lui indique un appel du bureau du directeur du service.

« Allô, oui ?

— C'est Gravel ! précise-t-il. Alors, vous êtes sur place ?

— Oui, confirme-t-elle. On est entrés mais il n'y a personne. Configuration presque identique que chez Landernau, un bordel sans nom, et peut-être même la gale en supplément.

— Si je ne me trompe pas, *Le Prédicateur* devrait être un SDF aux cheveux gris clair et un peu longs sur la nuque, avance le commissaire. Ça vous parle ?

— Oui, tout à fait, répond Fauvel en enclenchant le haut-parleur. J'ai les photos de ses repérages sous les yeux et la description est rigoureusement identique. Mais comment le savez-vous ?

— Il se nommait Thierry Heck et il vient d'être poignardé dans le métro pendant qu'il répandait ses sermons délirants sur la fin des temps.

— Vous avez vu avec la police ferroviaire et la RATP pour savoir où il est sorti ? demande-t-elle. À moins qu'il ne soit monté dans un wagon. Dans les deux cas, j'aurais besoin d'une réponse aussi précise que possible, monsieur le directeur.

— Il n'est pas sorti, il a pris la ligne 7 direction…

— Villejuif ! le coupe Céline. C'est bien ça ?

— Oui, c'est bien ça ! Mais c'est sans doute parce que c'était le quai le plus proche de l'endroit où il a frappé. Comment avez-vous deviné ?

— Je sais qui sera sa prochaine victime ! annonce Céline. J'espère juste ne pas me tromper mais je redoute encore plus d'avoir raison et d'arriver trop tard.

— Vous m'inquiétez, capitaine Fauvel ! On ne va quand même pas déplorer quatre victimes en moins de trois jours ?

— J'espère que non, mais ça va être très dur de l'empêcher d'agir. Il a de l'avance.

— Comment pouvez-vous savoir de quel prêtre il s'agit ?

— Le père Baerchi, responsable de la paroisse de Villejuif, s'est occupé des funérailles du géniteur de ce duo meurtrier, réplique-t-elle. Loin de moi l'idée de déclencher une panique générale, mais je me dois de vous informer qu'il s'agit sans aucun doute possible de la prochaine proie sur la liste du tueur.

— Je ne doute pas de vous et vous le savez, Céline, mais je suis surpris que vous puissiez être aussi formelle.

— Deux photos de lui sont collées en dessous de la gravure, lâche-t-elle sèchement. Nous devons tout faire pour l'arrêter avant qu'il ne passe à l'acte. »

11

Samedi 1er octobre 2016
20 h 05 – Villejuif

Les sirènes et les gyrophares sont coupés deux pâtés de maison avant l'église de Villejuif. Tout le monde se gare sans bruits de freinage devant le parvis.

Deux voitures de patrouille sont stationnées de chaque côté de la rue. Des policiers de Villejuif contrôlent tous ceux qui circulent et surveillent les passants. Mais en voyant qu'ils ont le portrait en main, Paul pâlit. Il attrape la radio pour que toute l'équipe entende.

« Merde ! Ils n'ont pas eu la circulaire ! peste-t-il. Ils ne savent pas que David Archonde s'est rasé les cheveux !

— En plus, ils n'ont pas eu la présence d'esprit d'éviter les voitures tricolores et les uniformes, ajoute Asia. J'espère que ça aura au moins dissuadé ce salopard d'approcher. »

Céline et Seth sont les premiers à sortir de leur véhicule avant de monter les escaliers, suivis par Karine Perrin et Paul Baptista. Il est convenu que Marine et Asia restent dehors pour bloquer toute tentative de fuite ou le prendre en chasse si, par bonheur, il n'était pas encore là.

Brassards orange autour des bras, armes de poing sorties de leurs étuis, sécurités abaissées, ils sont tous prêts à tirer s'ils n'ont pas d'autre choix. Ils ne savent rien de l'individu et ignorent donc à quoi ils vont devoir faire face.

Le tueur pourrait porter une arme à feu, même s'il ne s'en est jamais servi jusque-là. Ils ont vu chez lui un chien inoffensif, mais rien n'empêche qu'il se déplace avec une autre bête dressée pour tuer. Ils ne sont même pas certains qu'il soit là ; mais au vu des éléments retrouvés chez lui, pour Seth et Céline, il s'agit du scénario le plus probable.

Le nouveau *Danseur* est entré dans une spirale de mort et ne compte rien laisser dans son sillage, ni même perdre du temps à patienter entre deux victimes. De plus, il n'est pas venu à Villejuif par hasard. Il entend briller en se lançant dans un tour de force, la mise à mort de celui qui a enterré son père et collaboré avec la police.

Lorsqu'ils pénètrent dans l'église, la pénombre les oblige à froncer les sourcils et à s'habituer au peu de luminosité qui y règne. La nef est vide et les policiers longent les bancs, se dirigeant vers la sacristie.

« Ne bouge plus ! crie Seth. Police ! »

L'homme au crâne rasé, accroupi devant le corps étendu du prêtre, stoppe tout mouvement. Il a un couteau de chasse à la main.

« Jette ton arme et recule doucement ! reprend Paul. Ne fais pas un geste de travers ou nous serons contraints de faire feu ! »

L'homme lâche son couteau qui dégouline de sang, laissant plusieurs flaques au sol ; l'acier frappe la pierre, le son sinistre résonne dans l'immense volume. Pour les policiers déployés dans l'église, ce bruit sonne comme un triste point final.

« Maintenant, redresse-toi et recule lentement ! répète Kohl. Surtout, garde bien les mains écartées. »

En se levant, bras tendus, Archonde coupe la lumière du soleil qui entre par un vitrail. Le corps projette une ombre que tout le monde remarque : celle d'un crucifix qui s'étire. Un malaise indéchiffrable et perturbant se cristallise dans la fraîcheur du lieu de culte.

« Mets les mains sur la tête ! » ajoute Karine Perrin, comme pour conjurer le mauvais sort.

Docilement, le second *Danseur* obtempère et reste immobile, les doigts croisés à l'arrière du crâne. Il émet un soupir satisfait avant de prononcer les premiers mots qui seront consignés dans le rapport :

« Ainsi soit-il ! »

Paul Baptista, avec des mouvements rapides et félins, s'approche de lui et le maîtrise. Il lui passe les menottes habilement et efficacement, mais sans aucun ménagement. Son visage est sévère et ses yeux sombres sont presque noirs lorsqu'il imprime des torsions marquées sur les épaules, les coudes et les poignets du tueur qui lâche une plainte étouffée. Les cliquetis renvoient un écho lorsque le chef de brigade serre les entraves derrière le dos du meurtrier, avant de procéder à une prudente palpation pour s'assurer qu'il ne cache aucune arme sur lui.

« David Archonde, vous allez être placé en garde à vue à compter de l'heure d'arrivée dans nos locaux, à Versailles. Vous avez le droit de demander à prévenir un proche et de contacter un avocat pour un entretien, ce que je vous conseille. En cas de besoin, il vous sera également possible de demander une consultation médicale qui sera confiée à un médecin désigné par la Cour. »

Le père Jean-Marie Baerchi gît sur le dos, dans son sang, l'abdomen et la poitrine lardés de dizaines de coups de couteau. Céline fait trois longs pas et se retrouve face à l'homme qui est bien, à n'en pas douter, celui du portrait-robot. Les cheveux en moins, son visage semble imperceptiblement différent, mais en se focalisant sur les yeux et le nez, il est impossible de se tromper.

L'homme fixe la jeune femme sans sourciller alors que Seth vient de le saisir fermement par la chaîne des menottes. Il a l'air étrangement satisfait de lui, de ce nouveau pas de danse réussi, de l'accomplissement, même inachevé, de son plan.

« La dernière victime ! lui souffle Céline. Cette fois, le cauchemar prend fin : on te tient. »

Le successeur d'Esaïe Landernau efface alors son sourire satisfait de son visage et s'approche de celui de Céline, comme s'il voulait lui souffler quelques mots ou coller son front sur le sien. Avec un frisson, la capitaine Fauvel recule. Le tueur semble la considérer comme la seule personne importante. Céline est prise d'un accès de panique face à l'intensité du regard de cet individu dont la culpabilité ne fait aucun doute. Pris sur le fait, l'arme à la main au-dessus du corps du père Baerchi, son sort est scellé.

Sans qu'elle comprenne pourquoi, elle ressent une terrible angoisse face à cet homme. Savoir qu'il ne pourra plus tuer n'apaise pas son inquiétude, qu'elle trouve paradoxalement aussi incohérente que légitime.

Il ne peut pas y avoir de troisième tueur pour poursuivre la série ! se persuade-t-elle pour se rassurer. *Nous venons de mettre celui qui a pris le relais hors d'état de nuire. Il faut que je reste concentrée sur les faits, sur les résultats scientifiques, sur l'enquête.*

Mais une autre pensée vient immédiatement accaparer l'esprit de Céline : la responsabilité pénale de David Archonde.

Celui-ci est effectivement suivi pour le traitement d'une schizophrénie paranoïaque, une maladie mentale des plus instables et dangereuses. La prise des médicaments nécessaires à une stabilisation de son état a été suspendue le temps qu'il puisse mettre ses pas dans ceux d'Esaïe.

Elle n'en a encore parlé à personne, mais il ne fait aucun doute que ce *Danseur*-là non plus ne mettra jamais un pied dans une prison. Il sera jugé irresponsable de ses actes et finira sa vie dans une unité pour malades difficiles, un institut psychiatrique fermé, comme il y en a justement un à Villejuif.

Avec ce sujet, elle devra rester en permanence sur ses gardes, et s'assurer de maîtriser l'aspect psychologique de l'entretien, qui pourrait être distordu par la psychose.

Au fond de son esprit, Céline ne parvient pas à se sentir soulagée. Elle ressent comme une pression qui semble ne pas vouloir s'atténuer et qui s'enroule au contraire autour de son thorax en imprimant une constriction de plus en plus forte.

Cette arrestation devrait pourtant être un soulagement, mais une partie d'elle-même est obnubilée par un mauvais pressentiment.

Comme si toute cette histoire n'était pas encore close.

12

Samedi 1er octobre 2016
21 h 32 – Versailles

La garde à vue s'avère à la fois simple et complexe.

Simple, parce que David Archonde est l'un des tueurs les plus calmes auxquels Céline a eu affaire depuis longtemps. Complexe, car il ne collabore en aucune manière. De temps à autre, il fouille l'espace du regard ou semble tendre l'oreille à des bruits que lui seul peut entendre. Il répond de manière inintelligible ou avec des signes de tête.

« Les preuves à charge contre vous sont accablantes, monsieur Archonde. Alors évitez-nous la peine d'une longue nuit blanche et répondez aux questions ! Est-ce vous qui avez assassiné Yvan Reboul ? »

Mais rien à faire, aucun signe, aucune réaction ni indice corporel. Le tueur s'est refermé sur lui-même et Céline, frustrée, lui répète les mêmes questions depuis une demi-heure en parvenant à ne pas perdre patience :

« Avez-vous tué Madeleine Rossé ? Sœur Agathe ? Le frère François ? »

Mais la partie semble perdue d'avance. Ils vont devoir le déférer au parquet sans aveux s'il continue à s'obstiner de la sorte.

« Les magistrats sont très sensibles aux aveux, monsieur Archonde. Vous gagneriez à me parler. »

Mais le jeu du silence continue, encore et encore. Céline est prête à renoncer et à le faire remettre en cellule lorsque Seth lui envoie un texto depuis le sas d'observation, lui proposant de la remplacer.

Une fois dans la salle d'interrogatoire, Kohl se place derrière Archonde et se penche pour parler tout près de son oreille. Grâce au micro installé sur sa chemise, tout le monde peut entendre.

« Je sais qui tu es, murmure le flic. J'ai suivi ton travail et l'humanité va se souvenir du *Danseur*. Mais c'est Esaïe qu'ils verront, pas toi, alors que tu as mené cette mission divine au plus haut. »

Enfin, Archonde ouvre la bouche :

« Vous n'avez aucun droit sur moi ! Il me dit que vous n'êtes que des flics, les garants de lois humaines qui ne me concernent pas. Moi, j'applique des lois divines.

— Qui te dit ça ? demande Seth. L'une des voix ?

— Non, pas une simple voix, mais Sa voix, celle de notre Seigneur Tout-Puissant. Il dit que rien n'est terminé. La mission va continuer. Le plan va se poursuivre et vous ne pourrez rien y faire. Tout est déjà écrit.

— Et que dit-il d'autre ?

— Rien. C'est terminé. Elle est repartie. Le plan continue et vous n'y pourrez rien. »

Le silence retombe, définitivement.

Seth fait raccompagner Archonde en cellule et retourne dans son bureau pour téléphoner au juge Raffin. Il compose le numéro de tête.

« Bonsoir, monsieur le juge !

— Bonsoir, commandant. Alors, comment ça se présente ?

— Il a refusé l'examen médical mais je pense qu'il conviendra de désigner un expert psychiatre : on n'aboutira à rien. Son avocat ne peut même pas lui parler. Il est dans sa bulle, mais les preuves à charge suffiront pour l'inculper, de toute façon.

— J'ai vu son dossier médical et je peux vous assurer que l'expertise psychiatrique ne sera qu'une formalité. Il peut à peine se prendre en charge quand il est sous traitement alors sans… Je pense que ce sera l'hospitalisation d'office en unité pour malades difficiles. Celle de Villejuif, ça ne va pas le dépayser.

— C'est ce que je pensais, répond Seth. Donc inutile de poursuivre la garde à vue. On pourra vous l'envoyer dès demain.

— Oui, c'est sans doute le plus simple. Vous n'en tirerez rien tant qu'il n'aura pas reçu les soins appropriés.

— Bien, aucune surprise, donc. Merci et bonne fin de soirée, monsieur le juge.

— À vous aussi, commandant. »

Seth est épuisé. Depuis la découverte du corps du petit Gabin Schwartz, le 6 août, il y a presque deux mois, il a eu à traiter pas moins de vingt-six meurtres, en comptant les sept qui ont précédé l'enlèvement de Gabin ainsi que *Le Prédicateur*, qui a été géré par l'autre groupe de la Brigade criminelle à la demande de Paul et qui aurait dû, dans l'ordre normal des choses, survenir après celui du *Prêtre*.

À la fin de sa cavale meurtrière, David Archonde ne s'est plus embarrassé de l'ordre des figures d'Holbein. Il voulait manifestement aller le plus loin et le plus vite possible.

En se dirigeant vers les ascenseurs, Seth pense à ce que lui a dit le tueur, les mots de la voix du Seigneur : *Le plan va se poursuivre et vous ne pourrez rien y faire. Tout est déjà écrit*.

Il se remémore les photos trouvées dans le lugubre appartement de Bièvres et se souvient que le second *Danseur* avait prévu de s'occuper ensuite de Jean-Pierre Waltz, un membre du Sénat. Le parlementaire l'aura échappé belle, sauf à imaginer que par une improbable coïncidence, il entre au dépôt avec Archonde.

L'aventure et la danse s'arrêtent ici.

C'est donc bel et bien terminé. Enfin ! songe Kohl en allumant une cigarette. *Il ne me reste plus qu'à clore ma vengeance personnelle. Un ultime coupable à punir, et c'en sera fini là aussi.*

13

Dimanche 2 octobre 2016
10 h 16 – Paris

Suite à un appel de Paul Baptista, le juge Raffin s'est déplacé sans hésiter de son domicile jusqu'au palais de justice. Peu lui importe qu'on soit dimanche, il souhaite mettre un point final à cette série d'homicides qui n'a que trop duré, aussi bien pour lui que pour les membres de l'équipe qui ont été saisis de cette enquête.

Le dossier est solide, mais le magistrat instructeur va devoir statuer sur le cas de David Archonde et décider de la suite. Il sait déjà qu'une expertise psychiatrique est inévitable.

Le prévenu est d'un calme que rien ne semble pouvoir ébranler ; il n'est là que physiquement. Assis à sa droite, un jeune avocat commis d'office ne parle que de l'absolue nécessité de programmer au plus vite l'expertise psychiatrique, sans se risquer à tenter d'innocenter son client. Empreintes, cheveux, traces ADN et flagrant délit : maître Breisach a bien compris que les dés étaient jetés.

« Tout ce que je demande, c'est que l'expertise puisse avoir lieu le plus rapidement possible, dit l'avocat. Je pense sincèrement, et vous pouvez en juger par vous-même, qu'une mesure de détention provisoire n'est pas une solution. M. Archonde a besoin de soins, pas d'aller en prison.

— Je comprends ! assure le juge. Il restera au dépôt cette nuit et sera vu demain par le Dr Ruez.

— Merci ! Je pense aussi que... »

Le téléphone se met à sonner, coupant la parole à maître Breisach.

Le juge s'excuse d'un petit signe de la main et répond. Il écoute ce que lui dit son interlocuteur et blanchit au fur et à mesure de la conversation. Quand il raccroche, il s'explique d'une voix pleine d'incrédulité :

« C'était Asia Baptista, et j'en perds mon latin. Le sénateur Jean-Pierre Waltz vient d'être victime d'un colis piégé, du même type que celui livré à l'astrologue ! C'était la prochaine cible sur la liste de votre client. »

Les deux hommes se tournent vers David Archonde qui continue à fixer le vide, léthargique, ses mains menottées posées sur les genoux. Il n'y a manifestement rien à attendre de lui.

« Les hommes de la scientifique se dirigent sur place pour y rechercher les empreintes de votre client, continue le juge. Mais je crains que ce soit une nouvelle victime de... »

Le juge n'a pas le loisir de terminer sa phrase. L'enfer s'ouvre dans le bureau.

Avec des gestes précis et rapides, prenant tout le monde de court, David Archonde se saisit d'un stylo et le plante à une bonne dizaine de reprises dans la gorge de l'avocat. Les coups sont aussi violents que vifs et des geysers de sang giclent sur le visage inexpressif du meurtrier.

Le juge en reste muet et recule jusqu'à se trouver dos au mur.

La greffière cherche à crier, mais n'y parvient pas. Et le temps que le magistrat ait la présence d'esprit de donner l'alerte à l'escorte qui attend devant la porte, dans le couloir, Archonde a déjà sauté de l'autre côté du bureau, prêt à s'acharner sur lui.

Le visage plein de sang, il attrape Yves Raffin par la gorge, se servant de la chaîne de ses menottes comme d'un garrot.

Le vacarme des meubles renversé a alerté les policiers qui font irruption dans le bureau, armes en main, en hurlant à leur prisonnier de reculer et de lever les mains.

Archonde obéit.

Le juge est déjà presque mort, l'os hyoïde écrasé. Et le temps que les deux policiers neutralisent le tueur, il rend l'âme en crachant une gerbe de sang.

Kohl et Fauvel, qui attendaient également devant la porte, entrent précipitamment et assistent à la sortie du *Danseur*. Sur son visage couvert d'éclaboussures rouges, un large sourire se dessine et lorsqu'il passe près de Céline, il parvient à s'arrêter deux secondes pour lui glisser quelques mots à voix basse :

« Après *Le Sénateur* suivent *L'Avocat* et *Le Juge*. C'était écrit. Personne n'échappe à la colère de Dieu. »

14

Lundi 3 octobre 2016
17 h 42 – Chelles

Pour Maxime Levant, la journée est finie. Il descend dans le parking et appuie sur sa clé pour ouvrir son véhicule. Il pose son attaché-case sur le siège passager avant de mettre le contact.

Installé au volant, il chantonne un air qui ne dit absolument rien à Seth Kohl. Le Zombie s'est glissé à l'arrière au moment où le commissaire divisionnaire ouvrait sa portière.

Aussi furtif et invisible qu'une ombre.

Mais beaucoup plus dangereux et déterminé.

Seth patiente le temps du trajet, jusqu'à ce que Levant finisse par se garer dans la cour de sa maison. Il se redresse alors, faisant sursauter le conducteur qui s'apprête à crier, mais trop tard. Kohl a déjà passé le garrot autour de son cou.

« Voilà, monsieur le directeur. Nous y sommes. Ne fais pas celui qui ne comprend pas ce qui lui arrive. Après Tarascon, Licco et Marle, tu ne pensais quand même pas t'en sortir indemne ? »

Il ménage une petite pause et reprend avec une voix très claire, posée et très calme.

Beaucoup trop calme.

« Pour toi, ma salope, j'ai choisi le garrot. Les deux autres m'ont rabattu les oreilles avec des négociations, des prières, des supplications. Alors j'ai décidé de m'épargner ça, cette fois. Sache simplement que je vais envoyer ton attaché-case et tout ce qu'il contient à l'IGPN, ainsi que tout ce que j'ai pu récolter comme informations juteuses sur tes complices et toi. Toutes tes données bancaires et tes petites combines pour grimper les échelons et amasser du fric. »

Il tient les deux extrémités du garrot le temps de se pencher en avant, de se saisir de l'arme de service du directeur et de la remplacer par une autre.

« Tu n'es qu'une pourriture, Levant. Aucun honneur, aucun principe. Le profit et rien d'autre. Toi et tes enculés de complices, vous m'avez pris ma famille, ce à quoi je tenais le plus. J'étais en train de me laisser mourir, mais un vrai miracle m'a rappelé parmi les vivants. »

Le Zombie serre de plus en plus fort.

« Tu aurais dû venir me tuer toi-même, termine-t-il. Au moins, tu aurais eu tes chances, et surtout celle de ne pas me louper. Mais les gens comme toi se cachent, amassent le fric, nouent des relations, s'engraissent. Ils se tapent sur le bide en vivant de leurs crimes avec une insouciance qui frôle l'inconscience. Mais avec le risque d'un retour de bâton. »

Le garrot commence à ouvrir la gorge de Levant. Ses bras et ses jambes cognent à l'intérieur de l'habitacle, contre la portière, le volant, le tableau de bord. Derniers réflexes d'un homme qui se tient au bord du néant. Les bruits baissent en intensité et s'espacent au fur et à mesure que l'âme quitte le corps.

Seth regarde ce visage éteint, presque bleu, dans le rétroviseur, tandis que le sang coule en cascade sur le torse tordu par une lutte aussi vaine que violente. Il sort tranquillement de la voiture de cette ordure, pensant déjà au spectacle que sa famille aura bientôt sous les yeux lorsqu'elle s'inquiétera de ne pas le voir rentrer.

Le Zombie monte dans le véhicule qu'il avait laissé dans les parages pour préparer son retour. Son esprit encore fiévreux est soudain caressé par des vagues d'une quiétude salvatrice.

Ses yeux rivés au ciel nocturne, il rend un dernier hommage à Bertrand, son frère, mort pour s'être trouvé chez lui au mauvais moment. Il a ensuite une pensée émue pour Claire, son épouse, ainsi que pour sa fille, la petite Nina.

15

Jeudi 6 octobre 2016
16 h 02 – Saint-Maur-des-Fossés

Seth vient d'assister à la messe funèbre donnée pour le juge Raffin, une cérémonie sobre et sans tapage médiatique ; Florence Jebelle, présente, s'est montrée extrêmement respectueuse. Le commandant aurait voulu pouvoir prévoir ces trois derniers meurtres. Il sait que les membres du groupe appréciaient beaucoup cet homme droit et fiable, proche de la police. Là où d'autres rechignent à délivrer la moindre commission rogatoire, le juge Raffin ne discutait jamais s'il avait confiance en un service. Et c'était le cas de la Brigade criminelle de Versailles.

En s'arrangeant pour éviter la file qui s'est formée pour la bénédiction du cercueil, Seth sort de l'église en longeant la nef par le côté gauche. Son premier réflexe est de s'allumer une cigarette dans laquelle il tire trois bouffées nerveuses.

Il ne souhaite pas se rendre au cimetière, estimant que c'est un moment où seuls les proches doivent être rassemblés. Il compte bien rentrer chez lui pour se reposer et, si possible, s'éloigner de tout ça. Une demi-journée de repos lui fera le plus grand bien.

Alors qu'il arrive près de sa voiture, il remarque un homme appuyé contre le muret de pierre bordant le parking. Kohl reconnaît immédiatement la silhouette bancale de Jacob Mercati.

« Bonjour, commandant », entame celui-ci avec un ton acerbe qui ne lui correspond pas. Il n'a plus du tout son air docile et porte son handicap avec une dignité qu'il n'aurait jamais imaginée. Il boite vers lui et continue :

« Je me doute que ce n'est pas un très bon jour pour vous, mais que voulez-vous : les formules de politesse d'usage ont la vie dure.

— Que venez-vous faire ici, monsieur Mercati ?

— Je viens vous voir, figurez-vous ! »

Le sang de Seth se fige. Il reste un instant paralysé par l'horreur et pressent que les mots de l'infirme seront bien plus tranchants qu'une lame de rasoir.

« Vous savez ce qu'il y a de bien quand on est comme moi ? demande-t-il. C'est que personne ne fait vraiment attention à vous. Ou alors, si c'est le cas, c'est de la condescendance. Personne ne se méfie de moi. Pas même vous, le fier commandant de la Crime. »

Pour tenter de garder le dessus, Seth décide de passer à l'offensive :

« Si vous me disiez plutôt la raison de votre venue, Jacob.

— C'est pour pouvoir briller, commandant Kohl.

— C'est-à-dire ?

— Vous savez, lorsqu'une symphonie est jouée, le public se focalise sur le son, la musique, les variations et les notes. Certains se fixent plus sur les cordes, d'autres sur les percussions ; chacun selon sa sensibilité. Mais il y a un personnage central que personne ne voit ni ne regarde vraiment : le chef d'orchestre.

— Qu'est-ce que vous cherchez à me dire ? demande froidement Seth. L'affaire est close, alors je me passerais volontiers d'un nouvel entretien avec vous.

— Vous pensez sérieusement que l'affaire est close, commandant ? lance-t-il avec un sourire torve. Je vous trouve bien sûr de vous.

— Bon, venez-en aux faits, s'impatiente Seth. Je ne vais pas perdre mon temps à vous écouter délirer.

— C'est moi, le vrai coupable de tout ça.

— Pardon ? » s'étonne Kohl devant l'étrange aveu.

Jacob ricane et le fixe droit dans les yeux avant de poursuivre :

« Ce sont bien mes frères qui ont tué ces gens, sans exception. J'aurais été physiquement incapable de faire un dixième de ce qu'ils ont accompli. Mais c'est sur mes conseils et mes consignes qu'ils ont agi. J'ai été le chef d'orchestre de cette longue danse. Vous n'avez eu que deux musiciens.

— Vous désirez faire des aveux officiels ?

— Non ! ricane-t-il. Bien sûr que non ! Mais j'ai besoin d'un témoin pour valider mon œuvre. Sans ça, je n'existe pas. »

Bien décidé à ignorer les élucubrations de Jacob, Seth secoue la tête et ouvre sa voiture en disant :

« Vous racontez n'importe quoi !

— Les deux colis piégés étaient artisanaux, avec une grenade à fragmentions dont la goupille était fixée au couvercle, et il y avait sept cent soixante-dix-sept vis, clous et écrous dans chaque colis. »

Kohl a l'impression que sa respiration se bloque et qu'on lui enfonce une barre de fer dans le thorax. Il se retourne lentement, les sourcils froncés et les yeux comme des canons de revolver. Ce détail est resté inconnu de qui que ce soit, surtout de la presse.

« J'ai votre attention à présent, commandant ?

— Vous l'avez ! »

Il s'appuie sur le capot de sa voiture et s'apprête à écouter la confession de Jacob Mercati, que ce dernier ne tarde pas à livrer avec une assurance sidérante :

« Tout a commencé à l'enterrement du père, le leur, et donc le mien. Nous avons fait connaissance. Esaïe avait été élevé par Sylvain Eringer et nourrissait à son encontre des sentiments contradictoires. Il m'a expliqué que Dieu l'avait prévenu la nuit où sa mort est survenue. Il avait appelé le Samu social mais le vieux n'a pas voulu les suivre et il est mort au matin. De la culpabilité et une foi sans borne : j'ai tout de suite vu qu'il y avait du potentiel en Esaïe. J'ai immédiatement pensé aux figures des *Simulacres de la Mort* d'Holbein et lui ai montré le premier dessin, lui expliquant qu'un message lui avait été laissé. Je lui ai ensuite dévoilé les autres et c'est ainsi que la *Danse macabre* a commencé. »

Fier de lui, Jacob s'écoute parler. Il bombe le torse et en oublie presque son infirmité.

« Quand il est mort, j'ai pensé au plus jeune, David Archonde, à qui j'avais déjà fait stopper son traitement depuis plusieurs semaines, juste par curiosité, pour lever le masque pharmaceutique et voir son vrai visage. Il se trouve que j'ai créé une nouvelle voix en lui, un peu différente des autres, et je lui ai commandé de continuer l'œuvre de son frère, ce qu'il a fini par accepter.

— Tu es vraiment une belle ordure ! crache Seth en le tutoyant. Tout ce que tu as trouvé pour te sentir vivant, c'est de provoquer la mort d'autres personnes. Tu es une ignoble merde !

— Dans un sens, oui, sourit-il. Mais je le vis bien. Pour vous dire la vérité, je ne pensais pas que ça irait aussi loin, mais avec deux outils, j'ai pu doubler mon score.

— Je regrette simplement que tu n'aies pas fait une erreur dans ton petit plan indigne d'un homme. Il n'y a que les lâches qui agissent ainsi.

— Je dois vous avouer que je n'ai pas vu venir le coup du placement en garde à vue. Je me suis trouvé coincé et je n'avais pas d'autre option que de vous donner le nom de David, sans quoi je risquais vraiment de la prison pour entrave à la justice. Ensuite, j'ai dû surveiller le palais de justice. Il fallait que je sois précis pour faire livrer le colis au sénateur via un coursier et moyennant un très bon pourboire. J'ai lancé l'appel au moment où le convoi est arrivé de Versailles. J'étais sûr que le juge serait prévenu immédiatement, et donc que David serait présent. »

Un sourire torve et une lueur d'excitation perverse viennent déformer le visage de l'infirme qui se délecte de ce moment de gloire. Il laisse peser quelques secondes de silence avant de reprendre :

« Les figures suivantes étaient là, à portée de ce grand malade qui ne s'est jamais douté un instant que c'était moi qui le manipulais.

— Tu ne t'en tireras pas comme ça ! crisse le commandant. Je vais faire parler David quand il sera enfin soigné et qu'il aura repris son traitement !

— Essayez toujours ! Il croit que c'est Dieu en personne qui lui a commandé ces actes. Le seul qui aurait pu témoigner, vous l'avez tué !

— Ordure !

— Non, accordez-moi au moins le génie de mon œuvre. J'ai tué pas moins de vingt-neuf personnes sans autre arme que ma persuasion et mon sens de l'analyse. »

Il rit de voir Seth à ce point impuissant et ajoute le mot de la fin :

« Vous imaginez que mon infirmité m'empêche de penser, commandant ? Si c'est le cas, vous vous trompez lourdement. C'est moi qui ai écrit la musique ; Esaïe et David n'ont fait que danser dessus. Et vous ne pouvez rien contre moi. »

Sur ces mots, Jacob Mercati sourit, se retourne et s'en va en boitant, sa béquille sous l'aisselle.

Seth ravale sa colère.

L'infirme a manipulé les deux *Danseurs*, mais le commandant n'a pas le début d'une preuve pour le charger. Jacob Mercati a fait en sorte que rien ne le relie aux meurtres.

Est-ce qu'on est face aux mensonges d'un mythomane ou face à une confession ? Est-ce qu'il cherche simplement à se donner de l'importance ou est-ce qu'il a réellement été le souffleur de cette putain de tragédie ?

Seth penche pour la deuxième solution et se jure de toujours garder un œil sur celui qu'il considère comme le véritable responsable de la *Danse macabre*, et qu'il a dû laisser partir.

S'il y a une chose dont il est certain, c'est que lorsque les hommes goûtent au pouvoir, l'accoutumance est terrible.

Aussi terrible que ses propres addictions.

Épilogue

Miracle et damnation

Depuis les marches de l'église, Céline aperçoit Jacob Mercati et Seth, face à face, près de la voiture avec laquelle ils sont arrivés, garée à une cinquantaine de mètres de là. Au regard de son amant, elle devine qu'ils ne sont pas en train d'échanger des politesses.

Alors qu'elle s'apprête à foncer bille en tête pour découvrir ce qui se passe, une main se pose sur son épaule pour l'en dissuader.

« Ne te fais pas remarquer, lui souffle Asia Baptista en venant se placer à sa gauche. Sois aussi naturelle que possible et ne regarde pas dans cette direction.

— Mais enfin, qu'est-ce qui se passe ? Et pourquoi ce sale petit menteur est ici ?

— Fais-moi confiance, ma belle. Si tout se déroule comme prévu, tu comprendras dans quelques minutes. »

Cette sensation de voir les événements lui échapper est un calvaire pour la jeune capitaine. Elle s'y résout malgré tout et descend l'escalier d'un pas lent. Une fois sur le parvis, elle cherche Paul des yeux mais ne le trouve pas.

Asia anticipe sa question :

« Inutile de te fatiguer à chercher mon frère, lui glisse-t-elle avec un sourire discret. Juste après être entré, il est ressorti par la porte de la sacristie. »

Un air perdu tapisse le visage de Céline. Elle ne comprend absolument rien à ce qui se passe. Loin de l'aider, les informations distillées par Asia ne font que l'embrouiller, jusqu'à ce qu'elle lui dévoile enfin l'esquisse d'un éclaircissement :

« Un sourire, s'il te plaît. Je suis sûre que tu aimes les fleurs, alors prépare-toi. On part bientôt à la cueillette ! »

En voyant le camion d'un fleuriste garé sur le trottoir opposé, elle écarquille les yeux et se met à jurer.

« Non mais putain, qu'est-ce que c'est que ce bordel ? Tu pourrais me dire depuis combien de temps j'ai décroché ?

— Toute la procédure a été déclenchée à partir du moment où Kohl et toi avez laissé à Cécile Sanchez l'occasion de décrypter l'esprit tordu de ce pauvre infirme au-delà de tout soupçon.

— Et Seth ne m'a rien dit ?

— Il n'est pas au courant. Il n'y a que Paul et moi. Mais on a une assistance à distance qui peut tout voir et tout entendre grâce à ces deux pros de la surveillance en sous-marin. »

Sur ces mots, Asia fait mine de dégager une mèche des cheveux de Céline et lui pose une oreillette d'un geste habile.

« On est en réseau fermé, donc mis à part les gars qui gèrent la surveillance, tu peux entendre tout le monde et parler toi aussi. »

Elle lui tend ensuite une mini-tablette de la taille d'un smartphone sur l'écran de laquelle s'affiche l'intérieur du véhicule comme si elle y était.

Un binôme de techniciens du SIAT – le Service interministériel d'assistance technique – est installé à l'arrière de la camionnette avec Paul.

L'un d'eux, moustache épaisse et cheveux gris, large comme une armoire à glace, est affairé au réglage du micro orientable caché dans le dispositif d'aération placé sur le toit. Du matériel de pointe, capable de capter une conversation à plus de cent mètres.

Posée sur le siège avant, une caméra dotée d'un dispositif d'orientation leur permet d'assister à distance à la confession de Jacob Mercati.

« Tout est enregistré ? » lui demande Paul, le responsable de cette opération.

L'homme acquiesce sans mot dire, concentré sur sa tâche. On sent qu'il a une solide expérience et que, malgré son âge, il s'est adapté à l'évolution technologique.

« Position redressée, menton haut, il est en train de s'épancher, dit alors une voix féminine. Vous allez pouvoir le serrer dès qu'il amorcera un départ. »

En reconnaissant la voix de son ancienne chef de groupe, Cécile Sanchez, Céline ne parvient pas à se retenir d'intervenir d'un ton sec.

« Je n'arrive pas à y croire ! Vous m'avez laissée de côté. Vous aviez peur de quoi ? Que je fasse tout foirer ?

— Ne le prends pas pour toi, répond Paul. Seth et toi deviez rester aussi neutres que possible. On ne pouvait pas risquer que Mercati se doute de quoi que ce soit et se méfie.

— Tu sais que j'ai toute confiance en toi, ajoute Sanchez. Mais c'était nécessaire pour s'assurer que le plan fonctionne. Quand j'ai décrypté les signaux non verbaux et les microexpressions qui indiquaient son implication directe, on a dû redoubler de vigilance. On savait qu'il serait tenté de venir se vanter de sa victoire. Il fallait qu'on mette toutes les chances de notre côté pour obtenir une vraie confession.

— Tu ne pouvais pas en être sûre. Il aurait pu garder le secret.

— Peu probable. Il devait valider son œuvre. Mais on ne savait pas quand et comment il le ferait, tout comme on ignorait s'il parlerait à Seth ou à toi. »

Un silence retombe sur la conversation. Un peu perdue, Céline ne sait pas si elle doit se réjouir d'une victoire à laquelle elle n'a participé que comme un outil, un leurre.

« Il va tourner les talons ! prévient Cécile. C'est à vous de jouer, maintenant.

— On va s'occuper de cette petite merde qui doit être en train de se féliciter pour son génie », lâche Paul avant d'ouvrir brusquement la porte arrière de la camionnette.

Alors qu'il se prépare à traverser, Asia tape sur l'épaule de Céline avant de jubiler :

« Allez, mon Petshop ! Il est temps pour toi de récolter tes lauriers.

— Félicitations, Céline, ajoute Sanchez via l'oreillette. Tu es brillante, je l'ai toujours su. Alors n'en doute jamais. »

Elles marchent d'un bon pas, rattrapent Paul et, une fois parvenues à hauteur de l'infirme, lui coupent sèchement la route, leur carte de réquisition à la main.

« Monsieur Mercati, je vous informe que vous êtes placé en garde à vue pour une période de vingt-quatre heures à compter de 16 heures 38, annonce Asia d'un ton formel. Vous allez être conduit au SRPJ de Versailles d'où vous pourrez… »

Le visage de Kohl ressemble à un boxeur qui vient de prendre un mauvais coup. Il décroche de l'énonciation des droits et ne comprend pas ce qui se passe. Il regarde la scène se dérouler avec des points d'interrogation dans les yeux.

« Je n'étais pas au courant non plus, lui dit Céline à voix basse. Mais je dois avouer que ça me fait plaisir de voir cette ordure tomber de haut. Tout a été enregistré. On a le son et l'image de ses aveux. »

Lorsqu'Asia lui passe les menottes, Jacob Mercati semble, pour la première fois, ravagé par la peur.

Seth Kohl, lui, se délecte finalement du spectacle. Il ne peut que féliciter ses collègues qui ont permis de boucler ce condensé de frustration et de colère alors que tout semblait irrémédiablement perdu.

Ce qu'il ressent est étrange. Il n'a pas l'habitude de se sentir bien.

La tragédie qui a fait exploser sa vie est vengée, mais cette vengeance, loin de l'avoir réellement soulagé, n'a fait que passer un peu de baume en surface. À l'intérieur, tout au fond, le mal n'a pas quitté son nid ; ses démons n'ont pas abandonné leur tanière. Si Seth Kohl ne les entend plus hurler et ne les sent plus cogner, c'est qu'ils viennent d'être nourris et sont rassasiés pour le moment.

Mais ils demeurent et sont légions. Le festin leur a redonné de la force. Lorsqu'ils sortiront de leur torpeur, qu'ils se manifesteront à nouveau, rien ni personne ne pourra les entraver.

Le chaos ne disparaît pas : il attend.

Un jour viendra le petit choc de trop.

Un jour, l'enfer se réveillera.

*
* *

L'après-midi de Cécile a été éprouvant, mais elle a pu ressentir à nouveau les frissons de la traque et la satisfaction de laisser libre cours à son instinct, malgré la frustration de ne pas avoir été présente sur le terrain. Mais maintenant qu'elle a retrouvé la routine carcérale, l'ascenseur émotionnel est dur à encaisser.

Dans les quartiers sécurisés de la prison de Joux-la-Ville, dans sa cellule qui donne sur un couloir isolé parfaitement silencieux, elle est assise sur son lit.

La détenue responsable de la distribution des plateaux repas est déjà passée pour les récupérer et l'extinction des feux ne tardera pas.

Entre ses mains, un courrier qu'on est venu glisser par la trappe, sans un mot. L'heure de la distribution est pourtant passée depuis longtemps et l'enveloppe n'a pas été ouverte par les gardiens, comme c'est la règle. À l'intérieur, une feuille de papier très fin, choisie pour être détruite facilement.

Ses réflexes analytiques prennent le dessus et scannent l'écriture qui s'étale au recto. Certaines courbes, la ponctuation et la pose des accents lui permettent de déterminer que la personne qui a rédigé le texte est intelligente, déterminée et patiente. Une certaine obsession du contrôle et une assurance inébranlable se dégagent du profil qu'elle vient de dresser.

Chère commissaire,

Le jeu du gendarme et du voleur n'a décidément pas pris une ride et même adultes, on y replonge toujours avec une certaine volupté. Je constate avec intérêt que vous avez remis les mains dans le cambouis, pour le plus grand profit de vos anciens équipiers.

Je vous féliciterais volontiers, mais je préfère laisser l'ironie de côté. Il serait malheureux que vous repreniez vos vieilles habitudes. Je vous rappelle que vous n'avez eu besoin de personne pour franchir la frontière toute relative entre la loi et le chaos. Vous auriez pu en rester là, mais vous n'êtes pas parvenue à retenir les démons qui vous habitent quand vous avez vu ce vieux fantôme ressurgir du passé.

Et puis tout s'est enchaîné à une vitesse folle. Je pensais que nous aurions droit à notre face-à-face, un événement qui n'a été que trop souvent repoussé.

Aujourd'hui, vous purgez votre peine, et j'imagine que vous vous sentez en sécurité dans le quartier d'isolement. Ce serait une grave erreur de le croire. Après avoir lu ces mots, vous allez vous rendre compte que j'ai toujours le bras long et les ressources pour venir vous chatouiller : j'y parviendrais même si vous étiez en enfer.

Pour cette fois, ce ne sera qu'une mise en bouche. Ce sera douloureux, mais vous devriez parvenir à vous en tirer sans trop de problème. Mais si vous persistez à toujours vouloir la place du gendarme, la partie suivante sera très différente.

Considérez ceci comme une faveur et un rappel qu'il est nécessaire de rester sur vos gardes.

Je vous salue et vous souhaite un moment aussi stimulant que possible.

Votre meilleure ennemie

En lisant la signature, elle a un rire nerveux. Elle colle sa tête contre le mur et serre les mains autour de la missive. Très vite, elle entreprend de la mettre en miettes avec une lenteur régulière, avant d'aller jeter les confettis dans les toilettes. Les dents serrées, mais l'esprit clair, elle tire la chasse d'eau et regarde ces mots se faire avaler par le tuyau d'évacuation.

Cécile revient ensuite vers sa couche, soulève le drap-housse et glisse son doigt dans un coin décousu du matelas. Elle en sort une vieille brosse à dents, transformée par ses soins en une lame coupante.

Elle n'a eu besoin que d'un briquet, et de réserves de patience, pour l'affûter à force de frictions contre le mur.

Elle saisit quatre magazines qu'elle place dans son pantalon, protégeant son abdomen des instruments coupants ou perforants auxquels elle sera sans doute confrontée.

Elle se rassoit sur le matelas pour attendre la suite, sondant le vide et profitant du silence avant la tempête.

Au bout d'une demi-heure, les portes du quartier d'isolement grésillent et la seconde grille est ouverte avec une clé.

En entendant quatre personnes approcher de sa cellule, elle sait combien de détenues elle va devoir neutraliser avant que le maton qui les accompagne ne se trouve obligé d'ordonner un repli pour limiter les dégâts.

Debout face à la porte, le front bas, Cécile parvient à maîtriser la respiration saccadée provoquée par la peur. Son arme de fortune dans la main droite, elle attend que les portes s'ouvrent sur les trois furies qui lui ont été envoyées depuis l'extérieur par sa meilleure ennemie.

Les hostilités reprennent.

Remerciements

Je tiens à remercier toutes celles et tous ceux qui me soutiennent et ont cru en moi. Mes lectrices et lecteurs, les blogueuses et blogueurs, les bénévoles et organisateurs de salon ainsi que les libraires et tou(te)s mes ami(e)s auteur(e)s.

Tout spécialement, toute ma plus profonde gratitude à Gérard Collard, Arno Will, Bertrand Pirel, Franck Spengler, Alain Carrière et Laura Magné.

Merci également à ma famille qui m'a soutenu et continue de le faire, en particulier Séverine Clément-Gilberti et Lynda Marion, mères de mes enfants qui sont venus habiter ce roman : Paul Gilberti, Asia Gilberti, Kurt Gilberti et Harley Von Mars.

Tant que vous serez là, l'aventure pourra continuer.

Ghislain GILBERTI